AF178143

Mein Schutzengel
ist ein
Mafia-Boss?!

1

© 2023 M. Valetta

2. überarbeitete Edition (2023)
Cover und Illustrationen: M. Valetta
Korrektorat: Alexandra Jordan

Druck und Vertrieb im Auftrag der Autorin: Buchschmiede von Dataform Media GmbH, Wien
www.buchschmiede.at - Folge deinem Buchgefühl!

Besuche uns online

ISBN:
978-3-99152-133-4 (Paperback)
978-3-99152-134-1 (E-Book)

PRINTED IN
AUSTRIA

Das Werk, einschließlich seiner Teile, ist urheberrechtlich geschützt. Jede Verwertung ist ohne Zustimmung des Verlages und der Autorin unzulässig. Dies gilt insbesondere für die elektronische oder sonstige Vervielfältigung, Übersetzung, Verbreitung und öffentliche Zugänglichmachung.

Für alle, die Geschichten über Engel lieben

Kapitel 1

Peng! Ein lauter Knall hallte durch die Bank. Emilia zuckte durch den Laut zusammen und fuhr herum. Drei mit venezianischen Masken maskierte Menschen stürmten hinein.

„Das ist ein Überfall!", brüllte der Mann, der eine rot gefiederte Maske trug und eine Waffe hochhielt. Emilia schreckte hoch, als jener mit blauer Maske sie grob am Arm packte und in eine Ecke stieß. Sie wollte doch nur etwas Geld von ihrem Sparbuch abheben, um die Studiengebühren ihrer Universität zu begleichen, und fand sich stattdessen in einem Überfall wieder! Zwei weitere Kunden der Bank wurden vom Dritten ebenfalls mit Gewalt in die Ecke gestoßen, während der Mitarbeiter hinter dem Schalter mit erhobenen Händen zu erklären versuchte, dass er nicht so schnell an den Tresor gelangen könnte. Das schien dem mit der roten Maske gar nicht zu gefallen und er fuchtelte dabei aufgebracht mit seiner Waffe herum. Ein weiterer lauter Knall erklang und plötzlich schien für Emilia alles langsamer abzulaufen. Sein erschrockenes Fluchen, dass sich ein Schuss aus seiner Waffe gelöst hatte, drang nur verzerrt bis zu ihr durch, denn ein großer Teil davon wurde von ihrem rasenden Herzschlag übertönt. Sie blinzelte nur einmal, als plötzlich jemand vor ihr stand, und im nächsten Moment spannten sich wie aus dem Nichts ein Paar großer, langer Flügel auf.

Pechschwarze Federn lösten sich aus dem Gefieder und schwebten vor ihren Augen noch leicht in der Luft, ehe sie sanft zu Boden glitten. Eine der Federn landete sogar auf ihrem Handrücken und strich zärtlich über ihre Haut, bevor sie sich zu den anderen Federn auf den kühlen Boden unter ihren Fingern gesellte. Die Flügel traten aus dem Rücken eines Mannes hervor, der sich schützend vor sie gestellt hatte. Ihre geweiteten Augen wanderten seinen Rücken entlang, über die breiten Schultern, bis zu seinem Nacken hoch, der von kurzen schwarzen Haarsträhnen bedeckt war. Er drehte sein Gesicht zur Seite und ließ seinen Blick über seine Schulter zu ihr hinüberschweifen, als wollte er sicherstellen, dass sie noch am Leben war.

Die lauten Sirenen der Polizei rissen sie aus ihrer Schreckstarre heraus und hereinstürmende Polizisten zogen ihre Aufmerksamkeit für einen Moment auf sich. Als sie ihren Blick wieder zu dem Mann wenden wollte – um sich vor allem bei ihm zu bedanken, dass er ihr das Leben gerettet hatte –, war er nicht mehr da. Während die Polizisten die Verbrecher festnahmen, sah sich Emilia überall in der Bank um, doch von diesem geflügelten Mann fehlte jede Spur.

„Entschuldigen Sie, der Mann, der gerade vor mir gestanden war, haben Sie gesehen, wo er hin ist?", fragte sie die zusammengekauerten Kunden neben sich. Während der eine noch vor Angst wimmerte und sich noch mehr in die Ecke verkroch, schüttelte der andere nur seinen Kopf.

„Meinen Sie den, der geschossen hat?", erwiderte dieser und deutete auf den Mann in Handschellen, dem gerade die rot gefiederte Maske von Kopf gerissen wurde. Nein, den Verbrecher hatte sie nicht gemeint.

Nachdem sie auf der Wache ihre Aussage getätigt hatte, fragte sie die Polizisten ebenfalls nach diesem Mann, sie konnten ihr allerdings auch nicht weiterhelfen. Während einer das Protokoll ihrer Aussage kopieren gehen wollte, sah sich ein anderer Beamter eines der Überwachungsbänder der Bank an. Und da sah sie es. Als der Schuss fiel, war zwischen dem Verbrecher und ihr … rein gar nichts? Aber sie hatte sich das doch nicht eingebildet! Sie hatte sogar noch das laute *Flapp* im Ohr, als sich die Flügel dieses Mannes wie ein schützender Fallschirm vor sie aufgespannt hatten. Er war doch nicht etwa …? Nein! Sie hatten sie damals im Stich gelassen, wieso sollten sie ihr ausgerechnet heute geholfen haben?

Der Überfall war nun einige Tage her und Emilia lehnte sich über den Tisch des Hörsaals, in dem gleich ihre nächste Vorlesung beginnen würde. Sie saß relativ weit hinten, denn der Hörsaal war zum Bersten gefüllt und ein Platz in den vorderen Reihen hart umkämpft. Alle Vorlesungen dieses Professors waren gut besucht, war er doch recht beliebt für seine überaus interessanten Ansätze über die Restauration von Kunstwerken.

„Und du bist wirklich okay, Emi? In einen Banküberfall verwickelt zu werden muss doch schrecklich sein?", fragte ihre Freundin Claudia, die neben ihr saß, besorgt. Claudia schlang ihre Arme um sich, als sie bei dem Gedanken erschauderte. Aber sie hatte recht. Das war eine Situation, die sie sonst nur aus dem Fernsehen kannte, und Emilia hätte nie im Leben gedacht, dass sie selbst einmal mittendrin sein würde. Wenn dieser fremde Mann nicht gewesen wäre, würde sie vielleicht nicht mehr am Leben sein.

„Ich bin wirklich okay. Mach dir keine Sorgen."

„Ich sag's dir, du musst einen Schutzengel gehabt haben. Der kam sich sicher doof vor, dich zu beschützen, obwohl du immer behauptest, dass es sie nicht gäbe." Claudias Worte brachten ein gequältes Lächeln auf ihren Lippen, denn Emilia hatte ihr nichts von dem erzählt, was sie an dem Tag gesehen hatte. In ihrer Version schilderte sie Claudia, dass der Schuss sie einfach verfehlt und sie nur Glück gehabt hatte.

„Oh, da fällt mir ein. Sollen wir shoppen gehen? Für die Abschlussfeier?", fragte Claudia noch.

Claudia und Emilia studierten zusammen Kunst und Restauration an der Universität in Palermo und nächsten Monat würde schon ihre Abschlussveranstaltung sein. Emilia hatte ihre Facharbeit bereits mit einer sehr guten Note abgeschlossen und jetzt hatte sie nur noch dieses eine Fach zu absolvieren. Dann würde ihr Studium vorbei sein und sie könnte sich nach einem Job umsehen. Die alte Kunstgeschichte interessierte sie am meisten, und sie träumte seit Längerem davon, eines Tages in der Galleria Nazionale d'Arte Moderna in Rom zu arbeiten. Dann würde sie jeden Tag von den fabelhaften Gemälden der größten Künstler umgeben sein, deren Talente vielleicht auf sie abfärben würden. In letzter Zeit hatte sie mit einer künstlerischen Blockade zu kämpfen und bekam nur schwer Inspiration für ihre eigenen Projekte. Emilia blickte zu ihrer Freundin, die in ihrer Tasche wühlte und ihren Terminplaner hervorkramte.

Nachdenklich blätterte Claudia in dem Planer. „Ich habe nach der Vorlesung noch ein Meeting mit dem Professor. Aber danach können wir shoppen gehen!"

„Okay. Ich werde noch kurz beim Friedhof vorbeischauen. Treffen wir uns in dem Café vom letzten Mal?"

„Alles klar! Ich schreibe dir, wenn wir fertig sind."

Mit einem Blumenstrauß in der Hand stand sie vor den stählernen Toren des Friedhofs und tupfte mit einem Taschentuch über ihr leicht verschwitztes Gesicht. Es war ein überaus heißer Sommer und sie hatten schon seit einigen Wochen keinen Regen in Italien. Sie würde sich später in dem Café auf jeden Fall einen schönen, kalten Eiskaffee gönnen, aber bis dahin würde es noch eine Weile dauern. Die Gräber, zu denen sie wollte, lagen etwa mittig auf diesem Friedhof, aber er war nicht so groß, dass sie lang hätte laufen müssen. Trotzdem nahm sie sich die Zeit, langsam durchzugehen, denn die Ruhe an diesem Ort half ihr, für einen Moment abzuschalten und all ihre Sorgen zu vergessen. Eine schwüle Brise wehte sanft durch die Baumkronen, jegliche Laute wurden allerdings von dem raschelnden Kies übertönt, über den sie ihre Füße schlendernd zog. Emilia erreichte ihr Ziel nach wenigen Minuten und lief zu zwei Grabsteinen, die etwas abseits vom Kiesweg standen. Ein vertrockneter Blumenstrauß lag auf einem der Gräber, obwohl sie diesen erst vor wenigen Tagen hergebracht hatte. Sie blickte zu einer kleinen Engelsstatue daneben, die vor vielen Jahren von ihren Verwandten dorthin gestellt wurde, und musste wieder an den Mann denken, der sie bei dem Banküberfall gerettet hatte. Seine großen Flügel sahen aus wie die von ... *Nein, es gibt keine Engel!* Es war bestimmt nur eine Täuschung ihres Hirns, da sie glaubte, dem Tod ins Auge zu blicken, oder so ähnlich. Mürrisch kniete sie sich zu den Gräbern, entfernte den Strauß und strich die vertrockneten Blätter zur Seite, ihre Finger glitten dabei sanft über die marmorierte Steintafel. *Marietta Alfieri* stand dort eingraviert. *Roberto Alfieri*, war der Name auf dem daneben liegenden Grabmal – ihre Eltern.

Emilia legte den Strauß von frischen Lilien zwischen die beiden Gräber, obwohl es eigentlich mehr die Lieblingsblumen ihrer Mama waren, war sie sich sicher, dass ihr Papa sich genauso darüber freuen würde. Eine schneeweiße Feder schwebte vor ihrem Gesicht hinab, als sie ihren Blick erhob, und landete auf der Hand, die noch auf dem Blumenstrauß ruhte. Sie griff nach der Feder und musterte sie genau – sie war viel zu groß, als dass sie die Feder eines Vogels sein konnte und auch viel zu sauber. Es war das reinste Weiß, das sie je gesehen hatte. Nach der anfänglichen Faszination warf sie die Feder zu dem kleinen Haufen von vertrocknetem Laub neben sich und sammelte noch einige weitere verdorrte Blätter ein, die zu den Seiten der beiden Gräber lagen. Engel existierten nicht, also konnte es keine Engelsfeder sein.

Ihre Hand streckte sich nach dem letzten Blatt aus, welches durch seine Trockenheit bereits zwischen ihren Fingern zerbröselte, als sich ihr Handy meldete. Das laute Piepen in dieser Stille hatte sie etwas aufgeschreckt. Emilia rieb rasch den Dreck von ihren Händen und holte das Handy aus ihrer Tasche. Es war eine Chatnachricht von Claudia, sie würde sich nun auf den Weg in das Café machen.

„Ich werde euch in den nächsten Tagen wieder besuchen kommen. Bis dann", verabschiedete sie sich von ihren Eltern.

Als sie sich abwandte, glaubte sie aus dem Augenwinkel heraus eine helle Silhouette hinter den Gräbern ihrer Eltern gesehen zu haben. Doch bis auf den weißen Flaum, der zu dem Blumenstrauß herabschwebte, sah sie nichts und tat es als optische Täuschung ab.

Es gibt keine Engel ...

Ein heiteres Glockenklingen ertönte, nachdem sie die Glastür des kleinen Cafés geöffnet hatte, und der Duft von frisch gemahlenen Kaffee kroch ihr direkt in die Nase. Emilia erspähte ihre Freundin im hinteren Teil des Cafés und setzte sich unauffällig zu ihr. Claudia hatte ihre Nase tief in ein Buch gesteckt – es war die neuste Lektüre über Restaurationstechniken, wie sie am Einband erkennen konnte – und war so auf die Texte fokussiert, dass sie ihre Präsenz nicht bemerkte. Emilia musste unweigerlich darüber grinsen. Claudias graugrüne Augen flogen über den Text, als würde sie jedes einzelne Wort einsaugen, und auch ihre Augenbrauen waren in ihrer Konzentration etwas zusammengezogen. Eine ihrer schwarzen langen Strähnen glitt über ihre Schulter, die sie sofort wieder zurückwarf. Claudia hatte dadurch ihr Buch etwas gesenkt. Als sie Emilia endlich bemerkte, schreckte sie in ihrem Sitz auf.

„Mein Gott, hast du mich vielleicht erschreckt."

„Sorry, du sahst so konzentriert aus und ich wollte dich nicht stören", erwiderte sie lachend. Claudia legte das Kunstbuch zur Seite und nahm einen großen Schluck von dem Eiskaffee, dessen Vanilleeis mittlerweile geschmolzen war.

„Bestellst du dir nichts?"

„Ich werde mir was mitnehmen."

Claudia leerte den Rest ihres Eiskaffees in einem Zug und sprang direkt auf. „Dann können wir ja gleich in die Boutique auf der Via Simone Corleo gehen. Die haben die schönsten Abendkleider dort!"

Emilia eilte zu dem Barista und bestellte den Eiskaffee, bevor Claudia auf die Idee kommen konnte, sie ohne eine Abkühlung aus dem Café herauszuzerren. Sie hatte schon lange nichts mehr mit ihrer Freundin unternommen und erst jetzt kam die Vorfreude auf die Abschlussparty ihrer Universität auf. Danach könnte sie endlich in ihrem Fachgebiet arbeiten.

Emilia ging die ganzen Abendroben an den Kleiderstangen durch, so wirklich war ihr aber keines ins Auge gesprungen. Bisher hatte sie noch nie solch elegante Kleider angehabt, aber sie war auch noch nie auf edlen Feiern eingeladen gewesen, weswegen ihre sonst eher schlichte Garderobe bisher ausreichend war. Claudia rief aus einer der Umkleidekabinen nach ihr und bat um Hilfe mit dem Reißverschluss an ihrem Rücken. Emilia strich Claudias schwarze Haare über ihre Schulter und zog den Zipper des Kleides hoch. Ihre Freundin drehte sich auch schon zu ihr und zeigte sich von allen Seiten – sie hatte sich ein weinrotes Kleid ausgesucht, das oben mit filigranen Blumenspitzen versehen war, genauso wie die ellbogenlangen Ärmel. Es stand ihr ausgezeichnet, denn es schmeichelte ihrer Figur sehr, und ihre unbedeckten Schultern gaben der Robe einen Hauch von eleganter Sinnlichkeit.

„Und? Wie findest du's?"

„Ich würde sagen, das ist's!", gab Emilia aufgeregt zurück und lachte. Jetzt müsste sie nur noch eines für sich finden. Leise seufzend schob sie den Vorhang der Umkleidekabine zu und begab sich wieder in den Verkaufsraum. Sie stöberte durch die Kleider, doch keines wollte ihr so wirklich gefallen. Mit ihrem Nebenjob in einer Bäckerei verdiente sie nicht so viel, und sie wollte keinen großen Batzen Geld für irgendein Kleid ausgeben, das sie niemals wieder anziehen würde. Vielleicht würde sie in einem anderen Geschäft fündig werden.

„Hast du nichts gefunden?" Claudia stellte sich neben sie, das schicke weinrote Kleid lag ordentlich über ihren Arm gefaltet.

„Mhm. Ich will nicht einfach irgendein x-beliebiges Kleid kaufen, wenn ich schon so viel Geld dafür ausgeben muss."

„Ich kann dir doch …"

„Nein. Nope. Nada!", unterbrach sie ihre Freundin sofort. Sie wusste, was Claudia sagen wollte, doch sie wollte sich von niemandem Geld leihen. Ihre Tante hatte ihr gepredigt, mit Geld sorgsam umzugehen und Schulden wären alles andere als sorgsam. Auch wenn sie wusste, dass Claudia nicht so streng damit sein würde, wollte sie ihr trotzdem nichts schuldig sein.

„Wir können ja noch etwas durch die Stadt spazieren, vielleicht finde ich auf der Via Ruggero Settimo etwas. Dort sind doch auch gute Läden."

Claudia schüttelte nur ihren Kopf und bezahlte ihr Kleid.

Die Sonne hing bereits am Horizont und tauchte den Himmel über Palermo in dunkle Rottöne. Emilia und Claudia hatten schon fast das Ende der Einkaufsstraße erreicht, als das Licht der Straßenlaternen entflammte und die Straßen sanft beleuchteten. Sie hatten fünf weitere Geschäfte abgeklappert und Emilia hatte immer noch nichts Passendes gefunden. Etwas niedergeschlagen kramte sie in ihrer Tasche nach ihrem Geldbeutel, um in dem nächstbesten Shop einfach ein günstiges Kleid zu kaufen. Emilia setzte zu einem Schritt an, als sie durch einen kräftigen Stoß gegen die Schulter das Gleichgewicht verlor und durch den

Zusammenprall auf ihren Hintern landete. Der Inhalt ihrer Tasche verteilte sich dabei über die Straße.

„Hey, was soll das denn, du Arsch!", schimpfte Claudia. Aufgebracht drehte Emilia sich um, doch die Person, die sie zu Boden gestoßen hatte, verschwand in der Menschenmenge hinter ihnen und war damit außer Sicht. Claudia griff nach ihren Armen und half ihr auf, eine fremde Frau las die Gegenstände auf, die aus ihrer Handtasche herausgefallen waren.

„Bist du okay?", fragte ihre Freundin nach und hob gerade Emilias Geldbörse auf.

„Alles noch dran. Vielen Dank!", erwiderte sie lächelnd und bedankte sich auch bei der fremden Frau, die die Gegenstände in ihre Tasche legte. Die schimmernden bernsteinfarbenen Augen dieser Frau, die mit goldenen Sprenkeln verziert waren, zogen Emilia sofort in ihren Bann. Ihr Blick war intensiv, als würde sie einfach durch Emilia hindurchsehen. Lange braune Wellen umrahmten ihr schmales, makelloses Gesicht und ein Mundwinkel ihrer tiefroten, glänzenden Lippen zog sich leicht hoch, ehe sie mit einem leisen Lachen an ihr vorbeiging. Emilia sah ihr für einen Moment nach, starrte auf ihren schmalen Rücken. Zu gerne hätte sie nach ihrem Namen gefragt, denn ihre makellose Schönheit wäre ein perfektes Motiv für ein Bild. Doch bevor diese Idee aufkam, war die Frau schon in der Menge verschwunden.

„Wieso klappern wir eine Boutique nach der anderen ab, wenn du dir schon eine ausgesucht hast?"

Verwundert über ihre Worte, wandte sich Emilia ihrer Freundin zu. Claudia hielt neben ihrer Geldbörse eine Visitenkarte in der Hand und reichte ihr beides. War das Kärtchen auch aus ihrer Handtasche herausgefallen? In einer edlen, geschwungenen Schrift standen dort ein Name und eine Adresse. *Boutique luce d'angelo.*

„Ich hab diese Visitenkarte noch nie gesehen." Claudia warf ihr einen zweifelnden Blick zu, dabei kam Emilia ein Gedanke: *Ob die hübsche Frau mir diese Visitenkarte vielleicht untergeschoben hat?* „Sollen wir mal vorbeischauen? Die Straße ist doch in der Nähe."

Nach nicht einmal zehn Minuten hatten sie die Adresse erreicht, die auf der Visitenkarte angegeben war. Vor ihnen war eine kleine, unscheinbare Boutique, in deren Auslage sich ein Kleid befand, das Emilias Herz sofort höherschlagen ließ. Ein langes, dunkelgraues Kleid, dessen Rock mit mehreren Lagen Tüll überzogen. Vorn war es etwas kürzer geschnitten und das Oberteil mit edlen Perlstickereien versehen. Ihr Blick wanderte zu dem Preisschild, es würde bestimmt weit über ihrem Budget liegen. Emilia drückte ihre Nase beinahe gegen das Schaufenster, als sie einen Preisnachlass von 55 Prozent auf dem Schild erkannte. *Dieses wunderschöne Kleid war um mehr als die Hälfte vergünstigt?*

„Du hast dein Kleid wohl gefunden?", sagte Claudia kichernd. Sie zögerte keine Sekunde, betrat die Boutique und sah sich dort nach jemandem um, der ihr weiterhelfen konnte. Hinter dem Tresen kam eine junge Frau hervor. Es war nicht die hübsche Frau, die ihr vorhin geholfen hatte. Sie war wesentlich kleiner, ihre Haare glatt und blond. Trotz ihrer anfänglichen Enttäuschung setzte sie ein breites Lächeln auf. Sie musste sich dieses Kleid sichern.

„Guten Abend, wie kann ich Ihnen helfen?", fragte die Verkäuferin höflich und trat näher an Emilia heran. Die Verkäuferin musterte sie neugierig und zunächst leuchteten ihre Augen sogar etwas auf. Im nächsten Moment flitzten ihre Augen über Emilias Schulter und weiteten sich vor Schreck. Die Frau wich sogar leicht zurück. Verwundert darüber drehte sich Emilia um, doch sie erkannte nichts Besorgniserregendes und schenkte ihrer seltsamen Reaktion daher keine weitere Beachtung.

„Ich würde dieses Kleid aus der Auslage anprobieren wollen", sagte sie.

„Ah! Sie haben einen äußerst guten Geschmack! Ich bringe es Ihnen sofort, nur einen Moment."

Emilia blickte ihr mit einem Lächeln nach, diese Verkäuferin war trotzdem irgendwie niedlich, so wie sie mit einem freudigen Summen zu dem Schaufenster hüpfte. Sie kehrte mit dem Kleid zurück und führte Emilia zu dem Garderobenbereich, der sich direkt neben dem Verkaufstresen befand. Diese Boutique war sehr klein und genauso klein war auch ihre Auswahl an Abendroben. Doch jedes von ihnen schien von hervorragender Qualität und das auch zu einem angemessenen

Preis. Es wunderte sie irgendwie, dass hier nicht mehr Kundschaft unterwegs war.

Emilia zupfte die Träger zurecht, es passte wie angegossen, als wäre es nur für sie geschneidert worden. Der graue Tüll glitzerte sogar dezent im Licht, während sie sich von allen Seiten begutachtete. Sie fühlte sich wie eine Prinzessin. Als sie ihre Hand zu dem Reißverschluss an ihrer Seite führte, hörte sie ein eifriges Flüstern. Emilia schob den Vorhang der Garderobe leicht zur Seite und blickte hinaus. Claudia sah sich gerade die Kleider an einer Stange an, aber sie sah nicht so aus, als würde sie mit jemandem reden.

„Sei nicht so laut", schimpfte eine Frau.

„Entschuldigung, Boss. Aber sollten wir Sariel-umpf", murmelte eine andere Person. Es war die Stimme der niedlichen Verkäuferin und es klang, als hätte ihr jemand eine Hand gegen den Mund gedrückt. Emilia versuchte, ihr aufkommendes Schmunzeln zu unterdrücken. *Die arme Verkäuferin.*

Sie verließ die Kabine und stellte sich zu dem Verkaufstresen, dabei warf sie einen neugierigen Blick in den dahinterliegenden Raum, doch bis auf einige gefüllte Kleiderstangen konnte sie nicht viel sehen. Die niedliche Verkäuferin eilte zu ihr und stellte sich lächelnd an die Kasse. „Entschuldigen Sie bitte die Wartezeit. Das macht dann 70 Euro." *70 Euro? Das Kleid war doch bereits um die Hälfte reduziert und jetzt muss ich sogar noch weniger zahlen, als angeschrieben war?* „Oh. Wir haben immer ein Angebot für jeden 100. Kunden des Monats. Die bekommen noch einmal Rabatt auf die Ware", erklärte sie und zwang sich zu einem freundlichen Lachen. Aber es klang eher, als würde sie ihre Worte selbst nicht glauben. „Mit dem Kleid ist alles in Ordnung! Sollten Sie unzufrieden sein, bekommen Sie Ihr Geld selbstverständlich zurück!", fügte sie noch hinzu, nachdem sie Emilias zweifelnden Blick wohl bemerkt hatte. Nach kurzem Zögern bezahlte sie die Kleidung, denn wo würde sie sonst noch ein so wunderschönes Kleid finden?

Die Verkäuferin stieß ihren angehaltenen Atem lang und laut aus, als sie eine Hand zu ihrer Brust führte.

„Mein armes Herz", wimmerte sie leise und versuchte sich zu beruhigen. Ihre Vorgesetzte trat aus dem Lager hervor, nachdem die Kundin das Geschäft verlassen hatte, und packte ihr Gesicht mit einer Hand. Ihre Finger drückten ihre Wangen wie einen weichen Ball. Die Verkäuferin nuschelte etwas, doch es kam kein verständliches Wort heraus.

„Wenn du dich nicht zusammenreißen kannst, muss ich mir jemand anderen suchen. Mihriel."

Dass ihre Chefin ihren wahren Namen so voller Gift aus ihren rot schimmernden Lippen herauspresste, machte sie nur noch nervöser.

„Aber Baradiel hat mich die ganze Zeit so böse angesehen."

Den ganzen Einkauf über hatte der Schutzengel dieser Frau sie mit misstrauischen und wütenden Blicken durchbohrt, als würde sie ihr etwas antun wollen. Ihre Chefin ließ prompt von ihr ab und kämmte sich mit ihren Fingern durch ihre langen braunen Wellen.

„Du hast recht. Er sollte sich um Baradiel kümmern, damit er auf keine seltsamen Ideen kommt", murmelte sie schließlich. Sie blickte ihrer Vorgesetzten nach, die gemächlich zu der Eingangstür der Boutique ging. Ihre welligen, beinahe leicht gelockten Haare reichten ihr bis zur Mitte ihres Rückens, aus dem nun ein Paar von pechschwarzen Flügeln mit einem lauten *Flapp* entsprang. Die dunklen Federn tanzten wild um ihre Figur. Ja, ihre Vorgesetzte Nuriel war ein gefallener Engel. So wie sie. Mihriel führte eine Hand zu ihrer Schulter, denn auch zwischen ihren Schulterblättern entfalteten sich pechschwarze Flügel. Sie grub ihre Finger tief in ihre Schulter, als sie daran dachte, warum sie, zusammen mit vielen anderen Engeln, überhaupt von Gott verstoßen worden war. Warum so jemand Mächtiges wie Nuriel in Ungnade gefallen war.

Weil sie damals in ihrer Aufgabe den Übergang ins himmlische Reich zu bewachen versagt hatten.

Weil *er* mit seiner einfältigen und dummen Handlung zugelassen hatte, dass die Dämonen überhaupt bis nach Eden vordringen konnten.

Mihriels Blick verdüsterte sich. Nachdem *er* diese Frau beim Überfall gerettet hatte, musste sie ihn zur Strafe, dass er Nuriel das angetan hatte, irgendwie anders quälen. Und ihr kam bereits eine Idee, wie sie das anstellen könnte.

Kapitel 2

Es war der Tag der Abschlussfeier ihrer Universität. Emilia trug das graue Abendkleid, denn sie hatte tatsächlich keinerlei Makel entdeckt, nachdem sie das Kleid nach dem Einkauf nervös unter die Lupe genommen hatte. Sie hatte wohl wirklich einfach nur Glück gehabt, noch einen zusätzlichen Rabatt bekommen zu haben. Emilia war auf ihre Haare fixiert, die sie gerade mit zahlreichen Haarspangen zu einer Hochsteckfrisur zu frisieren versuchte. Ihre schmalen Finger steckten die letzte Spange in die Frisur fest und sie zupfte den kleinen zurecht. Abschließend griff sie zu einem Lippenstift mit einem sehr dezenten Rosa, denn sie war kein großer Fan von kräftigem Make-up. Zufrieden begutachtete sie ihr Spiegelbild, sie fühlte sich tatsächlich wie eine Prinzessin und freute sich jetzt umso mehr auf diesen Abend mit Claudia. Ein Blick auf die Uhr über ihrem Fernseher verriet ihr, dass sie sich auch schon auf den Weg machen sollte.

Sie hatte das Wohnhaus gerade verlassen, da hielt das Auto von Claudias Freund bereits vor ihr. Er hatte durch seinen Beruf keine Zeit, um an ihrer Abschlussfeier teilnehmen zu können, aber hatte darauf bestanden, Claudia und sie dorthin zu fahren und wieder abzuholen. Mit dem Auto dauerte es keine zwanzig Minuten, bis sie den Ort der Veranstaltung erreicht hatten. Emilia stieg freudig aus dem Wagen und fand sich vor einem sehr edlen und sehr hohen Hotel wieder, vor dessen Eingang zwei Mitarbeiter in schwarzen Sakkos standen, die Claudia und sie hineinbaten.

„Dass sich unsere Uni so eine Location leisten kann?", flüsterte ihre Freundin aufgeregt, als sie den Eingangsbereich betraten. Das überraschte Emilia auch sehr, denn sie blickte auf den schmalen weinroten

Teppich, der über einen spiegelglatten Marmorboden gezogen war und bis zur Rezeption führte. Sämtliche Mitarbeiter waren außerordentlich elegant gekleidet und begleiteten die Gäste zu verschiedenen Räumen. Im hinteren Bereich befand sich eine große Bar, an der scheinbar Geschäftsleute saßen und sich eifrig unterhielten. Es würde sie nicht wundern, wenn dieses Hotel einer ganz anderen Welt entsprechen würde und genauso sehr fühlte sie sich fehl am Platz. Aber das war immerhin ihre Abschlussfeier und sie gönnte sich sonst auch nichts, also sollte sie diesen Abend doch einfach genießen.

„Guten Abend, wie kann ich Ihnen behilflich sein?", fragte ein Mann an der Rezeption. Claudia kramte die Einladung ihrer Universität aus ihrer kleinen Tasche hervor und zeigte sie dem Mann vor.

„Bitte folgen Sie mir, ich zeige Ihnen die Räumlichkeiten", sagte er höflich und führte sie in das obere Stockwerk. Sogar die Treppen waren aus Marmor und ebenfalls mit einem roten Teppich überzogen. Goldene Stangen waren zwischen den Stufen angebracht, damit der Teppich nicht verrutschen konnte. Über ihnen hingen viele überaus große Kronleuchter, deren Kristalle so hell funkelten, dass der Glanz sie sogar leicht blendete.

Als sie das obere Stockwerk erreichten und durch eine hohe Glastür geführt wurden, erstreckte sich ein großer Saal vor ihnen. Nein, er war riesig. Es waren bereits Hunderte von Gästen anwesend, die sich in einigen Grüppchen laut unterhielten und zwischen den Unterhaltungen an ihren Getränken nippten. Allesamt gepflegt gekleidet in langen, schillernden oder edlen Abendkleidern. Die Männer trugen feine Sakkos, vereinzelt sah sie unter den vielen dunklen Farben auch einige Männer in hellen Anzügen. Es war ein bunter Haufen.

„Darf ich Ihnen etwas zu trinken anbieten?" Ein junger Mann kam mit einem freundlichen Lächeln auf sie zu und hielt ihr ein rundes Silbertablett mit verschiedenen Gläsern entgegen. Champagnergläser, Weingläser … ihre Augen blieben an den Wassergläsern hängen, von denen einige auch mit Säften gefüllt zu sein schienen.

„Vielen Dank", flüsterte sie leise und entschied sich für einen der Säfte. Claudia musste sich natürlich als allererstes ein Champagnerglas nehmen.

Während sie einen Schluck von dem fruchtig säuerlichen Getränk nahm, ließ sie ihren Blick über den Saal schweifen. Gelegentlich schnappte sie einige Gesprächsfetzen auf – Gespräche über große erfolgreiche Geschäfte, der Familie oder der letzte Urlaub auf den Seychellen. Claudia befand sich bereits in einem angeregten Gespräch mit drei Frauen, die sie nicht kannte. Ihre Freundin war schon immer eine offene Person gewesen, sie hatte keine Mühe damit, andere Menschen in lange Gespräche zu verwickeln. Eine Eigenschaft, um die sie ihre Freundin manchmal sogar etwas beneidete.

Emilia setzte sich an einen leeren Tisch und seufzte leise. Sie konnte die Abschlussfeier ihrer Uni doch schlecht einsam in irgendeiner stillen Ecke verbringen, aber all diese Menschen wirkten wie aus einer anderen Welt und sie konnte sich nicht vorstellen, worüber sie sich mit ihnen unterhalten könnte. Außerdem wollte sie sich Claudia auch nicht die ganze Veranstaltung über aufdrängen. *Vielleicht schlag ich mir erst den Bauch mit einigen Häppchen voll und spreche dann irgendjemanden an?* Emilia sprang von dem goldumrahmten Samtstuhl auf und versuchte, das Speisebuffet zu erspähen. Dabei fiel ihr Blick auf einen Mann, der neben dem Buffet stand und ihr bekannt vorkam. Er hatte kurze schwarze Haare, die an seiner rechten Seite leicht zurück frisiert waren, und trug einen dunkelblauen Anzug. Seine meerblaue Krawatte war etwas gelockert, scheinbar machte er sich nicht so viel aus der Kleiderordnung hier. Der kleinere Mann, mit dem er sich gerade unterhielt, ließ ihn so viel größer wirken. Als er sich in ihre Richtung drehte, da er sich etwas zu seinem kleineren Gesprächspartner hinunterbeugte – vermutlich, weil er seine Worte in dieser Geräuschkulisse nicht verstehen konnte –, konnte sie sein Gesicht etwas besser sehen. Emilia erinnerte sich wieder daran, wo sie diesen Mann gesehen hatte.

Er war derjenige, der sie bei dem Banküberfall gerettet und den Schuss für sie abgefangen hatte!

Aufgeregt stellte sie sich zu ihrer Freundin und zupfte an ihren Ärmel. Sie hatte ein schlechtes Gewissen, Claudia bei ihrer Unterhaltung zu stören, aber Emilia musste wissen, ob sie diesen Mann kannte.

„Claudia. Weißt du vielleicht, wer dieser Mann ist, der sich da hinten mit dem kleineren Herrn unterhält?", fragte sie ihre Freundin. Claudia folgte ihrem Blick und es dauerte einen Moment, bis sie die gemeinte Person gefunden hatte.

„Oh, der? Das ist Timoteo di Calvaro, er soll der Sponsor unserer Feier sein", erklärte sie. Über ihre Antwort runzelte Emilia nur die Stirn. *Ob sie ihn wohl verwechselt?* Vielleicht sollte sie weiter in den Raum hinein und unauffällig bei den Buffets stehen, damit sie ihn sich genauer ansehen konnte. Sie war sich aber ganz sicher, dass er derjenige war.

„Wieso fragst du? Gefällt er dir etwa?", zog Claudias Stimme sie aus ihren Gedanken. Sie warf ihrer Freundin einen warnenden Blick zu, aber sie konnte ihr schlecht erklären, dass dieser Mann ihr Retter war. Vor allem, nachdem sie ihr noch nicht einmal davon erzählt hatte.

„Er ... wirkt einfach nur interessant", log sie, nahm einen weiteren Schluck von ihrem Getränk und sah ihre Freundin brummig an.

„Man munkelt, dass er vielleicht vom anderen Ufer ist. Er hat angeblich sämtliche Avancen von Frauen abgelehnt, und er ist auch nicht verheiratet oder sonst irgendwie liiert." Natürlich kannte Claudia sämtlichen Klatsch und Tratsch und wusste immer über alle Promis Bescheid.

„Vielleicht wartet er auch einfach auf die Richtige und nimmt nicht die erstbeste Gelegenheit", gab sie zurück.

„So romantisch und naiv kannst auch nur du sein."

Emilia schnaubte verärgert. Sie war auf dieser Welt bestimmt nicht die Einzige, die so dachte, und vielleicht würde dieser Timoteo di Calvaro auch so denken wie sie.

„Du hast doch keine Ahnung", sagte sie und ließ ihre Freundin stehen. Sie würde ihr schon beweisen, dass er anders tickte. Schon allein, weil er kein Mensch sein konnte, wenn sich schwarze Flügel aus seinem Rücken entfalteten! Und auf der Überwachungskamera hatte man ihn auch nicht gesehen. Ganz gleich, *was* er war, ihre Tante hatte sie anständig erzogen, und sie wollte sich bei ihm bedanken, wenn er sich überhaupt noch an sie erinnern würde.

Aber wie kann ich näher an ihn herankommen und darüber reden, ohne seltsam zu wirken oder ihn zu vergraulen? Vielleicht frage ich ihn, ob er mit mir tanzen will. Diese Party hatte immerhin ein kleines Ensemble, das klassische Musik spielte, und einige Gäste waren bereits

auf der Tanzfläche, die elegant dazu tanzten.

Emilia stellte sich an die kleine Bar an der Seite des Saals und fragte nach einem Whiskey, damit sie sich etwas Mut antrinken konnte, um diesen Mann nach einem Tanz zu fragen. Sie brauchte diesen Mut, denn von seiner charismatischen Ausstrahlung nach zu urteilen, schien er in einer ganz anderen Liga zu spielen. Elegante Veranstaltungen wie diese hier besuchte er bestimmt jeden Tag, und wenn ihre Uni sich durch sein Sponsoring so eine Location leisten konnte, dann müsste er steinreich sein. Das scharfe Getränk benetzte ihre Kehle und die Wärme des Alkohols strahlte bis in ihr Gesicht. Sie stellte das leere Glas etwas lauter auf die Bartheke ab, als sie beabsichtigt hatte, und wandte sich diesem Sponsor zu. Er lachte gerade über etwas, dass sein kleinerer Gesprächspartner gesagt hatte. Sein Lachen unterstrich seine tiefblauen Augen mit leichten Fältchen und traf sie direkt ins Herz. Als sie sich vor ihn stellte, wanderte sein Blick zu ihr, und sie glaubte, dass sich seine Augen etwas geweitet hätten. Es war nur ein kurzer Moment, bevor sein Blick plötzlich streng und kühl wirkte, von dem hübschen und herzlichen Lächeln zuvor war nichts mehr übrig. Aber er sah definitiv wie der Mann aus, der sie gerettet hatte.

„Dürfte ich Sie vielleicht zu einem Tanz auffordern?", fragte sie schließlich in einem Zug.

„Dass dich überhaupt noch einmal jemand fragt, ich hatte die Hoffnung schon aufgegeben." Der kleinere Mann zu seiner Seite lachte laut auf und klopfte ihm so kräftig gegen den Rücken, dass er dabei sogar leicht nach vorn stolperte. Räuspernd richtete der Sponsor seine Krawatte, als er seinem Gesprächspartner einen empörten Blick zuwarf.

„Ich habe kein Interesse", war seine Antwort.

Emilia duckte sich leicht, beschämt über die eiskalte und prompte Abfuhr, doch im Gegensatz zu ihr, ließ sich der andere Mann nicht davon beirren und packte seinen Arm. Seine andere Hand legte sich um ihren Unterarm und er wollte ihre Hände zueinander führen, doch ihr Retter befreite sich aus dem Griff, ehe sich ihre Finger berühren konnten. Sein Gesprächspartner seufzte laut und ließ von ihr ab.

Enttäuscht ließ sie den Arm zu ihrer Seite sinken.

Wenn er nichts mit ihr zu Tun haben wollte, sollte sie ihn nicht dazu zwingen, und sie wandte sich von ihm ab.

Kaum hatte sie sich umgedreht, erlosch das Licht im Festsaal. Emilia versuchte, sich in dieser Dunkelheit zu orientieren, doch eine raue Hand legte sich um ihren Mund, und sie erstarrte vor Schreck. Ein süßlicher Geruch, der sie an karamellisierten Zucker erinnerte, drang ihr in die Nase. Sie wollte sich wehren, aber jegliche Laute wurden von der Hand erstickt, und ein Arm schlängelte sich um ihre Taille, der ihren Rücken fest gegen einen Körper drückte und sie gefangen hielt. Das aufgeregte Tuscheln der Gäste wurde immer leiser, klang immer mehr wie ein weit entferntes Flüstern, und die Kraft schwand aus ihren Gliedern.

„Schlaf schön."

Kapitel 3

Es herrschte lautes Getuschel, Timoteo hörte sogar einige erschrockene Stimmen. Im nächsten Moment ging das Licht wieder an und die Frau vor ihm war spurlos verschwunden. Verwundert sah er sich um, sah über die Gäste, doch er konnte sie nirgends finden. Stattdessen fand er in der Menge einen Mann, der durch seinen unpassenden Dresscode von ärmelloser Jacke mit Fellkragen, engen Jeans und Nietenbändern um seine Arme, wie ein spitzer Dorn herausstach. Er hatte feuerrote Haare und genauso feurige Augen, die sich durch sein teuflisches Grinsen verengten, während er eine Hand zu seinen Lippen führte. Zwischen seinen Fingern hing ein grauer zerrissener Stoffstreifen – ein Grau wie das Kleid der Frau, die nun verschwunden war.

„Du verfluchter …" Er hatte seine Beschimpfung kaum ausgesprochen, da löste sich dieser Mann in einer pechschwarzen Flamme auf.

Timoteo machte einen wütenden Schritt nach vorn, um den Übeltäter zu verfolgen, wenn sich ihm nicht ein anderer Mann in den Weg gestellt hätte. Er sprang rasch zurück, um nicht mit dem Mann zusammenzustoßen, und sah ihn verärgert an.

„Wo ist Emilia? Sie war doch eben noch bei dir."

Er warf dem Mann – nein, er war ein Engel – einen abfälligen Blick zu, starrte in dessen wütende, tannengrüne Augen.

„Wer von uns ist ihr Schutzengel? Geh mir jetzt aus dem Weg!", keifte er und schob den Engel zur Seite. Er spürte die restliche Energie dieses Dämons, der bis noch vor einem Moment hier an dieser Stelle gestanden hatte – dass sie es überhaupt wagten, jemanden direkt vor seiner Nase zu entführen. Timoteo fuhr reflexartig herum, als jemand seine Schulter packte, und schlug den Arm der Person weg. Es war schon wieder dieser lästige Schutzengel. Mit einem schnellen Handgriff packte er diesen am Hals und teleportierte sich auf die Terrasse draußen, bevor sie noch von jemandem gesehen werden würden. „Du vergisst, dass du dich in meinem Bereich befindest, Baradiel", drohte er scharf und presste seinen Namen in einem verächtlichen Unterton zwischen seinen Lippen hervor. „Du hast noch nicht einmal bemerkt, dass ein Dämon unter den Gästen war! Und du willst ein Schutzengel sein?" Timoteo stieß ihn grob zurück, als er von ihm abließ. Mit einer Hand fuhr er durch seine schwarzen Strähnen und schnalzte genervt mit der Zunge. Er musste sie rasch finden, bevor ihr etwas Furchtbares zustoßen würde.

„Und du? Du wurdest vom Herrn verstoßen, was für ein Engel bist du denn?" Timoteo warf ihm einen warnenden Blick zu, der ihn sofort verstummen ließ. Baradiel sollte vorsichtig mit dem sein, was er von sich gab. Hier auf der Erde hatte er Gottes Schutz nicht, und er könnte ihn den Dämonen mit Leichtigkeit zum Fraß vorwerfen.

„Willst du dich streiten, oder deinen Schützling retten?", fragte er, wandte sich ihm nun mit einem gelangweilten Lächeln zu und sprach weiter. „Als gefallener Engel brauche ich die Menschen nicht aus den Fängen der Dämonen zu befreien."

Baradiels Augen weiteten sich. „Das wagst du nicht."

„Als Sponsor habe ich da drinnen eine Party zu betreuen. Ich habe Besseres zu tun, als einen Menschen zu retten, der eigentlich von seinem Schutzengel behütet werden sollte. Welcher auf ganzer Linie versagt hat, wohlgemerkt."

Baradiel spannte seine Kiefermuskeln an und ballte seine Hände zu Fäusten. Seine grünen Augen starrten eisern in seine, ehe er sie doch zu Boden wandte und sich zu einer tiefen Verbeugung durchrang.

„Hilf mir dabei, Emilia zu retten … bitte", sagte er schließlich. Timoteo musterte den Engel vor sich genervt. Seine langen blonden Haare, die er zu einem Zopf geflochten hatte, hingen durch die Verbeugung an seiner Schulter hinab. Die vorderen Haarsträhnen verdeckten sein Gesicht, doch an seinen zittrigen Fäusten, die er eng gegen seine Beine gedrückt hielt, konnte er erkennen, wie verzweifelt er sein musste. Timoteo ächzte laut auf und legte eine Hand auf den blonden Haarschopf, drückte seinen Kopf tiefer hinunter, ließ aber mit einem leichten Tätscheln von ihm ab und lief an ihm vorbei.

„Folge mir."

Die Spur des Dämons führte in den Rosengarten des Hotels. Es war keine einzige Menschenseele draußen und er erkannte auch gleich, warum das so war. Der Torbogen, der in den Gartenbereich führte und jetzt von roten Energieschwaden durchzogen wurde, war ein Dämonenportal. Ein Portal, das sie in eine andere Dimension dieses Ortes bringen würde. Timoteo ließ seinen Blick über die hohen Rosenhecken schweifen. *Versucht dieser Dämon, mich etwa irgendwohin zu locken? Sie haben es immerhin gewagt, einen Menschen in meiner direkten Präsenz zu entführen.*

Nachdem sie den Garten betreten hatten, spannten sich Baradiels strahlend weiße Flügel mit einem Schlag auf, doch bevor er loslaufen konnte, packte Timoteo seinen Arm und hielt ihn zurück. Der Engel wehrte sich mit aller Kraft gegen seinen stählernen Griff, während Timoteo seinen Blick auf den feurigen Dämon einige Meter weiter vor sich fixierte. Die Frau, die er entführt hatte, lag bewusstlos zu seinen Füßen. Wenigstens würde sie nichts von all dem hier mitbekommen.

„Verdammt, lass mich los, ich muss zu Emilia!", schrie Baradiel ihn wütend an und versuchte, mit der freien Hand seine Finger von sich zu schälen.

„Wenn du nicht willst, dass du und deine Emilia heute hier sterben, dann hältst du dich besser zurück." Der Engel erstarrte augenblicklich, und Timoteo erkannte aus dem Augenwinkel seinen schockierten Ausdruck. Dieser Dämon vor ihnen war kein gewöhnlicher Dämon eines niederen Ranges. Timoteo kannte ihn zu gut.

Er zog den Schutzengel grob hinter sich und schritt voraus, als auch seine Flügel sich mit einem lauten *Flapp* aus seinem Rücken entfalteten. Doch im Gegensatz zu Baradiels schneeweißen Flügeln, waren seine so schwarz wie die Nacht.

„Du hast vielleicht Nerven, auf meiner Veranstaltung einen Menschen zu entführen … Talron." Er spuckte den teuflischen Namen wie Gift aus seinem Mund, und Baradiel schreckte mit einem lauten Japsen auf. Unter den Engeln auf der Erde, gab es einige, die es mit Talron, dem Lord der Dämonen, aufnehmen konnten, doch Baradiel gehörte definitiv nicht zu ihnen. Auch auf seiner Party hatte er keine gesehen, deren Macht wie die von Michael war, jener Erzengel, der einst sogar Luzifer vernichtet hatte.

„Wie sonst könnte ich den ehrfürchtigen Sariel dazu bringen, sich mit mir zu unterhalten? Du weißt, was ich will."

„Was meint er?"

Baradiels Blicke bohrten sich geradezu in Timoteos Hinterkopf, doch er ignorierte ihn und starrte den Dämon angespannt an. Das, was vor dreizehn Jahren geschehen war, wurde unter Verschluss gehalten und es gab nur sehr wenige, die davon Kenntnis hatten – es war ihm ein Rätsel, wie ausgerechnet Talron davon Wind bekommen konnte. In einem Zug knöpfte er sein Sakko auf, zog die Pistole aus dem Waffenhalter an seiner linken Brust und feuerte einen Schuss auf den Dämon ab. Doch der Schuss ging daneben, denn Talron sprang geschmeidig zur Seite.

„Spinnst du? Was ist, wenn du Emilia erwischt hättest?"

Timoteo zischte genervt und schoss, ohne zu zögern, erneut auf den Teufel. Dieser wich seinen Schüssen mit Leichtigkeit aus und packte Emilias Körper, den er als schützenden Schild vor sich hielt. Sein Finger erstarrte über dem Abzug und er verengte seine Augen in Argwohn – er wollte sein Glück mit dieser speziellen Munition nicht versuchen.

Nicht bei ihr.

„Dring mir die Perlen und du kriegst diesen Menschen wieder. Du hast ihr doch …" Seine Drohung wurde durch einen lauten Knall unterbrochen und eine goldschimmernde Patrone zischte knapp an seinem Gesicht vorbei. Talron grinste wie der Teufel, der er war.

Ein Klirren, als wäre ein Fenster zerbrochen, hallte durch den Rosengarten, und hinter dem Dämonenlord bildete sich ein klaffendes und strahlendes Loch in der Luft, durch das zwei Personen herausgeschossen kamen und dem Dämon den Lauf eines Revolvers gegen die Schläfe drückten. Talrons Grinsen verging so schnell, wie es auch auf seinem gebräunten Gesicht erschien.

„Ich glaube, daraus wird diesmal nichts", drohte seine brünette

Untergebene. Timoteo beäugte sie streng, sie hätte viel eher erscheinen sollen. Der andere Engel mit langen hellblonden Haaren befreite Emilia aus den Fängen des Dämons und stellte sich neben den Schutzengel.

„Nuriel? Mihriel?", rief Baradiel nach den soeben erschienenen Engeln. Timoteo warf seinen Blick zurück und beobachtete, wie der Schutzengel seinen Schützling hastig in die Arme nahm. Als er seine Aufmerksamkeit wieder dem Dämon zuwandte, sah er das breiter werdende, schon beinahe bizarre Grinsen auf dem teuflischen Gesicht, und er folgte seinem Blick, den er auf etwas hinter sich fixiert hielt. Ein zarter Lichtschein erhellte die linke Stelle auf Emilias Brust und er starrte erschrocken auf diesen.

Wieso zeigt sie sich jetzt?

„Was für'n Jammer. Aber dafür weiß ich jetzt, wo sich 'ne Perle befindet. Wir werden uns wiedersehen." Talron verabschiedete sich heiter lachend und löste sich in einer pechschwarzen Flamme auf. Timoteo ließ seinen Arm sinken, den Blick wieder auf Baradiel gerichtet. Tränen quollen aus seinen zugekniffenen Augen, während er Emilia fest in seinen Armen hielt und an sich drückte. Es war, als würde jemand sein Herz mit einer Hand umgreifen und fest zupacken. Seine Kehle schnürte sich zu und das Blut rauschte laut in seinen Ohren, er konnte seine Augen nicht von ihnen abwenden. Wenn das damals nie passiert wäre, dann würde er …

Timoteo riss seinen Kopf zur Seite.

„Was sollen wir mit ihr machen? Wenn Talron sie jetzt im Visier hat, dann müssen wir …" Er unterbrach Nuriels Worte mit einer erhobenen Hand und sah wieder zu dem Schutzengel.

„Die Dämonen werden hinter ihr her sein. Wenn du nicht willst, dass ihr etwas zustößt, dann schließt du dich uns besser an", sagte Timoteo, musterte den Schutzengel argwöhnisch und starrte auf dessen Arme, die eng um die Frau geschlungen waren. *Ich sollte eigentlich … nein*, er konnte sich all die Jahre erfolgreich zurückhalten, dann würde er das die nächsten Jahre auch. Baradiel rieb mit einer Hand sein Gesicht trocken und erwiderte seinen strengen Blick mit einem abfälligen.

„Ich tu mich doch nicht mit gefallenen Engeln zusammen!" Nuriels lautes Schnalzen ließ Baradiel etwas aufschrecken, ehe er sich im nächsten Moment leicht duckte.

„Tu, was du nicht lassen kannst. Aber komm ja nicht angekrochen, wenn die Dämonen sie umgebracht haben." Damit wandte er sich von dem Schutzengel ab und begab sich zum Eingang des Rosengartens. Talron war nicht mehr anwesend, also hatte sich damit auch sein Dämonenportal aufgelöst, und sie waren wieder in der richtigen Dimension.

„Warte!", rief Baradiel ihm nach, als er den Rosenbogen des Gartens erreichte. Er warf einen gelangweilten Blick über seine Schulter und musterte das blasse Gesicht des Engels. Baradiel hatte seine Lippen zu einer dünnen Linie zusammengepresst und drückte die noch bewusstlose Emilia wieder an sich. Seine Arme, die eng ihre Schultern umschlangen, zitterten wie Espenlaub. Ein Schutzengel liebte seinen Schützling bedingungslos und würde absolut alles tun, um ihn vor Unheil zu bewahren. Dieses Gefühl kannte er selbst allzu gut und trotzdem hasste er dieses Bild vor sich. Hasste, es mit eigenen Augen sehen zu müssen.

„Wenn ich … mich euch anschließe. Wie könnt ihr mir dann dabei helfen, Emilia zu beschützen?"

„Indem ihr euch meiner *Famiglia* anschließt", antwortete er knapp und drehte sich zu ihm. Es ging hier nicht um ihn, also musste er sich zusammenreißen und jegliche Gefühle in den Tiefen seines Herzens zurück vergraben, um sie nicht wieder freizulassen.

„*Famiglia?* Dann bist du nicht nur ein gefallener Engel, sondern auch noch bei der Mafia?"

Timoteo zischte laut, lief auf den Schutzengel zu und reichte ihm seine Hand. „Willst du jetzt unseren Schutz, ja oder nein?", fragte er erneut und starrte Baradiel wütend an, als dieser mit den Zähnen knirschte und seinen Blick zu Emilia wandte. Baradiel drückte sie wieder an sich, ehe er sich dazu rang und Timoteos Hand packte.

„Dann wirst du zu meinem Untergebenen. Dein Name wird ab sofort Lucio di Calvaro sein."

Kapitel 4

Heiteres Vogelgezwitscher drang durch die Stille und helle Sonnenstrahlen schienen ihr ins Gesicht. Wie seltsam, ihre Wohnung war doch an einer Hauptstraße und sie hatte bisher noch nie so ein lautes Vogelgezwitscher gehört. Emilia öffnete die Augen und hielt eine Hand schützend über diese, als sie von dem Sonnenlicht geblendet wurde. Sie lag in einem großen, weichen Himmelbett, dessen Vorhänge an den vier Holzgestellen zurückgebunden waren, weshalb das Licht ungehindert in ihr Gesicht strahlen konnte. Normalerweise hatte sie ihre Vorhänge doch immer zugezogen.

Moment, Himmelbett? Sie fuhr hoch und sah sich in dem Zimmer um. Die Wände bestanden aus einer weißen Holztäfelung, zu ihrer rechten Seite stand neben dem Fenster eine dunkle Kommode, die ganz bestimmt aus Mahagoniholz gefertigt war, so teuer wie sie aussah – sogar die Griffe waren vergoldet! Das war hundertprozentig nicht ihr Zimmer. Erschrocken riss sie die weiche Decke hoch und erkannte, dass sie ein kurzes, weißes Schlafkleid trug, dessen Stoff sich wie Seide anfühlte.

Wo zum Teufel bin ich hier? Wer hat mich hierher gebracht und wer hat mich umgezogen? Die Tür zu ihrer Linken ging auf und sie versteckte ihren spärlich bekleideten Körper unter der Decke. Ein Mädchen trat ein und hielt sich die Hand vor dem Mund, als sie sich anscheinend genauso sehr erschreckte.

„Diniel bittet vielmals um Verzeihung, Miss! Diniel dachte, die Miss würde noch schlafen!", erklärte sie beschämt und wandte sich wieder ab.

„Warte." Ihr brauner Haarschopf schaute zuerst hinaus, als das Mädchen schüchtern hinter der Tür hervorblickte und das Zimmer zögerlich wieder betrat. Sie hatte ihren Blick zu Boden gesenkt und drückte die Handtücher in ihren Armen eng an sich. Erst jetzt erkannte Emilia, dass sie eine Art Hausmädchenkostüm trug – ein schwarzes Kleid, das ihr bis knapp unter die Knie reichte, und eine weiße Schürze um ihren schmalen Körper geschnürt. Das Mädchen blickte vorsichtig mit ihren braunen großen Augen zu ihr hoch. Sie hatte ein schlechtes Gewissen, dieses arme Mädchen so anzustarren, sie konnte wirklich nichts dafür, dass Emilia in einem fremden Haus aufgewacht war.

„Dein Name ist also Diniel?", fragte sie nach und erhielt ein Nicken von ihr. „Dann kannst du mir bestimmt verraten, wo ich bin?"

Diniel erhob ihren Kopf, haderte aber noch für einen Moment mit sich, als sie ihre schmalen Lippen aufeinanderpresste und herumdruckste.

„Also … na ja. Die Miss ist …"

„Du bist im Anwesen der di Calvaro Familie", antwortete jemand. Die Tür öffnete sich weiter und eine Frau mit langen braunen Wellen eintrat. Es war die makellose Schönheit, die ihr damals nach dem Zusammenstoß auf der Straße geholfen hatte.

„Keine Sorge, Diniel hat dich umgezogen", erklärte sie weiter und legte eine Hand auf Diniels Kopf. Das Hausmädchen blickte hoch und nickte, nachdem die hübsche Frau ihr etwas zugeflüstert hatte.

„Mein Name ist Mariella. Du hast auf der Veranstaltung der Palermo-Universität zu viel Alkohol getrunken und bist im Rosengarten ohnmächtig geworden. Daher haben wir dich hierher gebracht."

Emilia hatte tatsächlich einen Filmriss und konnte sich nicht mehr erinnern, was geschehen war, nachdem sie Timoteo angesprochen hatte. *Habe ich danach mehr als einen Whiskey getrunken? Ich bin zwar nicht trinkfest, aber …*

„Mo … Moment mal, sagten Sie di Calvaro-Anwesen?", fragte sie erschrocken nach. Sie war in einem Anwesen und noch dazu in dem, mit dessen Besitzer sie auf der Feier tanzen wollte? Weil sie ihm näher kommen und herausfinden wollte, ob er sie tatsächlich bei dem Überfall gerettet hatte?

„Das habe ich so gesagt."

„Darf ich vielleicht mit ihm sprechen?"

Mariellas Blick war kühl und streng. „Dein Abendkleid ist in der Reinigung, daher haben wir dir etwas zum Ankleiden in den Kleiderschrank gelegt."

Sie hatte ihre Frage einfach ignoriert, wandte sich zum Gehen und zog die Tür hinter sich zu. *Klack.*

Das klang definitiv danach, als ob die Tür abgeschlossen wurde.

Emilia sprang panisch auf und lief zur Zimmertür. Sie drückte die goldene Türklinke runter, doch die Tür bewegte sich keinen Zentimeter. *Wieso hat sie mich eingesperrt? Diese Leute haben mich doch hoffentlich nicht entführt?* Dabei wirkte Diniel so freundlich und vertrauenerweckend, und diese Mariella hatte ihr doch auch bei dem Zusammenstoß geholfen. Irgendwie verhielt sie sich so anders, als sie erwartet hatte.

„Hey! Was soll das? Wieso sperrt ihr mich ein? Lasst mich raus!", rief sie und hämmerte mit der Faust gegen die weiß lackierte Holztür, doch niemand reagierte auf ihre Rufe. Sie ließ ihren Blick zu dem großen Kleiderschrank am anderen Ende des Zimmers schweifen, er schien aus dem gleichen Mahagoniholz wie die Kommode zu bestehen.

Ob ich darauf warten soll, bis mich jemand abholt? Aber dann hätte Mariella sie nicht einfach eingesperrt. Schließlich erinnerte sie sich an die kleine Handtasche, die sie bei der Feier mit sich getragen hatte. Ihr Handy müsste noch darin sein, und sie könnte die Polizei anrufen, oder auch Claudia. Sie griff nach der dunkelgrauen Clutch und fischte ihr Telefon heraus, doch es wollte sich nicht entsperren lassen. Ein längerer Druck gegen die Einschalttaste verriet ihr auch wieso, als das rote Symbol einer leeren Batterie auf dem Bildschirm erschien. *Großartig!*

Emilia tippelte zu den Fenstern und versuchte, sie zu öffnen. Vielleicht könnte sie aus dem Fenster hinausklettern und weglaufen, bis sie zu einer Polizeistation käme, oder irgendjemandem, der ihr weiterhelfen würde. Die hohen Fenster gingen leicht auf, und als sie sich etwas hinauslehnte, sah sie, in welcher Höhe sie sich befand – das Zimmer lag im dritten Stockwerk. Allerdings war direkt unter ihr ein kleiner Balkon, der dann rechts zu einer naheliegenden Dachschräge und einem weiteren Balkon im ersten Stockwerk führte. Danach könnte sie vielleicht über den großen Garten entwischen. Hoffentlich würde niemand in dem Raum unter ihr sein, von dem sie aufgehalten werden könnte, wenn sie auf dem Balkon landete. Ein wenig mulmig war ihr auch, als sie sich auf die Fensterbank setzte und einen Blick nach unten riskierte. Wenn sie sich von dem Fenster hinabhängen lassen würde, dann wäre die Distanz zu dem Balkon kleiner und der Sprung dorthin nicht allzu schlimm. Emilia nahm einen tiefen Atemzug und kletterte schließlich aus dem Fenster. Sie hielt sich an dem Fenstersims fest und ließ sich langsam runter, ehe sie einen erneuten Blick nach unten wagte. So sah es tatsächlich nicht mehr hoch aus und sie lockerte ihren Griff. Eine saubere Landung, wie sie sich das vorgestellt hatte, war es aber nicht. Sie verlor ihr Gleichgewicht und landete unsanft auf ihrem Hintern. Sie wollte sich über das schmerzende Steißbein reiben, doch ein stechender Schmerz, der durch ihren Arm pulsierte, hinderte sie daran.

Na toll, jetzt habe ich mir auch noch den Ellbogen aufgeschürft! Darum würde sie sich aber später kümmern, jetzt musste sie schnell über die Dachschräge weiter. Sie sprang hoch und kletterte über den hellen Steinbalkon. Dadurch, dass sie noch barfuß war, musste sie aufpassen, sich an den Terrakotta-Dachtafeln nicht die Füße zu verletzen. Vielleicht hätte sie in dem Kleiderschrank nach Schuhen suchen sollen, aber daran hatte sie in ihrem übereilten Fluchtplan nicht gedacht, und sie wollte nicht zögern, für den Fall, dass einer der Entführer zurückkommen würde. Emilia setzte sich auf die Dachschräge und bewegte sich Stück für Stück. Der andere Balkon war schon zu sehen, es war nur noch und ein kleiner Sprung notwendig. Sie richtete sich auf und tastete sich langsam voran.

„Du hast immer noch nicht erklärt, was Talron damit gemeint hat!", sagte jemand aufgebracht und trat auf den Balkon hinaus.

Der Schreck ließ sie einen Schritt zurücksetzen, schon hatte sich einer der Dachziegel unter ihr gelöst und sie verlor den Halt. Emilia knallte hart auf das Dach und rutschte hinunter. Sie war immer noch im zweiten Stockwerk dieses Anwesens und ein Sturz aus dieser Höhe war lebensgefährlich.

„Emilia!"

Ängstlich kniff sie die Augen zusammen, als sie vom Dach hinabrutschte, doch der schmerzliche Aufprall blieb aus. Stattdessen schlangen sich zwei kräftige Arme um ihren Rücken und drückten sie an einen warmen Körper. Verwundert darüber öffnete sie ihre Augen wieder und bemerkte blonde Strähnen vor ihrem Gesicht, die sie sogar leicht an der Nase kitzelten. Ein Mann hielt sie eng an sich gedrückt und seine tannengrünen Augen, die in der Mitte von braunen Sprenkeln durchzogen wurden, waren auf ihre gerichtet. Erst nachdem der Schreck nachgelassen und sich ihre Nasenspitzen beinahe berührt hatten, bemerkte sie die Nähe zu diesem Mann. Als sie zurückschreckte, spürte sie einen leichten Druck gegen ihre Schulter und warf einen Blick zurück. Der Sponsor ihrer Abschlussfeier, Timoteo di Calvaro, stand mit ausgestreckter Hand hinter ihr, die er sofort wieder zurücknahm und sich mit einem traurigen Blick abwandte. Es waren also seine Finger, die sie gerade berührt hatten.

„Bist du in Ordnung? Hast du dich verletzt?", fragte der Fremde, der sie noch in seinen Armen hielt, und sie nickte stumm. Bis auf die paar Schrammen kam sie mit dem Schrecken davon.

„Danke."

Er seufzte erst erleichtert, lächelte sie dann sanft an und ließ von ihr ab.

„Was machst du hier draußen überhaupt?", fragte Timoteo und beäugte sie streng. Emilia öffnete ihren Mund, hielt aber inne. Was, wenn sie von dieser Mariella in den Raum eingesperrt wurde, weil Timoteo es in Auftrag gegeben hatte? Ihr Fluchtversuch war bereits in die Hose gegangen, daher musste sie aufpassen, was sie sagte.

„Ich … wollte mir den Garten ansehen und … hab mich zu sehr aus dem Fenster gelehnt", erklärte sie und schluckte leicht, als sich seine Augen etwas verengten. Timoteo winkte in das Zimmer und ein Bediensteter trat vor ihn.

„Bring Diniel zu mir."

Emilia linste nervös zu ihm, dabei wurde etwas Warmes über ihre Schultern drapiert und ihre Finger, die überrascht dorthin wanderten, ertasteten den weichen Stoff einer Jacke. Ihr Retter hatte sein Sakko über ihre Schultern gelegt, in dem Schreckmoment war ihr entfallen, dass sie immer noch nur in dem Nachthemd dort stand. Als sie zu dem Mann hochblickte, verflog ihre Nervosität bei seinem liebevollen Lächeln und eine Ruhe legte sich über sie. Es war, als würde er ihr sagen, dass sie keine Angst haben müsste.

Das junge Hausmädchen von vorhin betrat den Balkon und knickste vor Timoteo.

„Diniel, erzähle mir, was genau in den letzten Minuten passiert ist", bat er. Emilia machte sich prompt etwas kleiner und wandte ihren Blick zu Boden, als das Mädchen ihm alles erzählte.

„Miss Mariella hat Diniel dann zugeflüstert, dass Diniel in die Küche gehen soll, um beim Frühstück zu helfen. Aber der Meister hat gesagt, dass Diniel auf die Miss aufpassen soll. Deswegen ist Diniel nicht weggegangen, als Miss Mariella das Zimmer von der Miss abgeschlossen hat. Diniel hat noch die Rufe der Miss gehört, aber Diniel hatte den Schlüssel zum Zimmer nicht mehr und wollte ihn holen gehen."

Timoteo stieß seinen Atem laut aus, als er seine Finger zu der Stelle zwischen seinen Augenbrauen führte und diese leicht massierte. „Bring sie her", befahl er dem anderen Bediensteten harsch.

Mariella erschien nach nur wenigen Minuten, und als sie zu Diniel sah, versteckte sich diese sofort hinter Timoteo. Ihr Blick verriet, dass sie verärgert über das Mädchen war, doch im nächsten Moment schloss sie ihre Augen, als gäbe sie sich ihrem Schicksal geschlagen. Timoteo machte einen aufgebrachten Schritt und holte mit der rechten Hand aus. Ein Klatschen hallte durch den Außenbereich, in einer Lautstärke, die Emilia zusammenzucken ließ. Mariella führte schweigend eine Hand zu ihrer Wange.

„Wer hat dir erlaubt, über meinen Kopf hinweg Entscheidungen zu treffen?", spie er ihr entgegen.

„Niemand. Das wird nicht wieder vorkommen."

Also wollte sie niemand entführen? Timoteo und dieser Mann neben ihr wirkten auch nicht wirklich wie Verbrecher. Vielleicht wollte Mariella auch nur verhindern, dass sie in dem Anwesen herumirrte oder herumschnüffelte. Ein schlechtes Gewissen quälte Emilia, als sich Mariellas Wange stärker rötete. Sie zog das Sakko enger um sich, ging einige Schritte auf Timoteo zu und zog ihn vorsichtig am Arm zurück, denn sie wollte nicht, dass Mariella ihretwegen noch mehr Ärger bekommen würde.

„Es war ein Missverständnis." Emilia sah zu ihm hoch und es wunderte sie etwas, dass sein bisher strenger Blick plötzlich etwas weicher wirkte. „Und es ist doch auch nichts passiert", sagte sie weiter. Timoteo stieß einen schweren Seufzer aus und signalisierte Mariella mit einem Wink, dass sie gehen konnte. Bevor Mariella den Balkon verließ, sah sie für einen Moment zu Emilia. Hasste Mariella sie jetzt deswegen? Sie hätte ihr doch auch sagen können, dass sie im Zimmer bleiben sollte, wenn sie nicht wollte, dass sie im Anwesen herumirrte.

„Diniel, kümmere dich um ihre Wunden und bring sie dann in den Speisesaal."

„Sehr wohl, Meister", antwortete sie mit einem schnellen Knicks und griff nach Emilias Hand. Ein Lächeln bahnte sich auf Diniels Lippen an und sie zog Emilia in das Zimmer. Sie sah noch einmal zurück und fing damit Timoteos Blick auf. Für einen langen Moment blickten sie einander in die Augen.

Etwas zupfte dabei an ihr Herz.

Nachdem Diniel ihre Schrammen mit Pflastern abgeklebt hatte, führte das Mädchen sie wieder zu dem Zimmer zurück, in dem sie aufgewacht war. Diniel schloss die weiße Holztür auf und bat Emilia hinein.

„Diniel hofft, dass der Miss die Kleidung gefällt", sagte sie und öffnete den großen Mahagonischrank. Auf der linken Seite befand sich eine Kleiderstange, an der einige wirklich hübsche Kleider, Röcke und Blusen hingen. Unten konnte sie einige Schuhe erspähen – Pumps, Ballerinas, einfache Sneaker. Die rechte Seite war in fünf große Fächer unterteilt, in denen weitere Kleidungsstücke lagen. Eine so große Auswahl hatte sie nicht einmal in ihrem eigenen Kleiderschrank zu Hause.

„Wow, wie soll ich mich bei dieser Auswahl entscheiden?", murmelte sie mehr zu sich selbst, als sie die Kleider an der Stange genauer ansah.

„Soll Diniel der Miss vielleicht etwas heraussuchen?"

Emilia nickte ihr lächelnd zu. *Vielleicht wär's gar keine so schlechte Idee.* Diniel brachte einen Hocker, trat auf diesen und starrte für einen längeren Moment auf die Kleidung. Sie griff nach einem weißen Kleid, einem dunkelgrauen Cardigan und den weißen Sneakern, die ihr vorhin direkt ins Auge gefallen waren. *Die Kleine hat zumindest einen ausgezeichneten Geschmack!*

„Wieso hat Herr di Calvaro eigentlich gesagt, dass du auf mich aufpassen sollst?", fragte sie, als sie in das Kleid hineinschlüpfte. Der Baumwollstoff fühlte sich auf ihrer Haut angenehm weich an und sie liebte dieses Outfit jetzt noch mehr.

„Diniel tut nur das, was der Meister sagt und fragt nicht nach."

Diniel lächelte sie strahlend an und nickte zufrieden, als sie Emilia von Kopf bis Fuß musterte. Emilia hockte sich vor ihr hin, strich über Diniels braunen Haarschopf und erwiderte ihr Lächeln mit einem Kichern. „Diniel hat den Meister nämlich sehr lieb. Der Meister hat Diniel gerettet!", erklärte sie kichernd. Emilia lachte leise auf und strich die vorderen Haarsträhnen des Mädchens etwas zur Seite, um mehr von ihrem niedlichen Gesicht sehen zu können.

„Wovor hat er dich denn gerettet?"

„Diniel wurde von Dämonen angegriffen und der Meister hat Diniel gerettet."

Ihre Hand stoppte für einen Moment und sie blickte in Diniels dunkelbraunen Augen. *Dämonen? Ob sie sie vielleicht mit Verbrechern verwechselt?* Sie schätzte das Mädchen nicht älter als sieben oder acht Jahre alt und wahrscheinlich waren die Verbrecher auch wie Dämonen für sie. Vor allem, wenn es ein traumatisches Erlebnis gewesen war. Emilia lächelte leicht und führte die Hand zu ihrer rundlichen Wange, über die sie leicht strich.

„Jetzt bist du ja in Sicherheit", erwiderte sie leise und legte ihre Arme um das Mädchen.

„Die Miss ist auch sehr nett. Diniel hat die Miss auch lieb!" Ihre Worte entlockten Emilia ein Lachen und sie drückte sie etwas fester, bevor sie Diniel sanft zurückschob.

„Wir sollten zu den anderen. Ich habe sie schon lang genug warten lassen", murmelte sie und griff noch nach dem blauen Sakko, den sie ihrem Retter wieder zurückgeben sollte. Sie wusste nicht, wie sie sich bei ihnen bedanken könnte – vor allem nach diesem unglücklichen Missverständnis.

Diniel führte sie aus dem Zimmer hinaus und sie blickte über den langen Flur, durch den sie gerade liefen. Die Wände waren mit der gleichen weißen Holzvertäfelung versehen, wie die in dem Zimmer, und die Fenster ebenfalls hoch und breit, sodass dieser ohnehin schon helle Gang mit noch mehr Sonnenlicht geflutet wurde. Über ihr hingen einige glitzernde Kristallkronleuchter, die sie an die aus dem Hotel der gestrigen Feier erinnerten. Nach wenigen Minuten erreichten sie die Treppen. Emilia führte ihre Hand zu dem schwarzen Treppengeländer, das Eisen unter ihren Fingern war angenehm kühl. Obwohl Hochsommer war, und durch die Fenster so viel Sonnenlicht einfiel, war es nicht zu heiß hier. Durch die klassische Art des Anwesens konnte sie sich eine Klimaanlage nur schwer vorstellen – vielleicht steckte Zauberei dahinter, dass hier trotzdem angenehme Temperaturen herrschten. In der Mitte der Treppen war ein roter Teppich aufgespannt, wesentlich dunkler als der im Hotel, und an den Seiten mit goldfarbenen Ornamenten verziert.

Im untersten Stockwerk endete der dunkelrote Teppich vor einem weißen, spiegelglatten Marmorboden, gemustert mit hellgrauen Sprenkeln und schwarzen Quadraten – das dürfte wohl der Eingangsbereich sein. Zwei marmorierte Steinsäulen türmten sich unweit vor ihr auf und umrahmten die weiße Eingangstür wie einen Torbogen. Davor standen große Vasen mit Zimmerpflanzen, deren Blätter an Palmen erinnerten.

„Wir sollten uns etwas beeilen, Miss." Diniels Stimme riss sie aus ihrem Staunen und ihre Hand zog sie weiter.

„Ja, entschuldige!"

Zwei Bedienstete standen vor dem Raum, zu dem Diniel sie hastig zog. Die beiden öffneten einen der Türflügel, und jetzt blieb ihr erst recht die Luft weg, als sich dahinter ein langer Tisch zeigte. Das hier war definitiv eine ganz andere Welt. Solche langen Esstische, die mit mehreren Etageren voll mit exquisiten Speisen bedeckt waren, Porzellangeschirr und glänzend poliertes Silberbesteck zu beiden Seiten, sah sie nur in den Seifenopern, die sie sich in ihrer Langeweile manchmal im Fernsehen anschaute. Geschichten über reiche Familien, die sich querstellten, wenn ihr Sprössling jemanden aus der unteren Schicht heiraten wollte. Erst als sich ihr Retter vor sie gestellt hatte, schreckte sie aus ihrem Starren hoch. Ihr war noch nicht einmal aufgefallen, dass Diniel ihre Seite verlassen hatte und nun bei Timoteo stand, der an dem Kopfende des Tisches saß.

„Bitte setz dich." Ihr Retter ergriff ihre Hand und führte sie zu dem Platz links von Timoteo. Er schob den Stuhl heraus und nickte ihr zu, erst im nächsten Moment wurde ihr bewusst, was er damit meinte. Etwas beschämt stellte sie sich davor und setzte sich, nachdem er ihr den Stuhl zugeschoben hatte. *Was für ein Gentleman.*

„Ich habe mich noch gar nicht vorgestellt. Mein Name ist Lucio." Emilia nickte ihm höflich zu. „Greif ruhig zu, hab keine Scheu", sagte er noch und schob ihr eine der vierstöckigen Etagere mit kleinem Gebäck zu, bevor er ihr gegenüber Platz nahm.

„Danke … ich möchte Ihnen keine weiteren Unannehmlichkeiten bereiten, als ich Ihnen bereits zugemutet habe. Der Vorfall von vorhin tut mir auch sehr leid. Ich habe heute noch etwas zu tun und möchte Sie daher nicht länger stören", sagte Emilia höflich. Ein lauteres Klacken von Porzellan auf Porzellan erklang zu ihrer Rechten und sie schielte nervös dorthin. Timoteo hatte seine Tasse abgesetzt und sah sie an. Sie schluckte und wartete geduldig darauf, dass er das Wort ergriff. Aber es waren keine Worte, die aus seiner Richtung kamen, sondern nur ein Schaben der Stuhlbeine gegen den dunkelroten Teppich darunter, als er seinen Stuhl zurückschob und aufstand.

„Ich fürchte, dass daraus nichts wird", sagte er, als er den Stuhl wieder an den Tisch zurückstellte. Er blickte für einen Moment zu Lucio und verließ mit Diniel den Speisesaal. *Sind dieser Lucio und er dann doch Entführer und halten mich jetzt gefangen?* Sie hatte sich von ihrem freundlichen Aussehen und dem Rettungsversuch täuschen lassen. Natürlich hätte sie als Tote keinen Wert für sie gehabt und mit so vielen Bediensteten in diesem Raum konnte sie auch schlecht fliehen.

„Was … was meint er? Ich bin ganz allein und meine Familie hat nicht viel Geld. Ich … bin kein Lösegeld wert, und ich schwör, dass ich nicht zur Polizei gehen werde!"

Lucios blasses Gesicht wurde noch blasser und er sprang panisch aus dem Sitz hoch.

„Was? Um Himmels willen, wir haben dich doch nicht entführt! Bitte, hab keine Angst!", fing er erschrocken an. „Es hat einen anderen Grund, warum wir dich nicht gehen lassen wollen."

Konnte sie ihm das wirklich glauben? Was würde das denn für ein anderer Grund sein? Und was wäre, wenn sie trotzdem ablehnen würde? Sie kannte diese Leute schließlich nicht und wollte am liebsten wieder in ihre Wohnung zurück.

„Was soll dieser Grund sein?"

„Jemand ist hinter dir her. Deswegen bitten wir dich, hierzubleiben, da wir dir nur hier den bestmöglichen Schutz gewähren können", antwortete Lucio. Er sah sie ernst an und ihr Herz machte bei diesen Worten einen großen Satz. Emilia sah sich in dem Raum um, blickte in die hintersten Ecken und zu den Bediensteten. Sie befand sich doch bestimmt in einem unfreiwilligen spontanen TV-Auftritt, die sie manchmal im Internet gesehen hatte, um echte Reaktionen von den Personen zu erhalten. Vielleicht in dem einer Seifenoper, so pompös wie das Haus hier auch aussah? Doch sie konnte keine Kameras oder Scheinwerfer sehen.

„Entschuldige, aber ist das hier so ein TV-Auftritt, bei dem eine Reaktion von Unwissenden herausgekitzelt wird?", flüsterte sie ihm zu, als sie sich etwas über den Tisch beugte. Er schnaubte und schloss seine Augen, als hätte sie etwas Dummes gesagt.

„Nein, das ist kein TV-Auftritt. Es ist mein Ernst. Ich kann mir vorstellen, dass es für dich nur schwer zu glauben ist."

„Ich meine … ich kenne euch nicht. Und ich wüsste nicht, wer hinter mir her sein sollte."

Lucio führte eine Hand zu seiner Stirn, murmelte etwas Unverständliches, und stieß ein lautes Ächzen aus.

„Du wirst es früher oder später ohnehin herausfinden", fing er nach kurzem Zögern an und blickte ihr in die Augen. Mit einem lauten *Flapp* spannten sich hinter ihm ein Paar strahlend weiße Flügel auf. Emilia starrte erschrocken auf die flaumigen Federn, die sich teilweise aus seinen Schwingen lösten und auf den Tisch herabschwebten.

„Wir sind Engel, Emilia. Und es sind Dämonen, die hinter die her

sind und dich töten wollen", sagte er schließlich. Sie blinzelte nicht, weil sie fürchtete, es könnte ein Traum, eine optische Täuschung oder vielleicht

vielleicht auch eine Filmrequisite sein. Aber seine aufgespannten Flügel, die sicher fast zwei Meter lang waren, falteten sich etwas zusammen und sie sahen tatsächlich echt aus. Erst hatte Diniel vorhin von Dämonen gesprochen, jetzt auch Lucio. Wo war sie hier nur gelandet? Emilia schreckte auf, als ihr bewusst wurde, dass er sie bei ihrem Namen genannt hatte. Dabei hatte sie sich aus Vorsicht – und irgendwie, weil sie in diesem Tumult auch nicht mehr dran gedacht hatte – gar nicht vorgestellt. Jetzt, wo sie es recht überlegte, hatte bei ihrem Sturz auch jemand ihren Namen gerufen. Es hatte aber nicht nach Lucio geklungen. *Ob sie vielleicht durch meine Tasche gewühlt und meinen Ausweis ...*

„Dein Name ist nicht das Einzige, was ich über dich weiß", sagte er und sah sie unsicher an. Lucio knabberte an seinen Lippen, wandte seinen Blick ab und zog die Augenbrauen zusammen, als würde er mit sich hadern. „Mein wahrer Name ist Baradiel und ich ... bin dein Schutzengel." Emilia sprang von ihrem Platz auf, entsetzt darüber, was er gerade gesagt hatte.

Mein ... Schutzengel?

Sie biss sich hart auf die Zunge, um sich impulsive Antworten zu verkneifen, die sie im nächsten Moment bestimmt bereuen würde, weil sie mal wieder nicht nachgedacht hatte, und lief Richtung Tür.

„Emilia, warte!"

Seine Finger legten sich um ihren Ellenbogen und durch seine Berührung verlor sie die Fassung doch noch.

„Fass mich nicht an!" Wütend zog Emilia ihren Arm aus seinem Griff, wirbelte aufgebracht herum und deutete anklagend mit einem Finger auf ihn.

„Du! Du hast kein Recht mir irgendwas zu sagen!", setzte sie an, während die Wut nur so in ihr überkochte.

Ihre Tante hatte ihr immer gesagt, dass ein Engel über sie gewacht haben musste, nachdem sie kurz vor ihrem zehnten Geburtstag ihre Eltern durch einen schweren Autounfall verloren hatte. Denn sie hatte diesen, wie durch ein Wunder, unbeschadet überlebt. Wenn es Schutzengel tatsächlich geben würde, wie alle in ihrem Umfeld immer vehement behaupteten – wenn dieser Lucio oder Baradiel tatsächlich *ihr* Schutzengel sein würde –, warum hatte er dann nicht auch über ihre Eltern gewacht und sie beschützt? Er hätte gar nicht erst zulassen dürfen, dass ein betrunkener Fahrer von seiner Fahrbahn abkommen und frontal in ihr Auto hineinkrachen würde! Wer würde noch an etwas glauben, das offensichtlich so versagt hatte?

„Als würde ich dir irgendwas glauben! Du hast meine Eltern einfach im Stich gelassen!", spie sie.

Lucio zuckte zusammen und ließ seine Hand geknickt neben sich sinken. Sie wandte sich ohne weitere Worte von ihm ab, um die Tür des Speisesaals aufzureißen, denn sie musste hier dringend raus. Emilia erstarrte, als Timoteo mit verschränkten Armen und einem ermahnenden Blick vor ihr stand, doch sie drückte ihn zur Seite und stürmte aus dem Anwesen hinaus.

„Warum hast du sie nicht aufgehalten!", rief Lucio, als Timoteo sich im nächsten Moment von dem Speisesaal abwenden wollte.

„Sophia ist bei ihr", antwortete er nur knapp.

„Ich bin ihr Schutzengel, nicht Sophia!"

Timoteo sah dem Schutzengel still nach, als dieser aufgebracht an ihm vorbeirauschte. Diniel stand mit zwei Bediensteten neben den Treppen und sie blickte traurig zur Haustür. Er konnte nur darauf hoffen, dass Emilia rasch Einsicht zeigen und dass ihr vor allem bis dahin nichts passieren würde. Vielleicht hätte er doch selbst mit ihr reden sollen. Aber welches Anrecht hätte er darauf gehabt, er war ja nicht ihr Schutzengel, und er durfte auch seine Mission nicht aus den Augen verlieren. Er hatte nicht mehr allzu viel Zeit und musste bald zumindest eine Perle zu Gott bringen, damit er ihm beweisen konnte, wie ernst es ihm war. Nicht, dass sie das letzte Bisschen seines Schutzes auch noch verlieren und den Dämonen hier komplett hilflos ausgeliefert sein würden.

Er eilte die Treppen in das obere Stockwerk hoch und riss die Tür zu seinem Büro auf. Sein Schreibtisch war im hinteren Teil des Zimmers und mit Türmen von Dokumenten übersät. Dokumenten zu den Perlen, die er dringend benötigte. Seine Hand strich den chaotischen Berg an Papieren zur Seite und fischte sein Telefon hervor, um die Nummer eines Informanten herauszusuchen, der ihm neue Informationen über den Fundort einer Perle versprochen hatte. Doch bisher hatte sich dieser nicht gemeldet.

„Ich bin es, Sariel", sprach er ins Handy hinein, nachdem sein Gesprächspartner den Anruf entgegengenommen und dessen Namen genannt hatte.

Ein tiefes Seufzen war am anderen Ende der Leitung zu hören. „Treffen wir uns in zwei Stunden an dem üblichen Ort bei Monte Pellegrino."

„In Ordnung." Timoteo beendete den Anruf, ließ sich in den schwarzen Bürostuhl fallen und warf das Mobiltelefon zu den zerstreuten Dokumenten auf seinem Schreibtisch. Hoffentlich konnte er ihm gute Nachrichten überbringen.

„Soll Diniel dem Meister einen Kaffee bringen?"

Diniel stand vor der geöffneten Tür, die er in seiner Aufregung nicht geschlossen hatte, ihre großen Augen blickten mit Sorge zu ihm und er winkte sie daher zu sich. Noch bevor sie seinen Arbeitsplatz erreicht hatte, stolperte sie über einen Stapel von Büchern, die am Boden neben dem vollgestopften Bücherregal lagen, da er immer noch nicht die Zeit gefunden hatte, sie wieder einzuordnen. Sonst durfte auch niemand in sein Büro, damit alles an dem Ort blieb, an dem er die Dinge zuletzt liegen ließ. So konnte er sicher sein, dass sich niemand an seinen Unterlagen zu schaffen machte. Bevor Diniel auf den Boden stürzen konnte, fing er sie auf und hob sie auf seinen Schoß. Nachdem er vorhin ihren traurigen Ausdruck gesehen hatte, wunderte er sich, ob sie Emilia vielleicht schon liebgewonnen hatte.

„Wie findest du Emilia denn?"

„Die Miss, die weggelaufen ist? Diniel hat die Miss sehr lieb, sie ist sehr lieb zu Diniel. Genau wie der Meister!", antwortete sie und umarmte ihn freudig. Timoteo lachte über ihre Worte. Ja, Emilia war einfach weggelaufen, aber es hätte nichts genützt, sie zu zwingen, oder sie einzusperren, wie Mariella es getan hatte. Sie musste auf ihre eigene

Entscheidung hin bleiben, nur so konnte sie wirklich sicher bei ihnen sein. „Diniel hat gesehen, dass der Meister die Miss auch sehr lieb hat."

Ihre Worte überraschten ihn. „Wie kommst du zu dieser Annahme?"

„Der Meister schaut immer so grimmig, außer bei Diniel und der Miss. Da der Meister Diniel lieb hat, muss der Meister die Miss auch sehr lieb haben!", erklärte sie und kicherte leise. Ein Lachen entwischte seinen Lippen und er strich über ihren dunklen Haarschopf. Sie richtete sich schließlich auf und legte ihre Arme um seine Schultern. „Diniel wollte den Meister heiraten, wenn Diniel groß ist. Aber Diniel hat nichts dagegen, wenn die Miss den Meister heiratet!"

Timoteo erstarrte bei ihren Worten und blickte mit weit aufgerissenen Augen auf den hohen Berg Papier auf seinem Schreibtisch, als sie ihn umarmte. Solche Worte wurden ihm vor langer, langer Zeit schon einmal zugetragen. Worte, die er seither tief im Inneren seines Herzens verschlossen hatte und nie wieder daran erinnert werden wollte. Er wünschte, er könnte noch einmal zu dieser Zeit zurückkehren und alles in seiner Macht Stehende tun, um das Unglück, das damals geschehen war, aufzuhalten. Dann wäre er heute auch nicht in dieser miserablen Lage, wäre kein gefallener Engel, und könnte vielleicht noch bei *ihr* sein. Timoteo schloss seine Augen und nahm einen tiefen Atemzug, ehe er sich zu einem Lächeln zwang und Diniels Arme von sich schälte.

„Geh zu den anderen zurück. Ich werde für eine Weile außer Haus sein, also achte bitte darauf, dass das Zimmer für Emilia mit allem bestens ausgestattet ist."

Sie nickte eifrig, sprang von seinem Schoß hinunter und lief nach einem schnellen Knicks schnurstracks aus seinem Büro hinaus. Seufzend stopfte er das Handy in seine Jackentasche und verließ das Büro. Diesmal achtete er auch darauf, die Tür abzuschließen. Das durfte nicht noch einmal passieren, zum Glück war es nur Diniel, die sein Telefonat mitbekommen hatte. Auch wenn die anderen Engel unter ihm arbeiteten, so musste er mit seinem Vertrauen dennoch vorsichtig sein. Wenn schon Mariella hinter seinem Rücken Entscheidungen getroffen hatte, obwohl er ihr und den anderen am Abend zuvor deutlich gemacht hatte, dass alle Emilia gut behandeln sollten.

Die tosenden Wellen krachten gegen die kleinen Klippen des Berges Pellegrino und der Wind war eine willkommene Abkühlung. Der Berg war nur wenige Kilometer von seinem Anwesen entfernt, und so war nicht viel Zeit notwendig, um dorthin zu gelangen. Er stand vor einem verlassenen Küstenwachturm aus Stein, der heute mehr eine Ruine als ein Wachturm war, da viele Teile schon abgebrochen waren. Timoteo warf einen Blick über seine Umgebung, auf der Suche nach eventuell ungeladenen Beobachtern, bevor er links an der Ruine vorbeiging und den Abhang ein Stück hinunterkletterte. Am Fuße der Ruine erkannte er eine Person, die ihm bei seiner Ankunft einen Blick zuwarf. Es war ein Mann, der ihn mit einem Nicken begrüßte und eine Dokumententasche aus Papier entgegenstreckte. Timoteo nickte zurück und nahm den Umschlag in seine Hand. Rasch löste er die Verschnürung an der Lasche und holte die Unterlagen heraus. Er überflog die Informationen und stellte mit Zufriedenheit fest, dass darin einige brauchbare Anhaltspunkte aufgelistet waren.

„Gute Arbeit", flüsterte er. Der Informant nickte ihm wieder zu und löste sich in hellem Licht auf. Timoteo faltete den Umschlag, bevor er ihn in seine Jackeninnentasche steckte. Als er sich umdrehte, konnte er die Präsenz einer Person spüren und duckte sich wieder hinter den Wachturm. Vorsichtig spähte er hervor und erkannte die Person, die gerade an der Ruine vorbeikam. Leise kletterte er den Abhang hoch und folgte ihr für einen Moment mit seinen Augen, ehe er die Straße betrat und sein Sakko glatt strich.

„Emilia!"

Sie schreckte förmlich hoch und drehte sich nur zögerlich um. „Bist du mir nachgegangen?"

„Ich hatte hier etwas Geschäftliches zu erledigen, da habe ich dich zufällig gesehen", erklärte er. Timoteo ging langsam einige Schritte auf sie zu, bis er in genügend großem Abstand vor ihr stoppte, denn er wollte sie nicht verschrecken. „Ist alles in Ordnung?"

„Ich habe meine Tasche bei euch gelassen. Mit meinem Handy und allem anderen."

Er griff in seine rechte Jackentasche und holte sein Handy hervor, das er ihr reichte. Emilia blickte auf das Telefon in seiner Hand und dann zu ihm. „Du kannst jemanden anrufen, wenn du möchtest. Oder ich kann dir auch ein Taxi bestellen."

„Ich will dir nicht noch mehr zur Last fallen", sagte sie und nahm sein Handy an sich.

„Weiter vorn ist ein Restaurant, dort kann dich jemand abholen", sagte Timoteo, während sie eine Telefonnummer eintippte.

„Hey, Emilia hier. Kannst du mich bitte abholen? … Ja … ich erklär es dir später." Nachdem sie der Person ihren momentanen Aufenthaltsort verraten hatte, beendete sie das Telefonat und reichte ihm das Handy wieder. „Danke dir."

Timoteo lächelte, als er das Handy wieder in seine Jacketttasche verstaute. „Lucio wird dir deine Tasche und Wertsachen zukommen lassen. Darf ich dich bis zu dem Restaurant begleiten?"

Emilia nickte und lief mit ihm los. Es war ein stiller Spaziergang, denn sie starrte grübelnd auf den Steinboden, sie hätten das Restaurant bald erreicht, wenn sie nicht plötzlich stehengeblieben wäre. Ihr Blick war gesenkt, aber sie knabberte an ihrer Unterlippe und ihre Hände zupften an dem Saum ihres Kleides herum. Weswegen war sie so nervös?

„Darf ich dich etwas fragen?", fing sie schließlich an und sah zu ihm hoch.

„Nur zu."

„Warst du derjenige, der mich damals bei dem Banküberfall beschützt hat?"

Kapitel 5

Mit jedem Wort, das sich zu der Frage formte, die ihr schon seit Längerem auf der Seele brannte, legte sich eine unangenehme Anspannung über sie. Timoteo richtete sich zu seiner vollen Größe auf und sah ihr eisern in die Augen.

„Ja. Ich war das."

Er war es also wirklich ...

Sie schluckte schwer, als sie sich an die schwarzen Schwingen erinnerte, die sich aus seinem Rücken entfaltet hatten. „Und du bist wirklich ein Engel?"

„Ja, ich bin ein Engel."

Emilia wiederholte seine Antwort in ihren Gedanken, einmal, zweimal. Engel existierten also doch? Sie konnte durch ihre Aufregung nicht klar denken. Timoteo hatte sie tatsächlich vor dem Schuss bewahrt, ein Engel hatte ihr das Leben gerettet.

Ein Engel.

„Lucio. Baradiel. Wie auch immer sein Name ist. Er hat gesagt, dass er mein Schutzengel ist. Wieso hat er mich dann nicht beschützt?" Wofür waren Schutzengel denn sonst da, wenn sie weder ihre Eltern noch sie selbst beschützen konnten?

Timoteo stieß einen Seufzer aus und fuhr mit einer Hand durch seine Haare, die schwarzen Strähnen glitten durch seine langen Finger hindurch, bevor sie wieder in sein Gesicht zurückfielen. „Man hat mir einen Tipp gegeben, dass Dämonen in einem Überfall verwickelt sein würden. Einer dieser Dämonen hat deinen Schutzengel bei meiner Ankunft zurückgehalten."

Seine Erklärung verschlug ihr den Atem und sie führte eine zittrige

Hand zu ihren Lippen. Der Gedanke, dass sie ohne Timoteo heute vielleicht nicht mehr am Leben sein würde, nur weil Dämonen bei einem Überfall anwesend waren, wirkte so surreal. Als würde sie inmitten einer Geschichte oder einer Fantasy-Verfilmung sein, anstatt eines Kampfes zwischen Gut und Böse in der realen Welt.

„Aber ... wieso? Was haben sie davon?"

„Dämonen wollen die Welt im Chaos sehen und Gott vernichten. Engel können den Willen der Menschen nicht steuern ... sie sind machtlos, wenn manche durch Dämonen zu Verbrechen verführt werden."

Waren die Schutzengel damals dann auch machtlos, weil Dämonen den Betrunkenen dazu verführt haben ins Fahrzeug zu steigen? Die Finger, die an dem Kleidersaum zupften, ballten sich zu einer Faust. Emilia drückte ihre Finger so fest zusammen, dass sie den Stoff des Kleides in unzählige Falten knüllte. Diese Dämonen waren also dafür verantwortlich, dass dieses Auto in ihres gekracht war. Dass ihre Eltern dabei ums Leben gekommen waren und sie ohne sie weiter leben musste.

„Kann ich ..."

„Emi!" Verwundert blickte sie an Timoteo vorbei, als die bekannte Stimme ihrer Freundin ihre Worte übertönte.

Claudia lief auf sie zu, packte Emilia in einer Bärenumarmung und ließ sofort wieder von ihr ab. „Ich hab dich tausendmal angerufen und war schon kurz davor, die Polizei einzuschalten, weil du auch nicht zu Hause warst! Wieso hast du so viele Pflaster an deinen Beinen?"

„Sorry, mein Akku ist leer. Ich hatte einige Gläschen zu viel auf der Party und Timoteo war so freundlich, mich in seinem Haus schlafen zu lassen. Ich muss auf der Partylocation wohl auch in einen Rosenbusch gefallen sein", erklärte sie etwas beschämt und log, was ihre Schrammen betraf. Sie musste ja nicht wissen, dass Emilia gedacht hatte, sie wäre von Timoteo entführt worden. Claudia beäugte ihn streng, scannte ihn mit einem zufriedenen Nicken von Kopf bis Fuß ab, ehe sie einen Arm um Emilia legte und sie näher zu sich zog. Ein zuversichtliches Lächeln huschte über Claudias Lippen, Timoteo musste ihren ersten Test wohl mit Auszeichnung bestanden haben.

„Dann muss ich mich wohl bei Ihnen bedanken, dass Sie sich um Emi gekümmert haben."

Timoteo lächelte sanft. „Nicht der Rede wert."

Damit zog Claudia sie zu dem graublauen Auto ihres Freundes, der sie hergefahren hatte. Bevor Emilia einstieg, blickte sie noch einmal zu Timoteo zurück. Er hatte noch immer das sanfte Lächeln in seinem Gesicht, doch es hatte etwas Trauriges an sich. Sie winkte ihm kurz zu und stieg schließlich in das Auto. Am liebsten hätte sie länger mit ihm geredet, aber vielleicht war es doch besser, dass sie für heute nach Hause gehen würde. Damit könnte sie alle Informationen erst einmal verarbeiten, in der Hoffnung, mit einem klaren Kopf über ihre Zukunft nachzudenken. Kaum hatte Claudias Freund das Auto gestartet, wandte sich diese von ihrem Beifahrersitz zu ihr um.

„Bist du wirklich okay? Jetzt kannst du's mir ja sagen", hakte sie nach. Emilia schnippte gegen ihre Stirn und lachte leise. Es war irgendwie rührend, wie Claudia sich um sie sorgte. Aber manchmal war sie wie eine Henne, die sie viel zu sehr bemutterte.

„Ich bin wirklich okay, es ist nichts passiert. Timoteo hat mich gut behandelt." Bis auf die Tatsache, dass Mariella sie eingeschlossen hatte, Lucio behauptete, ihr Schutzengel zu sein, und sie dann noch von Timoteo erfahren hatte, dass Dämonen hinter ihr her wären. Auf Claudias rundlichem Gesicht blitzte nun ein schelmisches Grinsen auf.

„Hast du ihn etwa abgeschleppt, weil du ihm beweisen willst, dass du die Richtige für ihn bist?"

„Du spinnst doch!" Erbost über ihre Worte schlug Emilia ihr leicht gegen den Arm und ließ sich schmollend in den Rücksitz fallen. Timoteo war definitiv ein attraktiver Mann und sie hätte gerne länger mit ihm geredet – vielleicht nicht nur über diese Dämonen. Aber bei allem, was heute geschehen war, hatte sie keine Sekunde in diese Richtung gedacht. Claudia wedelte mit einem Handy vor ihrem Gesicht, grinste dabei frech und wackelte mit ihren Augenbrauen.

„Ich nehme an, dass du mich mit seinem Handy angerufen hast. Seine Nummer ist noch gespeichert", säuselte sie. Emilia lenkte ihren Blick auf das roséfarbene Smartphone.

„Ich sehe schon, dass du genauso arm dran bist wie ich, Emilia", meldete sich auch Claudias Freund zu Wort.

„Hey, was soll das denn heißen? Ich helfe nur ihrem nicht

vorhandenen Liebesleben etwas auf die Sprünge!"

Emilia schüttelte den Kopf, schmunzelte aber doch. „Kannst du sie mir bitte schicken?"

„Aber sicher doch", sagte sie kichernd und tippte wild auf dem Handydisplay herum. Zumindest hatte sie so die Chance, ihn zu kontaktieren, wenn sie mit ihm reden wollte.

Erschöpft vom Tag, warf sie die Schlüssel auf die kleine Kommode neben der Wohnungstür und durchquerte ihren kleinen Wohnbereich, der hauptsächlich aus einer Minicouch, einem kleinen Fernseher, einer Kochnische und einem Schreibtisch bestand, der mit Malutensilien nur so überquoll. Emilia schlurfte in das winzige Schlafzimmer und ließ sich mit dem Gesicht voraus in ihr Bett fallen. Zum Glück hatte sie Claudia einen Ersatzschlüssel gegeben, sonst hätte sie auch nicht ihre Wohnung betreten können, nachdem sie ihre Tasche in Timoteos Anwesen vergessen hatte. Sie umarmte ihr großes Kopfkissen und drückte es fest an sich. Sosehr sie ihr Bett auch liebte, so war das Bett aus dem Anwesen doch viel bequemer gewesen. Auch wenn der Tag ereignisreich war, bemerkte sie jetzt, wie entspannt ihre Schultern und ihr Nacken doch waren. Das Bett wäre schon mal ein großer Pluspunkt, dortzubleiben.

Kaum hatte sie ihre Augen geschlossen, klopfte es. Im ersten Moment dachte sie sich nichts dabei, bis ein weiteres Klopfen aus der Richtung ihrer Schlafzimmertür erklang, die sie immer offen ließ. Erschrocken darüber setzte sie sich auf. Lucio stand vor der Tür und wich ihrem Blick sofort aus, als ihn dieser traf.

Emilia sprang auf und hielt das Kissen wie einen schützenden Schild vor sich. „Wie kommst du hier rein?"

„Entschuldige, ich wollte dich nicht erschrecken. Als dein Schutzengel bin ich immer in deiner Nähe und komme auch überall hinein", erklärte er. Er legte eine Stofftasche von seiner Schulter ab und holte die Clutch heraus, die sie auf der Party bei sich gehabt hatte. „Ich bringe dir nur deine Sachen zurück."

Für einen Moment musterte sie ihn misstrauisch, ließ aber von dem Kissen ab und warf es auf ihr Bett zurück.

„Danke", sagte sie und nahm die Clutch an sich. Sie holte ihr Handy heraus und verband es als allererstes mit dem Ladekabel, bevor sie es startete und Timoteos Handynummer in ihren Kontakten einspeicherte. Emilia sah zurück, Lucio stand immer noch dort und er senkte seinen Blick erneut.

„Es tut mir leid. Ich habe nur Angst, dass ich dich nicht allein vor den Dämonen beschützen kann. Nur deswegen habe ich mich mit Timoteo zusammengetan."

Für einen Moment überlegte sie, zu fragen, ob er ihr seine Flügel noch einmal zeigen würde, um diese zu berühren. Emilia konnte nicht glauben, dass Lucio tatsächlich ihr Schutzengel sein sollte. Kopfschüttelnd versuchte sie, diese Idee zu verdrängen, dieser Mann vor ihr war immer noch eine Person und das gehörte sich nicht.

„Wie soll ich dich nennen?"

Er blickte verwundert zu ihr auf und wagte sich wohl an dem Versuch, sie anzulächeln. „Du kannst mich nennen, wie du möchtest."

Emilia überlegte für einen Moment. Baradiel klang nicht wirklich nach einem menschlichen Namen, vielleicht sollte sie bei Lucio bleiben, um ihn und vor allem Timoteo in keine Schwierigkeiten zu bringen. Oder aufzufallen. Wahrscheinlich verwendeten sie deshalb ihre Engelsnamen nicht, wenn all die Personen, denen sie heute begegnet war, überhaupt Engel waren.

„Sorry, dass ich dich vorhin so angegangen bin."

Während der Autofahrt hierher drifteten ihre Gedanken immer wieder zu dem Gespräch mit Timoteo zurück. Hätte sie sich vielleicht mehr mit den Geschichten auseinandersetzen sollen, um die wahren Schuldigen zu verurteilen? Emilia hatte nicht an die Hölle und ihre Dämonen gedacht und machte nur die Engel für ihr Unglück verantwortlich, da sie die Menschen doch beschützen sollten. Aber wenn Engel tatsächlich von Dämonen zurückgehalten und daran gehindert werden würden, ihre Aufgabe zu erfüllen, sollte sie Lucio eine Chance geben, sich zu erklären.

„Das ist schon in Ordnung." Lucio trat einige Schritte auf sie zu, blieb jedoch zunächst vorsichtig zurück. Dennoch war sein Ausdruck überaus sanft. Er sah sie an, als wäre sie das Wertvollste auf der Erde, und seinen Blick zu sehen, machte ihr erneut deutlich, dass ihr Verhalten nicht in Ordnung war.

„Timoteo hat mir erzählt, dass du beim Banküberfall von Dämonen zurückgehalten wurdest. Wenn es beim Autounfall damals auch so war … tut es mir leid."

Lucios Augen weiteten sich etwas und er schüttelte nur den Kopf, als er sich weiter näherte und ihre Schultern umfasste. „Ich kann mir bis heute nicht verzeihen, dass ich diesen Dämon nicht bezwingen konnte. Du wärst gestorben, wenn Timoteo nicht erschienen wäre. Aber der Autounfall … ich war nicht dort, als es geschah."

„War es etwa auch das Werk der Dämonen?", fragte sie mit Gewissheit.

„Ich …" Lucio ließ von ihr ab und strich mit einer Hand über sein Gesicht. Sie packte seine Arme und klammerte sich an den Stoff seines Hemdes.

„Ich ziehe zu euch in das Anwesen. Lasst mich gegen die Dämonen mitkämpfen, ich will … ich will …"

Emilia wurde mit jedem Wort leiser. *Ich will Rache.* Sie wollte diese Wesen aus der Hölle bluten lassen, dafür, dass sie das Leben ihrer Eltern auf dem Gewissen hatten.

„Unsinn! Du bist ein Mensch, du kannst nicht gegen Dämonen kämpfen!"

„Aber ich will irgendwas tun! Diese Dämonen laufen draußen frei herum und könnten jederzeit weitere Menschenleben rauben."

Lucio zog ihre Hände von sich und nahm sie in seine Arme.

„Bitte beruhige dich", sagte er und drückte sie eng an sich. Seine Wärme hüllte sie wie eine Decke ein und seine Umarmung nahm ihr tatsächlich die tosende Aufregung, die, bis eben noch in ihr brodelte. Vielleicht war es auch sein heftiges Herzklopfen, das durch diese Nähe in einem wilden Rhythmus gegen ihr Ohr trommelte. „Timoteo und die anderen Engel kümmern sich bereits darum. Er ist auch nicht allein. Das Wichtigste ist es, deine Sicherheit zu gewährleisten."

Eine leichte Gänsehaut kroch über ihren Nacken, als sie seinen warmen Atem auf ihrer Haut spürte. „Warum sind diese Dämonen überhaupt hinter mir her? Ich habe nichts getan."

Lucios Finger bohrten sich leicht in ihren Rücken und sie wollte sich von ihm lösen, um ihn anzusehen und seine Reaktion zu verstehen. Stattdessen wurde seine Umarmung nur fester. Er drückte sie so fest an seinen Körper, dass ihr die Hitze bis ins Gesicht stieg, und sie traute sich nicht, auch nur einen Muskel zu bewegen. Es war, als würde er sich davor fürchten, dass sie sich jeden Moment auflösen und aus seinem Leben verschwinden könnte.

„Du … hast etwas in dir, das sie haben wollen."

Diesmal schob sie ihre Hände zu seiner Brust und drückte sich mit aller Kraft von ihm weg. *Etwas, das ich in mir habe?* Was könnte sie als einfacher Mensch haben, weswegen Dämonen auf der Jagd nach ihr sein würden?

„Ich kenne keine Details. Das ist das Einzige, was ich mitbekommen habe, nachdem dich ein Dämon auf der Abschlussfeier angegriffen hatte."

Emilia setzte einen Schritt zurück und versuchte, den aufkommenden Kloß in ihrem Hals herunterzuschlucken. Deshalb erinnerte sie sich nicht mehr daran, was geschehen war, nachdem sie Timoteo zu einem Tanz aufgefordert hatte, und nur deswegen war sie in seinem Anwesen gelandet. „Hab keine Angst, der Dämon hat dir nichts getan. Timoteo hat dich gerettet!", erklärte er weiter und wandte seinen Blick traurig ab. „Verstehst du jetzt, warum du in seinem Haus am sichersten wärst? Ich wäre dann auch nicht mehr allein und könnte viel besser auf dich aufpassen."

„Warum habt ihr mir nicht von Anfang an die Wahrheit gesagt, anstatt das ganze Theater zu veranstalten?"

Die Worte sprudelten aus ihr heraus, ohne dass sie vorher über ihren Inhalt oder über ihren Ton nachgedacht hatte. Sie war doch selbst nicht so unschuldig, wie sie glaubte, nachdem sie einfach weggelaufen war, nur weil Lucio sich als ihr Schutzengel offenbart hatte.

Lucio rieb über seinen Nacken, hob seinen Blick unsicher und antwortete auf ihren Vorwurf, noch bevor sie sich für ihre voreiligen Schlüsse entschuldigen konnte. „Wir dachten, dass es besser wäre, die Details außen vor zu lassen, um dir keine Angst zu machen."

„Ich hätte auch nicht direkt abhauen sollen", gab sie kleinlaut zu, doch Lucio lachte nur.

„Bei deiner Impulsivität hätte ich auch nichts anderes erwartet. Ich bin mir sicher, dass du nicht anders reagiert hättest, wenn wir dir sofort alles erklärt hätten." Seine Worte schürten ihr schlechtes Gewissen. Als Schutzengel musste er seit ihrer Geburt bei ihr sein und kannte sie wahrscheinlich besser, als sie sich selbst kannte. Trotzdem ließ er ihren Zorn all die Jahre einfach über sich ergehen, ohne sie dafür zur Verantwortung zu ziehen. Emilia sah ihm für einen langen Moment in die Augen – sein Ausdruck wirkte immer noch so sanft, so liebevoll, genauso wie seine Umarmung vorhin. Hoffentlich könnte sie das irgendwie wiedergutmachen.

Mit einem leisen Seufzen holte sie ihren Koffer unter dem Bett hervor. Bevor sie wieder von irgendeinem Dämon angegriffen werden konnte, wäre es tatsächlich am besten fürs Erste ins Anwesen zu ziehen. Vor allem, um ihrem Schutzengel keine weiteren Sorgen mehr zu bereiten.

„Hilfst du mir beim Packen?"

„Liebend gerne."

Emilia setzte sich lachend auf ihren übervollen Koffer, damit dieser leichter geschlossen werden konnte. Es war so seltsam, mit ihrem Schutzengel gemeinsam alles Notwendige zusammenzupacken, als würde sie mit ihm in einen längeren Urlaub verreisen.

„Sag mal, altert ihr Engel auch?", fragte sie neugierig und rutschte vom Koffer auf ihr Bett hinab. Theoretisch könnten Engel ewig lange Leben haben, von dem, was sie bisher so gehört hatte. Jetzt, wo sie mit diesen Wesen direkt zu tun hatte, fand sie sie doch faszinierend. Wenn ihr jemand vor einigen Tagen gesagt hätte, dass sie mit ihrem Schutzengel reden würde, hätte sie die Person laut ausgelacht. Oder für verrückt erklärt. Oder beides zugleich.

„Nicht so wie ihr Menschen. Wieso fragst du?"

„Ich hab mich nur gewundert. Als mein Schutzengel bist du doch bestimmt seit meiner Geburt bei mir, oder? Warst du damals dann auch ein Kind oder ein Erwachsener wie jetzt?"

Lucio erstarrte in seiner Bewegung, als er seine Hand zu dem Koffergriff führte, überspielte es aber rasch mit einem Lachen und nahm den Koffer vom Bett, bevor er sich neben sie setzte. „Mit jeder neuen Seele wird auch ein neuer Engel erschaffen. Wir sind zu Beginn auch Kinder und wachsen mit den Menschen gemeinsam. Auch wenn wir später nicht grau und faltig werden."

Emilia lehnte sich zurück und streckte ihre Beine etwas, während sie über seine Worte nachdachte. Engel würden also nicht grau und faltig werden, wie gut sie es doch hatten. „Ich würde mir so gern keine Sorgen machen müssen, grau und faltig zu werden."

„Ich bin mir sicher, dass du im hohen Alter immer noch wunderschön sein wirst."

Sie riss ihren Kopf erschrocken zu ihm und sah ihn mit großen Augen an, doch ihr Engel lächelte sie nur unschuldig an – wie er einfach so mit ihr flirtete und es noch nicht einmal bemerkte.

„Wir sollten los!", murmelte sie nach einem Räuspern und sprang von ihrem Bett auf. Bevor sie ihre Finger nach dem Griff des Koffers ausstreckte, hatte Lucio ihn schon in der Hand und deutete ihr den Vortritt. *Was für ein Gentleman!* Emilia schüttelte lachend den Kopf und hing sich ihre Tasche um, bevor sie vorausging.

Ein lautes Poltern erklang hinter ihr, als sie die Wohnungstür öffnete, und noch bevor sie zurücksehen konnte, zog Lucio sie hinter sich. Der Krach stammte vom Koffer, den er fallen gelassen hatte.

„Was ist denn?", fragte sie, als er sich vor sie stellte. Emilia sah an ihm vorbei und staunte verblüfft, als statt des Hausflurs ein blutroter undurchsichtiger Schleier den Ausgang verdeckte. Der dunkle Wirbel in seiner Mitte erinnerte sie an eine Galaxie, dessen Arme sich bis zu den Rändern ihrer Wohnungstür ausstreckten. „Was ist das?"

„Ein Dämonenportal. Jemand hat deine Wohnung in eine andere Dimension geschickt."

„Dieser jemand bin ich." Emilia fuhr herum, als eine tiefe Stimme hinter ihr erklang.

Ein dunkelhaariger Mann stand im Durchgang zu ihrem Wohnbereich, der sie mit einem teuflischen Grinsen begutachtete und sich dann über die Lippen leckte. Lucio zog sie erneut hinter sich, und sie schaute unsicher an seinem Arm vorbei, die goldbraunen Augen dieses Fremden starrten direkt in ihre.

„Wurdest du von Talron geschickt?", fragte Lucio

„Vielleicht. Vielleicht auch nicht!"

Lucio gab ihr einen kräftigen Stoß, nachdem der Dämon sich auf sie gestürzt hatte, und sie stolperte zu ihrem Garderobenschrank. Sie stürzte zu Boden und hörte noch einen schmerzerfüllten Aufschrei gefolgt von lautem Gepolter. Erschrocken richtete sie sich auf und sah eine blutige Wunde an der Schulter ihres Schutzengels, als er sich wieder schützend vor ihr aufbaute. Hastig fischte sie das Handy aus ihrer Tasche und suchte Timoteos Nummer, damit er ihnen zu Hilfe kommen konnte. Doch statt des üblichen Freizeichens erklang nur ein lautes Rauschen aus dem Hörer.

„Du musst es gar nicht erst versuchen, Kleine. Nicht nur, dass du hier niemanden erreichen kannst, es kann dir auch kein Mensch helfen." Panisch blickte sie zu ihm, seine braunen Augen verengten sich zu Schlitzen, so breit zog sich das teuflische Grinsen über sein Gesicht.

„Bleib hinter mir, ich werde versuchen, gegen ihn zu kämpfen. Hab keine Angst", flüsterte Lucio ihr zu. *Keine Angst?* Sein Arm blutete bereits und wenn sie Timoteo tatsächlich nicht um Hilfe rufen konnte, wie würden sie dann heil aus dieser Situation rauskommen? Er warf sich auf den Dämon, wurde von ihm aber wieder aufgehalten und zurückgeschlagen. Bevor Lucio mit ihr zusammenprallen konnte, fing er sein Gleichgewicht wieder und stellte sich schützend vor sie.

„Sei ein braves Mädchen und gib mir die Perle freiwillig. Ich versichere dir einen schmerzlosen Tod", sagte der Dämon und trat näher auf sie zu. Seine langsamen Schritte stampften laut gegen den Parkettboden auf, während in seiner linken Hand pechschwarze Flammen erschienen, die immer länger wurden und ein schwertähnliches Aussehen annahmen. Es war also eine Perle, die sie in sich trug und deswegen von diesen Dämonen gejagt wurde.

„Was wollt ihr damit überhaupt?", fragte sie und blickte ängstlich an Lucio vorbei. Konnte er denn niemanden als Verstärkung rufen, wenn er allein nicht stark genug war? Niemanden von den Engeln aus dem Anwesen?

Der Dämon erhob das Flammenschwert, doch Lucio versuchte, ihn aufzuhalten. Emilia rappelte sich auf und stieß mit dem Fuß gegen einen harten Gegenstand. Es war die Holzstange, die sie sonst zum Aufhängen ihrer frisch gewaschenen Wäsche verwendete, und sie stellte sich davor, damit dieser Dämon sie nicht bemerkte. Während Lucio versuchte, das Schwert des Dämons loszuwerden, führte sie eine Hand hinter ihren Rücken. Ihre Finger legten sich um den dicken Stab und holte damit aus. Mit aller Kraft schlug sie gegen den Dämon, doch seine rechte Hand packte die Stange und stoppte ihren Angriff. Ein Knistern vor ihrem Gesicht überlagerte sein leises, aber amüsiertes Lachen. Zwischen seinen Fingern bildeten sich schwarze Flämmchen, die sich wie Schlangen über den Holzstab wandten und zu ihren Fingern hinunterkrochen. Bevor das Feuer ihre Hände erreichte, ließ sie von dem Stab ab und schritt zurück. Was für Möglichkeiten hatte sie, um ihrem Schutzengel zu helfen? Sie konnte doch nicht einfach tatenlos dabei zusehen, wie dieser Teufel ihn verletzte.

Der Dämon rammte sein Knie in Lucios Bauch und schlug ihn mit einem Schwerthieb zurück. Emilia war wie versteinert, als ihr Schutzengel hart gegen den Schrank prallte. Eine lange Wunde zog sich über seinen Oberkörper, das Blut tropfte daraus auf ihren Boden und sammelte sich zu einer kleinen dunkelroten Lache an.

„Da du mir deine Perle nicht freiwillig geben willst, muss ich sie mir wohl mit Gewalt holen." Seine tiefe Stimme klang jetzt näher als vorher und sie wandte sich zögerlich zu dem Dämon. Er erhob seine Hand und kleine Flammen tänzelten über seine Haut – ihre Dunkelheit ein starker Kontrast zu seiner Blässe. Seine Finger und die Hitze der Flammen waren so nah, dass sie wie zischende Schlangen nach ihr schnappten. Emilia kniff die Augen zusammen, doch seine Berührung blieb aus. Statt einer sengenden Hitze strich nur ein Luftzug über ihr Gesicht. Ein lautes Poltern ertönte, und als sie ihre Augen wieder aufriss, flossen lange blonde Strähnen wie Seide über den Rücken einer Person, die wie aus dem Nichts vor ihr erschienen war. Durch die schnelle Drehung dieser Person wäre Emilias Gesicht beinahe von den Haarsträhnen gepeitscht worden, wenn sie keine weiteren Schritte zurückgesetzt hätte, und der

Dämon wurde mit einem Halbkreiskick bis in ihren Wohnbereich zurückgeschlagen. Als die Person ihre Haltung wieder annahm, drehte sie sich zu Emilia – es war die niedliche Verkäuferin aus der Boutique! Ihre Augen flitzten an Emilia vorbei, sie wandte sich aber wieder dem Dämon zu. Pechschwarze Schwingen spannten sich aus ihrem Rücken auf und das bekannte *Flapp* eines Flügelschlags nahm Emilia die Angst. Sie waren nicht mehr allein.

„Bleib zurück", sagte sie und lief in das Wohnzimmer. Emilia lief zu Lucio und blickte über die verbrannten Stellen seines Hemdes sowie die blutige Wunde darunter. Die Verkäuferin sollte diesen Dämon schnell loswerden, damit sie ins Bad konnte, um Handtücher zu holen und auch ihren Verbandskasten. Bis dahin konnte sie nur ihren Cardigan hernehmen, um damit über seine Wunde zu tupfen. Lucio packte ihre Hand und stoppte sie.

„Ist dir … etwas … passiert?", fragte er schwach. Emilia schüttelte den Kopf und drückte vorsichtig auf die Wunde.

„Ich bin okay. Es ist jemand zu Hilfe gekommen." Ihre Stimme zitterte, denn aus seiner Wunde quollen große Mengen an Blut, mit dem ihr Cardigan mittlerweile vollgesogen war. Er musste dringend in ein Krankenhaus, hoffentlich würde er lang genug durchhalten. Emilia hatte ihren Schutzengel doch gerade erst kennengelernt und sie musste die letzten Jahre wiedergutmachen, da durfte er doch nicht einfach sterben.

Ein Sausen zu ihrer Seite riss sie aus ihrer Panik, der rotviolette Schleier löste sich von ihrer Wohnungstür auf und der dahinterliegende Hausflur war wieder zu sehen. Die Boutique-Verkäuferin kehrte zu ihnen zurück, ein kleiner Kratzer zierte ihre linke Wange.

„Ist der Dämon weg?", fragte Emilia und sah unsicher an ihr vorbei, auf der Suche nach dem Eindringling.

„Er ist weggelaufen. Aber ich habe Timoteo benachrichtigt, als dieser Dämon deine Wohnung in eine andere Dimension geschickt hat. Er sollte jeden Moment hier sein", erklärte sie und blickte zu Lucio. Emilia lief in ihr Badezimmer und holte Handtücher, die sie über ihren Schutzengel legte, um die Blutung zu stoppen. Unter ihren Händen hob und senkte sich seine Brust nur schwach, und auch seine zuvor noch hastigen Atemzüge wurden immer leiser. Sie biss sich hart auf die Unterlippe, als sein blasses Gesicht in ihrem Blickfeld verschwamm. *Bitte bleib bei mir, Lucio.*

„Hast du schon den Krankenwagen gerufen?"

„Engel benötigen keine Krankenhäuser", antwortete Timoteo und trat in ihre Wohnung. Reue und Sorge standen ihm ins Gesicht geschrieben, als er Lucio in seine Arme nahm und sich der Verkäuferin zuwandte. „Bring sie zum Anwesen. Mariella wird euch begleiten", sagte er und löste sich in einem hellen Licht auf.

Emilia starrte auf die Stelle, an der Timoteo gerade noch gestanden hatte. Lucios Blut klebte auf ihrem hellen Parkettboden, klebte an ihren Händen und tauchte auch einige Stellen ihres Kleides in ein dunkles Rot. Doch die dunkelroten Flecken lösten sich in goldene Partikel auf, und im nächsten Moment erschien alles wieder makellos. Auch der Geruch von Eisen war aus der Luft verschwunden, als wäre nie etwas passiert. Emilia starrte auf ihre Hände, trotzdem war noch das Gefühl in ihnen, als sie verzweifelt alles Mögliche auf seine Wunde gepresst hatte, um die Blutung zu stoppen.

„Wieso bist du nicht früher gekommen?"

Emilia hörte nur ein Seufzen, sowie einige Schritte und sah die Verkäuferin nun vor sich stehen. Im Gegensatz zu Timoteo, blickte sie mit einem kalten und gleichgültigen Ausdruck auf Emilia herab.

„Wir können nicht zulassen, dass die Dämonen dich in die Finger kriegen. Dass andere dabei zu Schaden kommen, ist ein notwendiges Übel." *Notwendiges Übel?* Ihr Schutzengel wäre gerade fast gestorben, und das sollte ein notwendiges Übel sein?

Emilia sog scharf Luft ein und öffnete ihren Mund, doch die kleinere Frau erhob ihre Hand und hielt sie davon ab, etwas zu sagen. „Du musst verstehen, dass die Welt untergehen wird, wenn die Dämonen an Macht gewinnen. Deswegen ist uns jedes Mittel recht, um das zu verhindern", erklärte sie. Ihre Hand umgriff ihren Arm und drückte ihn leicht. „Ich bin übrigens Mihriel, nenne mich in der menschlichen Welt aber Sophia. Lass uns jetzt zum Anwesen zurückgehen, wir sollten hier keine Zeit verplempern."

Kapitel 6

Emilia stand mit Sophia und Mariella im Eingangsbereich des Anwesens. Diniel kam zu ihr gelaufen und ergriff ihre Hände, ihre Wärme war nur ein kleiner Trost.

„Diniel ist so glücklich, dass die Miss wieder zurück ist!", sagte sie mit einem heiteren Lachen. „Der Meister sagte, Diniel soll die Miss zu Baradiel führen, wenn die Miss wieder da ist", flüsterte sie noch und zog Emilia mit sich. Diniel führte sie zu einem Zimmer im dritten Stockwerk und öffnete die Tür für sie. Emilia trat hinein und sah als erstes Timoteo. Er saß leicht nach vorn gebeugt an dem Bett, in dem ihr Schutzengel lag. Eine seltsame Stille lag im Raum, nachdem die Tür ins Schloss gefallen war, und sie stellte sich unsicher an Timoteos Seite.

„Wie geht's ihm?" Ihre Frage war kaum ein Flüstern, sie fühlte sich so schuldig, dass er nur ihretwegen jetzt in diesem Zustand war. Lucio war schon vorher recht blass, aber nun glich sein Gesicht beinahe den weißen Wänden dieses Anwesens. Timoteo stand auf und drückte sie auf den Stuhl, auf dem er zuvor gesessen hatte. Er setzte sich an den Rand des Bettes und nahm ihre Hände in seine, strich mit seinen Daumen über ihre Fingerknöchel. Eine Geste, die sie zumindest etwas beruhigte. Emilia vertraute darauf, dass er Lucio irgendwie helfen konnte, da er offenbar wusste, wie man mit verletzten Engeln umgehen musste.

„Seine Wunden sind recht schwerwiegend. Dieser Dämon hat Höllenfeuer verwendet, aber es ist nichts, was nicht verheilen kann. Ich habe ihm Weihwasser verabreicht, damit werden seine Wunden schneller heilen, also mach dir keine Sorgen", erklärte er.

„Es ist alles meine Schuld. Wenn ich ihm vorher zugehört hätte und nicht sofort abgehauen wäre, dann wäre das nicht passiert." Ihre Sicht verschwamm, als sich Tränen ansammelten und drohten, über ihr

Gesicht zu fließen. Sie wollte nicht vor Timoteo weinen und befreite ihre Hand aus seinem Griff, um die Tränen rasch aus ihren Augen zu streichen. Doch bevor sie das tun konnte, berührte seine Hand ihre Wange zärtlich und strich mit dem Daumen so vorsichtig über ihre unteren Wimpern, als hätte er Sorge ihr wehzutun. Es war nur ein Blick in seine kobaltblauen Augen und sie hatte durch diese Nähe ein Gefühl von Vertrautheit, als würde sie ihn schon seit unzähligen Jahren kennen.

„Dann ist es auch meine Schuld. Wenn ich mit dir geredet hätte, hätten wir dich dann vielleicht nicht verschreckt. Aber Lucio ist dein Schutzengel, und ich habe kein Recht, dich gegen deinen Willen hier festzuhalten. Du sollst selbst entscheiden."

Emilia ließ ihre Schultern in Resignation fallen. Wieso waren Lucio und er so gut zu ihr, wenn sie ihnen und den anderen hier innerhalb nur eines Tages nichts als Ärger eingebracht hatte?

„Kann ich irgendwas tun, um euch zu helfen? Wenn ich euch schon in Gefahr bringe."

Leise lachend strich er wieder über ihre Wange, beugte sich etwas zu ihr und hauchte ihr einen zarten Kuss auf die Stirn. Es war eine intime Geste, die, obwohl sie ihn eigentlich nicht kannte, nicht unangenehm war – im Gegenteil, es fühlte sich sogar vertraut an. Er nahm ihr damit eine große Menge ihrer Sorgen ab und irgendwie fühlte sie sich geliebt.

„Du hilfst uns am meisten damit, wenn du in Sicherheit bist. Hier bei uns", sagte er. Emilia wusste nicht, ob die Wärme, die durch ihre Wangen strahlte, von der Berührung seiner Hand stammte, oder von seiner liebevollen Art und dem zärtlichen Stirnkuss. Sie vermisste diese Wärme, als er seine Hand wieder zurücknahm und sich vom Bett erhob.

„Diniel hat dir ein Zimmer hergerichtet, geh und leg dich etwas hin."

„Ich würde gerne noch etwas bei Lucio bleiben. Zumindest bis er wieder aufwacht, damit ich mich entschuldigen kann", antwortete sie und blickte zu ihrem bewusstlosen Schutzengel zurück. Die Schuldgefühle fuhren erneut ihre Krallen aus und kratzten sich in ihr Gewissen. „Ich will nicht wissen, wie er sich gefühlt haben muss, nachdem ich all die Jahre diese gemeinen Dinge über ihn gesagt habe."

Er seufzte leise, strich aber nur über ihren Kopf und ging um sie herum. Sie drehte sich im Sitz um und sah ihm nach, als er zur Tür ging und davor stehen blieb.

Timoteo warf einen Blick über seine Schulter und lächelte sie sanft an. „Wir Engel nehmen uns so etwas nicht zu Herzen, also mach dir keine Gedanken darüber. Wenn etwas sein sollte, kannst du jederzeit nach mir rufen. Fühl dich hier wie zu Hause, die Bewohner dieses Anwesens wissen Bescheid. Außerdem wird Diniel dir ab sofort auch zur Seite stehen."

Ihr Puls erhöhte sich etwas, als sie ihm wieder in die Augen blickte. Sie verstand nicht, warum er das alles für sie tat. War es wirklich nur wegen dieser Perle, die sie in sich trug? Aber dafür musste er doch nicht so überfreundlich sein. So liebevoll und zuvorkommend und verständnisvoll – und vor allem seine Berührungen vorhin, die sie irgendwie schon vermisste. Sie schluckte schwer, als sie das Pochen ihres Herzschlags bis in ihren Hals spüren konnte.

„Danke ... Teo", sagte sie nach kurzem Zögern. Emilia war sich nicht sicher, ob sie ihm damit auf den Schlips treten würde und beobachtete ihn in Erwartung auf eine Reaktion. Er erhob jedoch nur seine Augenbrauen und sah sie fragend und überrascht zugleich an. *Oh Gott, stört es ihn doch?*

„Also ... weil Timoteo so lang ist ... wenn's für dich okay ist, dass ich dich so nenne?", erklärte sie und wandte ihren Blick auf die goldenen Blumen und Schnörkel, die die Lehne des Stuhls zierten. Sie traute sich nicht, ihm zu lang ins Gesicht zu sehen, erst recht, als eine weitere Hitzewelle ihr bis ins Gesicht schoss. Emilia wollte nicht wie ein liebeshungriger Teenager auf ihn wirken, nur weil sie ihre Augen nicht von ihm lassen konnte. Auch wenn sie länger in seiner Nähe sein wollte. *Warum sagt er nichts?* Nach einem quälend langen Moment blickte sie unsicher zu ihm, da er immer noch nichts darauf geantwortet hatte, und hörte stattdessen ein leises Lachen. Timoteo führte eine Hand zu seinem Mund, um ein weiteres Lachen zu unterdrücken. *Oh nein, er findet mich also doch peinlich!*

„Wenn du das so möchtest, kannst du mich gerne so nennen", sagte er und verließ das Zimmer. Nachdem die Tür ins Schloss gefallen war, stieß Emilia ihren Atem aus, von dem sie nicht bewusst gewesen war, ihn überhaupt angehalten zu haben, und drehte sich wieder zu Lucio. Vor Scham sank sie in den Sessel und verfluchte sich für ihr kindisches Verhalten.

Timoteo blieb vor der Tür stehen und blickte gedankenverloren auf das weiß lackierte Holz. Jetzt war Emilia endlich hier und würde hier auch definitiv am sichersten sein, nachdem Mariella eine Lichtbarriere um das Anwesen hochgezogen hatte. Damit konnte das Grundstück von keinem Dämon betreten werden. Er musste aber überlegen, wie er ihr trotzdem ein normales Leben ermöglichen könnte, sie konnte ja unmöglich für den Rest ihres Lebens in dem Anwesen verbringen. Seine Hand ließ von dem Türknauf ab und er führte sie zu seiner Brust. Das Rasen seines Herzens konnte er sogar unter seinen Fingerspitzen spüren und er schloss seine Augen, als er seinen zittrigen Atem laut ausstieß. Er musste sich zusammenreißen und seine Gefühle unterdrücken, denn er musste für ihre Sicherheit sorgen und gleichzeitig seine Mission weiterführen. Und trotzdem konnte er sich nicht zurückhalten, sie nach so langer Zeit wieder zu berühren. Ein Lächeln umspielte seine Lippen, als er auf seine Hand blickte und daran zurückdachte, wie sich ihre weiche Haut unter seinen Fingern angefühlt hatte. Und auch ihre Reaktion, nachdem sie ihn bei einem Spitznamen genannt hatte, war zu liebenswürdig.

„Wird die Miss jetzt hierbleiben?"

Diniels aufgeregte Stimme unterbrach seine Schwärmerei, und er riss seinen Kopf erschrocken zur Seite, als sie zu ihm eilte und hoffnungsvoll hochblickte. Er ging in die Knie und strich über ihren Kopf.

„Emilia wird hierbleiben, ja", antwortete er und verkniff sich ein Schmunzeln, als sie vor Freude aufsprang. „Du wirst ab sofort immer bei Emilia sein. Du wirst dich nur noch um sie kümmern und weiterhin auf sie aufpassen. Versprochen?"

Diniel legte ihren Kopf etwas schief, verwundert über seine Bitte. „Soll Diniel sich nicht mehr um den Meister kümmern?"

„Dein Meister wird jetzt Emilia sein. Du und Lucio werdet zusammen auf sie aufpassen, in Ordnung?", erklärte er und ihre Augen leuchteten wie Brillanten auf.

„Hat der Meister die Miss etwa schon geheiratet?"

Timoteo lachte auf, hob den Engel auf seine Arme und richtete sich wieder auf. Diniel klammerte sich an seine Schultern, und er fühlte sich wieder in die Zeit zurückversetzt, als er in ihr lächelndes Gesicht blickte und sich an jemand anderen erinnerte. Jemanden, den er in der Vergangenheit oft so in seinen Armen gehalten hatte.

„Nein … aber ich will jemanden bei ihr haben, dem ich vertrauen kann. Ich werde bald auch für längere Zeit verreisen und nicht in der Stadt sein."

Sie tätschelte sein Gesicht und nickte eifrig. „Diniel wird auf die Miss aufpassen und auf die Miss hören, versprochen! Und wenn der Meister zurückkommt, dann heiratet der Meister die Miss!"

Seufzend schüttelte er seinen Kopf, als er mit ihr zu seinem Büro ging und sperrte dieses auf. „Wie kommst du überhaupt darauf?"

„Diniel hat das von Gregorio gehört! Wenn zwei Personen sich sehr lieb haben, dann heiraten sie! Der Meister hat die Miss lieb, also muss der Meister die Miss heiraten."

Timoteo behielt seine Bemerkungen für sich, als er sie wieder auf den Boden stellte. Diniel war immerhin noch ein Kind, und wenn er sich richtig erinnerte, würde sie bald schon drei Jahre bei ihnen sein. Ein neu erschaffener Engel trug für einige Tage ein kreuzförmiges Mal auf der Stirn, und dieses Mal hatte er bei ihr gesehen, nachdem er sie aus den Fängen von Dämonen befreit hatte. Obwohl sie ein Engel der Macht war, wollte sie ihrer Aufgabe, über die Natur zu herrschen, nicht mehr nachgehen und wurde mit den Flammen des Verrates bestraft. Seither wollte sie das Anwesen nicht mehr verlassen und sättigte ihre Neugier, indem sie den Geschichten der anderen Bediensteten lauschte und von ihnen lernte.

„Wie auch immer. Ist Emilias Zimmer schon für sie vorbereitet?", fragte er und suchte auf seinem chaotischen Schreibtisch nach einem Adressbuch.

„Ja! Diniel hat für die Miss auch neue Kleidung in den Schrank gelegt."

Timoteo nickte zufrieden und fischte das kleine Büchlein unter einem Haufen von Dokumenten heraus. Er blätterte durch die Seiten und tippte eine Nummer in sein Mobiltelefon ein. „Sag den anderen, dass Emilia und Lucio hier das Sagen haben, wenn ich nicht da bin. Es soll Emilia an nichts fehlen, was auch immer sie benötigt, darum wird sich umgehend gekümmert", sagte er und führte das Handy zu seinem Ohr, ehe er Diniel noch einen Blick zuwarf und sie aufmerksam nicken sah. Timoteo strich über ihren Kopf, als er sich wieder zu ihr kniete. „Dann geh los, ich muss noch telefonieren. Bereite mit den anderen das Abendessen zu." Diniel drückte ihm ein Küsschen auf die Wange und lief kichernd aus dem Büro.

Nachdem er die Tür abgeschlossen hatte, stoppte das Freizeichen und ein Rascheln ertönte am anderen Ende der Leitung.

„Ich bin es. Schick mir die Adresse zu, an der wir uns wegen der Auktion treffen werden, ich werde schon morgen Nacht abreisen", sagte er und starrte dabei auf den braunen Umschlag auf seinem Schreibtisch.

Am nächsten Morgen betrat Timoteo den Speisesaal, obwohl er normalerweise in seinem Büro frühstückte. Emilia war nun sein Gast und er wollte nicht, dass sie sich an so einem großen Tisch vielleicht verloren fühlte, wenn Lucio noch bewusstlos war. Sonst wurde der Speisesaal eher spärlich verwendet, da im Anwesen jeder für sich war. Der Tisch war reichlich gedeckt, es saß aber niemand dort und es sah auch nicht so aus, als hätte jemand bereits gefrühstückt.

„Wo ist Emilia?", fragte er seine Bediensteten, verwundert über ihre Abwesenheit. Sein Blick blieb an seinem Butler Gregorio haften, der seine braunen Augen schloss und sich etwas verneigte.

„Miss Emilia bestand darauf, bei Herrn Lucio zu bleiben. Daher hat Diniel ihr etwas vom Essen auf das Zimmer gebracht", antwortete er. Timoteo stieß einen schweren Seufzer aus und wandte sich ab, denn er wollte nicht ohne sie frühstücken. Schon gar nicht, wenn er sie für die nächsten Tage nicht mehr sehen würde, also machte er sich auf den Weg zu Lucios Zimmer. Er betrat das Zimmer und sah Emilia immer noch an Lucios Bett sitzen, als wäre sie all die Stunden zuvor nicht für einen Moment von seiner Seite gewichen. Ein unangenehmes Gefühl nistete sich in seine Brust ein, welches im nächsten Moment aber auch schon wieder verschwand, als sie sich ihm zuwandte. Trotz ihrer offensichtlichen Müdigkeit schenkte sie ihm ein Lächeln.

„Hey", flüsterte sie und stand vom Stuhl auf, der noch immer vor Lucios Bett stand. Dunkle Schatten zeichneten sich unter ihren Augen ab – hatte sie denn kein bisschen geschlafen?

„Du kommst nicht zum Frühstücken herunter, hast dein Essen aber auch nicht angerührt?" Timoteo deutete auf das unangerührte Tablett mit der silbernen Abdeckhaube und warf ihr einen strengen Blick zu. Immerhin hatte sie das gestrige Abendessen auch ausgelassen. Emilia rieb über ihren Nacken und wich seinem Blick mit einem beschämten Lachen aus. Er schnaubte leise und ging um Lucios Bett herum. Ihr Schutzengel war noch immer blass, aber Timoteo wusste, dass er schon sehr bald wieder auf den Beinen sein würde.

„Du tust ihm keinen Gefallen damit, wenn du dich seinetwegen vernachlässigst. Ich sagte dir doch, dass es ihm bald wieder besser gehen wird. Du kannst mir vertrauen", sagte er.

Emilia hielt ihre Augen auf Lucio gerichtet, ihr Lächeln wirkte mehr aufgesetzt als echt. „Ich vertraue dir und ich glaube dir auch. Aber es ist meine Schuld, dass er hier liegt, und ich habe Angst, dass es nicht das letzte Mal sein wird."

Sie hatte recht. Er wollte unbedingt, dass Lucio zu ihm kam, damit er besser über Emilia wachen konnte. Doch er tat nichts dergleichen, um Lucio dabei zu helfen, sie auch eigenhändig besser verteidigen zu können. Lucio war ihr Schutzengel – nicht er – und er konnte nicht ständig bei ihr sein. Sosehr er das auch hasste und sich selbst immer wieder daran erinnern musste.

„Wenn du dir die Schuld gibst, dann gibst du auch mir die Schuld." Emilia zuckte bei seinen Worten zusammen. „Es ist nicht deine Schuld, dass Dämonen hinter dir her sind, und es ist noch weniger deine Schuld, dass Lucio verletzt wurde."

„Nein, ich …"

„Es hätte rein gar nichts an den Tatsachen geändert, wenn du uns zugehört hättest und hiergeblieben wärst. Früher oder später wäre er in einem Kampf verletzt worden, weil er als einfacher Schutzengel nicht darauf trainiert wurde, gegen Dämonen zu kämpfen. Also hör auf, dir wegen Dingen die Schuld zu geben, für die du nicht verantwortlich bist!"

Eine unangenehme Stille breitete sich in dem Raum aus. Timoteo hatte seine Worte in einem harscheren Ton ausgesprochen, als er beabsichtigt hatte, und ein schlechtes Gewissen nagte an ihm. Emilia ließ den Kopf hängen und führte einen Arm um sich, ihre zittrigen Finger vergruben sich in ihrem Ärmel.

Er ging zu ihr, nahm einen tiefen Atemzug und legte seine Hände um ihre Schultern. „Entschuldige, ich wollte meine Stimme nicht erheben. Es war meine Verantwortung und du hast mir klargemacht, dass ich Mariella damit beauftragen muss, Lucio zu trainieren. Ich hätte das schon eher tun sollen, verzeih mir."

Emilia lehnte ihren Kopf gegen seine Brust und sie zitterte leicht. Was könnte er ihr sonst noch sagen, damit er sie endlich von diesen Schuldgefühlen erlösen konnte? Es tat weh, sie so niedergeschlagen zu sehen und nichts für sie tun zu können.

„Emilia …"

Sie zuckte zusammen und rückte erschrocken von ihm ab, als wäre sie bei etwas Verbotenem erwischt worden. Lucio hatte nach ihr gerufen, so war er also wieder bei Bewusstsein. Emilia rauschte an ihm vorbei und es war, als hätte sie die Wärme, die seine Brust vorhin umhüllt hatte, mit sich genommen. Er war über die plötzliche Abwesenheit dieses Gefühls enttäuscht, aber immerhin würde sie sich nicht mehr solche Sorgen um ihren Schutzengel machen müssen, da er nun wieder bei Bewusstsein war. Timoteo blickte zu den beiden, sie klammerte sich an Lucios Hand und lächelte ihren Schutzengel mit tränenden Augen an. In diesem Moment hätte er sie am liebsten gefragt, welchen Stand er überhaupt in ihrem Leben hatte. Aber an diese Frage durfte er gar nicht erst denken, denn er hatte kein Recht dazu. Weder war er ihr Schutzengel, noch hatte er irgendeine andere Bindung zu ihr, und er war jetzt nicht mehr als ein Fremder für sie.

„Streitet euch nicht", murmelte Lucio schwach und befreite seine

Hand aus ihrem Griff, um über ihre Wange zu streichen.

„Wir streiten uns nicht", sagte Emilia und schmollte leicht.

„Gregorio wird dir noch etwas Weihwasser bringen, dann solltest du schnell wieder fit sein." Timoteo stellte sich neben Emilia und blickte auf seinen neusten Untergebenen hinab, sein blasses Gesicht bekam langsam wieder etwas Farbe zurück.

„Mariella wird dich trainieren, sobald du wieder auf den Beinen bist. Ich werde heute für einige Tage verreisen und bis ich wieder zurück bin, habt ihr beide im Anwesen das Sagen", sagte er und wandte seinen Blick zu Emilia. Sie sah ihn noch nicht einmal an, aber was hatte er auch erwartet? Ohne ein weiteres Wort wandte er sich von den beiden ab und ging zur Tür.

„Danke … Timoteo", hörte er Lucio sagen, als er die Türklinke in die Hand nahm und sie hinunterdrückte. Für einen Moment blieb er dort stehen, unsicher, ob er überhaupt noch etwas sagen sollte, öffnete jedoch ohne ein Wort die Tür und ließ die beiden allein.

Ich bin nicht ihr Schutzengel …

„Und du? Außer mir hat niemand Schuld an meine momentane Verfassung. Ich hätte genauso gut auch selbst zu Timoteo gehen können und ihn bitten, mich zu trainieren", schimpfte Lucio und zwickte Emilia in die Wange, als sie immer noch schmollte.

„Es tut mir trotzdem leid. Auch, dass ich meine Wut auf dich abgewälzt hab und dass ich gesagt habe, dass es dich nicht gibt."

Lucio stieß einen schweren Seufzer aus und richtete sich etwas auf, nur um kraftlos wieder ins Bett zurückzufallen. Emilia sprang erschrocken auf, doch er hob schwach eine Hand und versuchte, sie damit zu beschwichtigen. Deswegen verabscheute er es, ans Bett gefesselt zu sein, gerade seinem Schützling wollte er keine Sorgen bereiten und trotzdem tat er gerade genau das. „Ich bin nicht aus Zucker, also mach dir keine Sorgen um mich. Iss dein Essen und leg dich hin, du siehst fürchterlich aus", sagte er streng. Emilia ließ sich auf den Stuhl sinken und sah ihn etwas geknickt an.

„Du bist mein Schützling und ich hasse dich nicht, weil du deine Wut auf mich gewälzt hast. Du wusstest es nicht besser und ich habe es dir auch nie übel genommen." Er könnte sie niemals hassen. Nicht nur, weil ein Engel seinen Schützling allein aufgrund ihrer Bindung niemals hassen könnte, egal was der Schützling auch tun möge, so war sie für ihn, wegen eines anderen Grundes, das Wertvollste, was er jemals haben könnte. Sie gab ihm einen neuen Sinn in seiner Existenz und er schwor sich, sie vor allem Übel zu behüten, auch wenn es ihn das Leben kosten würde. Lucio führte eine Hand zu ihr und strich einige Strähnen aus ihrem Gesicht, um ihre Augen hinter dem Haarvorhang zum Hervorschein zu bringen.

„Bitte hör endlich auf, dir Vorwürfe zu machen", bat er sie erneut. Emilia führte ihre Augen unsicher zu seinen, aber sie zwang sich zu einem Lächeln und nickte ihm zu. Sie öffnete ihre Lippen leicht, doch er führte einen Finger zu diesen und hielt sie davon ab, das auszusprechen, was er bereits befürchtete. „Entschuldigungen will ich auch keine mehr hören!"

Nach seiner Ermahnung presste sie ihre Lippen zu einer dünnen Linie zusammen und schob seine Hand frustriert von sich.

„Okay, okay. Ich gebe mich geschlagen … ich sage schon gar nichts mehr dazu!"

Lucio lachte heiter und versuchte sich erneut daran, sich etwas aufzusetzen. Mit großer Mühe konnte er sich an seinen Armen abstützen und sich etwas hochziehen. Timoteos Weihwasser war wirklich mächtig und er spürte, wie seine Kraft schneller als erwartet zu ihm zurückkehrte.

„Iss endlich dein Essen, es ist bestimmt schon kalt. Bleib von mir aus so lange hier, aber geh danach bitte schlafen", sagte er und deutete mit einem Wink zu dem Tablett auf der Kommode. Emilia hatte wohl genug von den Diskussionen und holte das Tablett mit dem Essen ohne ein weiteres Widerwort. Es war eine Cremesuppe und getoastete Scheiben Weißbrot dazu. Er beobachtete sie kurz, während sie die Suppe schlürfte und von dem Brot abbiss. Vorhin hatte er mehr von dem Gespräch zwischen Timoteo und ihr mitbekommen, als sie vielleicht glaubte. Seine Finger krallten sich in die Bettdecke, als er überlegte, sie darauf anzusprechen, denn ihm waren die Blicke nicht entgangen, die Timoteo ihr zugeworfen hatte, und er wusste nicht, woher dieses

Interesse plötzlich herrührte. Diese Unsicherheit und die Sorge, dass sich sein Schützling vielleicht in einen Engel – einen *gefallenen* Engel sogar – verlieben würde, ließ eine Mischung aus Angst, Panik und Sorge in ihm aufkochen.

„Emilia." Der Löffel voll mit Suppe stoppte einige Zentimeter über dem mittlerweile halb leeren Teller, als sie zu ihm aufsah. Lucio schluckte einen Kloß hinunter, der sich in seinem Hals zu bilden versuchte, als sich ihre Blicke trafen. „Ich … bin froh, dass du hier bei mir bist und meine Existenz akzeptiert hast."

Sie schenkte ihm ein Lächeln, doch sein Herz rutschte ihm bis in den Bauch und ein flaues Gefühl kam darin auf. Er konnte es ihr nicht sagen … Lucio bemühte sich, seine Mundwinkel nach oben zu ziehen, um ihr keine weiteren Sorgen zu bereiten.

„Ich bin froh, so jemanden wie dich als Schutzengel zu haben", sagte sie und ging mit dem Tablett zu der Kommode zurück. Dort legte sie die Abdeckhaube über den noch gefüllten Suppenteller darüber – hatte er ihr etwa mit seiner Reaktion den Appetit verdorben? „Ich werde mich jetzt hinlegen. Schlaf du auch noch etwas, okay?"

Lucio nickte ihr zu. „Das werde ich. Schlaf gut."

Emilia öffnete die Tür und bat Diniel, ihr das Tablett abzunehmen. Sie warf Lucio noch einen letzten Blick zu, und nachdem sie das Zimmer verlassen hatte, ließ er seinen Rücken tiefer in das Kissen sinken und legte eine Hand über seine Augen. Timoteo wollte die nächsten Tage verreisen, dann hätte er zumindest die Gelegenheit, sie irgendwie auseinanderzubringen.

Kapitel 7

Der Dampf des heißen Kaffees in seiner Hand schwebte hinter ihm. Timoteo trat durch die hohen Glastüren in den dahinterliegenden Garten seines Anwesens und setzte sich auf die gepolsterte Bank, die direkt davor stand. Der Himmel war klar und die schmale Sichel des abnehmenden Mondes erhellte die Finsternis hier nur schwach, trotz des Lichts vom Anwesen in seinem Rücken konnte er die Sterne gut sehen. Er nahm einen großen Schluck vom schwarzen Getränk und lauschte dem heiteren Zirpen von Grashüpfern und Zikaden, die in den Wiesen zwischen den Bäumen saßen. Durch die Dunkelheit waren die großen Blumenbeete vor ihm und die dahinterstehenden Bäume nur dunkle Silhouetten. Timoteo seufzte zufrieden, als sein Bauch die Wärme des Kaffees willkommen hieß, denn die Nächte hier waren etwas kühler.

In etwa einer Stunde würde ein Taxi vor seinem Anwesen auffahren und ihn zum Flughafen bringen, wo er in einen Flieger nach Rom steigen würde. Morgen müsste er dort mehr Informationen über das Auktionshaus eintreiben, in dem angeblich eine Engelsperle versteigert werden sollte. Die letzten Perlen, deren Aufenthaltsorte von anderen Informanten ausfindig gemacht worden waren, hatten sich alle als einfache Süßwasserperlen herausgestellt, und er hatte nicht die Zeit, um noch länger Illusionen nachzujagen. Dieser Informant arbeitete in anderen Gebieten bisher zu seiner vollen Zufriedenheit und nur deswegen hatte er ihm den Auftrag gegeben, ihm bei der Suche nach den Perlen zu helfen. Es würde ihn traurig stimmen, sollte auch er ihm einen falschen Tipp gegeben haben. Timoteo blickte auf den letzten Rest Kaffee in seiner Tasse und schloss seine Hand fester um den Griff. Das war das Einzige, woran er denken sollte und an nichts anderes. Nur deswegen hatte er sich all die Jahre von ihr ferngehalten, auch um nicht selbst eines Tages an ihre Perle gelangen zu müssen, sosehr Gott ihn in letzter Zeit auch deswegen drängte. Nur aus diesem Grund vertiefte er die Suche, um ihn wenigstens mit einer Perle besänftigen zu können und anschließend in Ruhe die anderen ausfindig zu machen, bevor er an Emilias Perle auch nur denken konnte. Timoteo schloss seine Augen, als eine bekannte Präsenz den Garten betrat und sich zu ihm stellte. Würde das jetzt ein Test für seine Entschlossenheit werden?

Emilia stand vor ihm, einer der Morgenmäntel lag um ihre Schultern, und sie trug lediglich ein kurzes, seidenes Schlafkleid. „Darf ich mich zu dir setzen?"

„Wieso bist du wach? Geh wieder schlafen", sagte er und versuchte sich an einem strengen Ton, als die dunklen Schatten unter ihren Augen noch immer sichtbar waren. Doch er scheiterte kläglich, denn seine Stimme verriet seine Sorge und er bemühte sich, diese hinter einem Räuspern zu verbergen.

„Wenn ich nicht einschlafen kann, gehe ich immer an die frische Luft, bis ich mich müde fühle." Er atmete etwas lauter durch die Nase aus und rutschte beiseite, um ihr Platz zu machen. Emilia setzte sich sofort neben ihn. „Du hast gesagt, dass du heute abreisen wirst."

„Mein Taxi wird in einer Stunde hier sein", antwortete er und fixierte seinen Blick auf die Blumenbeete, wovon er in der Dunkelheit nur die Umrisse erahnen konnte. Aber Timoteo musste sich irgendwie ablenken, er durfte nicht wieder schwach werden und ihre Nähe aufsuchen, oder sie gar berühren.

„Wie lang wirst du dann weg sein?"

„Ein paar Tage. Ich kann es nicht genau sagen, da ich nicht weiß, wie lange die Geschäfte dort andauern werden."

So genau wollte er sich jetzt auch nicht erklären, aber die Worte sprudelten gegen seinen Willen einfach aus ihm heraus. *Bitte, geh wieder schlafen,* wiederholte er in seinen Gedanken immer und immer wieder, um sich von ihrer Nähe abzulenken. Er konnte ihre Wärme neben sich förmlich spüren, als wäre sie eine lebende Heizung, die seine Seite vor der kühlen Nachtluft schützte. Timoteos Muskeln spannten sich wie zu einem Brett an, und er hielt den Atem, als ein Gewicht gegen seine

Schulter lehnte, gefolgt von einem Druck gegen sein rechtes Bein. Zögerlich führte er seine Augen zur Seite, Emilias Haarschopf erfüllte dabei sein Blickfeld und der Druck gegen sein Bein stammte von ihren Beinen, die sie gegen ihn lehnte, als würde sie seine Wärme suchen. Wieso zog sie sich auch nichts Wärmeres an, wenn sie einen Spaziergang zu dieser Uhrzeit machte? Die Nächte waren hier schließlich relativ frisch! Mit einem frustrierten Ächzen zog er sein Sakko aus und legte dieses über ihre entblößten Beine. Bevor er ihre Reaktion sehen konnte, beugte er sich nach vorn, stützte seine Arme auf den Knien ab und vergrub sein Gesicht in einer Hand. Ihr Kichern drang zu ihm und sie lehnte sich wieder gegen seine Schulter.

So viel zu seinen Plänen, sich von ihr fernzuhalten.

„Ich weiß nicht warum, aber irgendwie spüre ich eine Vertrautheit zwischen uns. Als würden wir uns schon seit Jahren kennen. Ich würd so gern mehr Zeit mit dir verbringen und dich besser kennenlernen." Timoteo erstarrte und kniff seine Augen zusammen. Sie sollte es ihm nicht noch schwerer machen, als sie es ohnehin schon tat. Aber er konnte sie schlecht bei sich haben wollen, um sie vor den Dämonen zu schützen, und sie gleichzeitig auf Abstand halten. Sein Herz wollte auch eigentlich keinen Abstand zu ihr, es sog diesen Moment mit ihr nahezu auf. Es schwoll an vor Stolz, dass sie die Nähe zu ihm aufsuchte, obwohl sein Verstand ihm brüllend befahl, sie auf der Stelle von sich zu stoßen.

„Es tut mir leid, dass ich dir und den anderen solche Probleme eingebrockt habe. Ich werde euch in Zukunft zuhören und nicht mehr einfach so auf eigene Faust handeln", flüsterte sie und drehte sich mehr zu ihm. Sie hakte einen Arm unter seinen und schmiegte sich an ihn. Ihre Worte wurden leiser, als würde sie mehr zu sich selbst murmeln, als mit ihm zu reden, und trotzdem wusste er immer noch nicht, wie er reagieren sollte. Ob er sie auf Abstand halten, oder sie einfach machen lassen sollte. Timoteo wandte sein Gesicht zu Emilia, als ihr Gemurmel immer unverständlicher wurde. Eine Gänsehaut breitete sich über seinen Rücken aus, als ihre Hand an seiner Schulter entlang strich und sich um seinen Nacken legte. Durch die Nähe kitzelten ihre Haare ihn etwas an der Wange. Verwundert über ihre Aktionen beugte er sich leicht zu ihr

hinunter, um sie besser sehen zu können, und ihre geschlossenen Augen waren plötzlich so viel näher. Dabei berührten ihre Lippen seine zart.

Timoteo hielt seinen Atem an und wagte es nicht, auch nur einen Muskel zu bewegen. Es war eine so kurze und flüchtige Berührung, bevor sie ihren Kopf schon wieder auf seine Schulter fallen ließ. Seine Lippen waren nach dem plötzlichen Kuss noch leicht geöffnet, Augen vor Schreck und Unglauben geweitet, und alles, was er neben den zirpenden Grashüpfern und seinem trommelnden Herzschlag noch hören konnte, waren die leisen ebenmäßigen Atemzüge neben ihm. Er sah zu Emilia hinunter, nachdem sie sich nicht mehr geregt hatte, und erkannte, dass sie einfach eingeschlafen war. *Hat sie mich ernsthaft gerade geküsst und ist dann einfach ins Land der Träume abgedriftet?*

„Du wirst mich eines Tages noch umbringen", murmelte er seufzend und lehnte seinen Kopf gegen ihren. Er versuchte, das aufkommende Lächeln zu unterdrücken, konnte sich aber nicht länger gegen dieses Glücksgefühl wehren und verlor den Kampf haushoch.

Verdammtes Herz. Es hüpfte wild in seiner Brust, als würde es einen Siegestanz vollführen, weil es so einfach über seinen Verstand triumphieren konnte.

Timoteo führte einen Arm um ihren Rücken, den anderen schlang er unter ihre Knie. Es kam einem Wunder gleich, sie nach all den Jahren wieder in seinen Armen halten zu dürfen, und er würde diesen Moment für nichts in der Welt eintauschen. Er trug sie in ihr Zimmer, nahm das Sakko von ihr und legte sie in das Bett. Für einen Moment saß er noch an ihrer Seite, deckte sie ordentlich zu und strich einige Haarsträhnen aus ihrem Gesicht. „Du kannst mich nicht vor meiner Abreise küssen und dann einfach einschlafen." Vor allem, wenn er nicht einmal darauf reagieren konnte.

Er seufzte wehmütig und beugte sich zu ihr hinunter, seine Lippen drückten einen sanften Kuss auf ihre Stirn, und mit einem letzten Blick auf ihr schlafendes Gesicht griff er nach seinem Sakko und verließ das Zimmer.

Etwas Weiches lag unter ihrem Kopf und sie schmiegte ihre Wange daran, als sie allmählich ihre Augen öffnete. Emilia lag in ihrem Bett und setzte sich auf, während sie versuchte, die Reste des Schlafs aus ihren Augen zu reiben.

Moment.

Hatte sie gestern Nacht nicht noch einen Spaziergang gemacht, weil sie nicht schlafen konnte? Sie hatte das doch definitiv nicht nur geträumt. Ihr fiel jeglicher Ausdruck aus dem Gesicht, als sie sich daran erinnerte, wo sie die letzte Nacht war und was sie getan hatte. War sie durch seine Nähe so müde geworden, dass sie ihn in ihrem Halbschlaf einfach ohne sein Einverständnis geküsst hatte? Panisch raufte sie sich die Haare. Wenn er sie nach dem Spitznamen nicht peinlich fand, dann spätestens jetzt! Wie sollte sie ihm jetzt noch unter die Augen treten? *Ah, stimmt ja.* Er hatte ja gesagt, dass er für einige Tage auf einer Geschäftsreise sein würde, dann hätte sie genügend Zeit sich zurechtzulegen, wie sie ihn am besten auf ihren Fehltritt ansprechen könnte, wenn er sie nicht deswegen schon abstoßend finden würde. Das war schon mal ein ausgesprochen toller Anfang … ein Klopfen an ihrer Zimmertür riss sie aus ihrem inneren Dilemma und sie bat die Person herein.

„Oh, die Miss ist schon wach! Guten Morgen, Miss!", sagte Diniel und trat in ihr Zimmer. Sie verneigte sich leicht und stellte sich zu ihrem Bett.

„Morgen, Diniel."

„Was möchte die Miss frühstücken?"

Diniel nahm einen Hocker, der an der Seite des Kleiderschranks verstaut war, und öffnete den Schrank, bevor sie darauf stieg. Es war ein seltsames Gefühl, ein eigenes Hausmädchen nur für sich allein zu haben und sie würde bestimmt eine Weile brauchen, bis sie sich daran gewöhnt hatte. Diniel holte einige Kleidungsstücke hervor und legte sie sauber über die Rückenlehne des Stuhls, der an dem Schminktisch neben ihrem Bett stand.

„Ich nehme das Gleiche wie Lucio. Wenn er nicht schon gefrühstückt hat, möchte ich mit ihm zusammen essen", antwortete sie und stand auf. Eine weiße, ärmellose Bluse mit Rüschen und ein langer, hellblauer Rock lagen über dem Stuhl. *Diniel weiß wirklich, was zu mir passt und was mir gefallen würde.* Sie strich ihr über die Haare und flüsterte ihr ein ‚Danke' zu. Diniel kicherte.

„In Ordnung, Diniel wird nach Herrn Lucio sehen." Sie machte einen Knicks und lief freudig aus dem Zimmer. Emilias Finger strichen über den weichen Stoff der Bluse und sie ließ einen Blick über die Einrichtung schweifen. Die Möbelstücke waren ähnlich wie in dem Zimmer, in dem sie vor einigen Tagen aufgewacht war, mit einem großen Himmelbett, dessen bordeauxrote Brokat-Vorhänge in dem Morgenschein der Sonne dezent schimmerten. Neben der Balkontür stand ein Schminktisch, mit einem großen Spiegel und Unmengen von Make-up, wovon sie selbst nicht zu träumen gewagt hätte. Daneben dieser große Kleiderschrank aus Mahagoni mit einfach gehaltenen Kleidungsstücken, über die sie wirklich froh war. Emilia war kein Fan von pompöser oder aufgetakelter Mode oder auffälligen Mustern.

Jedes Möbelstück besaß Goldornamente aller Art, sei es auf den Griffen oder an den Ecken. Im Gegensatz zu dem Gästezimmer hatte ihres aber einen Balkon, auf den sie nun hinaus trat und schwärmend über den riesigen Garten blickte. Die Anzahl der Bäume ließ es beinahe wie ein kleines Wäldchen wirken, jeweils davor und an den Seiten lag ein etwa zwei Meter breiter Kiesweg. Ein schmerzerfüllter Schrei ließ sie aufschrecken und sie hastete zu dem Geländer, um nach der Quelle Ausschau zu halten. Im Garten lag Lucio auf dem Boden und Mariella baute sich bedrohlich über ihm auf.

Eilig lief sie aus ihrem Zimmer hinaus und an Diniel vorbei, die nach ihr rief, doch sie überhörte den Engel in ihrer Sorge und stürmte in den Garten hinaus.

„Was ist hier los?", fragte sie außer Atem und blinzelte Mariella erschrocken an, die sich vor Lucio aufgebaut hatte, als würde sie ihn gleich angreifen wollen.

„Oh, guten Morgen, Emilia! Hast du gut geschlafen?", sagte Lucio heiter. Lachend stand er von der Wiese auf und strich die Grashalme von seiner Kleidung.

„Ich sagte, lass dich nicht ablenken." Mit ihrer Faust schlug Mariella Lucio nieder und er landete mit einem Aufschrei unsanft vor Emilias Füßen. Erschrocken versuchte sie ihm aufzuhelfen, doch ihr Schutzengel winkte ihr nur ab.

„Entschuldige", sagte er und rieb sich lachend über die schmerzende Wange. „Mariella trainiert mich, wie du sehen kannst. Hast du schon gefrühstückt?"

Mariella schnalzte genervt mit der Zunge und übersäte ihn mit wütenden Blicken.

„Aber du bist erst gestern wieder zu Bewusstsein gekommen, kann das nicht warten?" Bis gestern war er noch so bleich wie ein Gespenst und soll schon heute mit dem Training anfangen? Das war doch Wahnsinn!

„Ich bin wieder ganz fit, als wäre nie etwas gewesen. Versprochen!" Lucios Worte beruhigten sie nur wenig, aber sie ließ widerwillig von ihm ab, als er sich wieder auf die Beine schwang. „Okay, pass auf. Mariella, gib mir einen halben Tag und dann trainieren wir weiter." Mariellas Blicke waren wie Messer, mit denen sie Lucio und Emilia durchbohrte.

„Auf keinen Fall. Die Dämonen werden dir in einem Kampf auch keine Pause gönnen!", schimpfte sie und baute sich wieder vor ihm auf.

„Nur den Vormittag. Danach werde ich mich nicht mehr über deine Methoden beschweren."

Diesmal warf Mariella Emilia einen verärgerten Blick zu, wandte sich aber doch ab und ging zurück in das Anwesen. Emilia duckte sich leicht und sah dem Engel noch kurz nach, konnte Mariella sie so wenig ausstehen? Ja, sie hatte ihnen in den vergangenen Tagen viele Probleme bereitet, auch wenn es nicht ihre Absicht war, und sie fühlte sich auch immer noch etwas schuldig, dass Teo ihr ihretwegen eine Ohrfeige verpasst hatte. „Ich leiste dir beim Frühstück Gesellschaft. Außerdem hat Gregorio mir gesagt, dass es eine Überraschung für dich gibt", zog Lucios Stimme sie aus ihren Gedanken.

Eine Überraschung? Lucio grinste breit und schob sie in das Anwesen hinein. Er führte sie in das zweite Stockwerk und sie glaubte schon, dass sie zu ihrem Zimmer gehen würden. Doch sie kamen an ihrer Zimmertür vorbei zu einem Raum am Ende dieses Ganges. Lucio öffnete die Tür und gab ihr einen leichten Schub. Sie blinzelte einige Male vor Unglauben.

Emilia stand in einem Raum, der bestimmt so groß war wie ihre gesamte Wohnung. Was sie nicht erwartet hatte, war sein Mobiliar. Tische, Schränke, Wagen mit Leinwänden und mehrere Staffeleien für besagte Leinwände. Auf einem der Tische stand ein Holzregal mit Pigmenten und Malutensilien: Pinsel, Spachteln, Kohlestifte und Kreiden. Es war ein Atelier. Etwas, wovon sie schon immer geträumt hatte.

Die Ecke im Wohnbereich ihrer kleinen Wohnung beherbergte nur einen kleinen Schreibtisch und einige Schubladen, die sie für ihre Pinsel benutzte. Für große Leinwände hatte sie nur wenig Platz, deswegen konnte sie höchstens zwei Stück zwischen Wand und Tisch lagern. Und diese Pigmente! Es waren Pigmentpulver von höchster Qualität, für die sie sonst immer monatelang sparen musste, genauso wie die Öle, die sie zum Anmischen verwendete. Emilias Herz hämmerte kräftig gegen ihre Rippen, als sie eines der Pigmentdöschen in die Hand nahm. Kobaltblau stand auf dem Etikett, es war ihre Lieblingsfarbe und ihr allerliebstes Pigment.

„Meister Timoteo hat uns beauftragt, dieses Zimmer für Sie einzurichten. Sollte irgendetwas fehlen, geben Sie uns Bescheid."

Emilia drehte sich um, einer der Butler, ein älterer Mann mit grauem Haar, das zurück frisiert war und braunen Augen, die sie geduldig ansahen, stand vor ihr. Ein kurzer Bart umrahmte seinen Mund und bedeckte seine unteren Wangen bis zu seinen Ohren. Trotz des hohen Alters, das er hatte und der schweren Arbeit, die er mit Sicherheit verrichtete, hatte sein Gesicht nicht viele Falten. „Ich habe mich Ihnen noch gar nicht vorgestellt, mein Name ist Gregorio." Er führte eine Hand zu seiner Brust, und verneigte sich leicht vor ihr. Emilia neigte ihren Kopf ebenfalls, unsicher, wie sie reagieren sollte.

„Freut mich", antwortete sie. „Und vielen Dank für dieses Zimmer. Ich weiß nicht, wie ich das bezahlen könnte." Dieses Geschenk war viel zu wertvoll, als dass sie es einfach so annehmen könnte.

„Bedanken Sie sich bei Meister Timoteo, wir haben nur seinen Auftrag ausgeführt", sagte er und wandte sich zum Gehen. Emilia sah dem Butler noch kurz nach und presste ihre Lippen aufeinander – sie musste das in ihrer Schwärmerei wohl überhört haben. Wieder eine Geste, die sie ebenfalls verwirrte. Wenn sie letzte Nacht nur bloß nicht eingeschlafen wäre, dann hätte sie seine Reaktion auf den Kuss mitbekommen und würde sich jetzt nicht immer noch fragen müssen, warum er das alles für sie tat. Irgendwie hatte sie Angst davor, dass er sie abweisen würde, was könnte sie ihm denn schon bieten? Sie war keine Tochter aus reichem Hause, die auf Veranstaltungen an seiner Seite sein konnte, ohne durch ihre fehlende Erziehung für die obere Schicht wie ein spitzer Dorn herauszustechen. Emilia sollte vielleicht einfach aufhören, zu fantasieren und wieder in die Realität zurückkehren. So jemand wie Teo würde sich nicht für sie interessieren. Dabei blickte sie zu Lucio und erkannte einen seltsamen Ausdruck auf seinem Gesicht, den sie nicht zu deuten wusste. Seine Kiefermuskeln waren angespannt und seine zusammengezogenen Augenbrauen malten tiefe Furchen auf seine Stirn. War er wütend? Hatte sie wieder etwas falsch gemacht?

„Lucio?"

Er sah zu ihr und zog sofort seine Mundwinkel hoch. „Gefällt dir das Zimmer?", fragte er und lächelte gezwungen. Sollte sie ihn auf seine seltsame Reaktion ansprechen? Emilia musterte ihn länger, als er schließlich seinen Kopf abwandte und sich in dem Raum umsah. „Wie wäre es, wenn du ein Porträt von mir machst?"

Er lenkte definitiv ab. Emilia seufzte schwer, sie würde ihn ein anderes Mal darauf ansprechen und legte das Pigmentdöschen wieder in das Regal zurück. „Wenn du schon so lang bei mir bist, solltest du doch wissen, dass ich keine Porträts male." Lucio lachte nervös und rieb über seinen Nacken.

„Irgendwann ist doch immer das erste Mal!", sagte er jedoch überzeugt, als er sich neben sie stellte und eines der Pigmente in die Hand nahm – Neapelgelb, eine Farbe, die sie tatsächlich für seine Haare verwenden könnte. Emilia ging zu dem Leinwandregal und holte eine Leinwand heraus. Sie hatte in diesem Moment zwei Motive vor Augen – Lucio war also nicht nur ihr Schutzengel, sondern jetzt auch ihre Muse.

„Wie sieht eigentlich Claudias Engel aus?", fragte sie. Ihr kam ein Motiv mit ihren beiden Schutzengeln in den Sinn, aber sie hatte Claudias Engel noch nie zuvor gesehen. Nun fragte sie sich, warum sie all die anderen Engel überhaupt sehen konnte. Lucio sah zu ihr und hob seine Augenbrauen vor Überraschung, nachdem er das Pigment in das Regal zurückgestellt hatte. „Und wie kommt's eigentlich, dass ich dich und all die anderen Engel sehen kann? Ich hab immer geglaubt, dass ihr unsichtbar seid."

Lucio lachte auf und beobachtete sie dabei, wie sie die Leinwand auf eine Staffelei platzierte. „Du weißt schon, dass wir Engel auch einen Körper manifestieren können? Wie sonst sollen wir euch Menschen einen Schubs in die richtige Richtung geben. Claudias Engel hast du dementsprechend auch bereits gesehen, aber es wundert mich nicht, dass ihr beiden nicht viel mit ihr geredet habt", erklärte er und biss sich auf die Unterlippe, um ein weiteres Lachen zu unterdrücken. Jetzt warf Emilia ihm einen verwunderten Blick zu, nachdem er diese seltsame Bemerkung gemacht hatte.

„Die brünette Studentin, die oft hinter euch saß und über die Vorlesung geschimpft hat? Ihr Name ist Oriphiel."

Emilia fiel die Kinnlade herunter, sie wusste genau, welche Studentin er meinte. *Das war Claudias Schutzengel?*

„Du machst doch Witze", sagte sie empört. Oft saß im Hörsaal eine Studentin hinter ihnen, mit kinnlangen glatten Haaren in einem dunkleren Braunton als ihre und grünblauen Augen, aus denen tausend Funken vor Wut sprühten. Immer wieder lästerte sie über die Professoren und was für langweilige Vorlesungen das doch seien – in solchen Momenten hatte sie sich jedes Mal gefragt, warum sie überhaupt an den Vorlesungen teilnahm, denn sie war nicht nur einmal dort gewesen. Claudia und Emilia wollten diese Kommilitonin aber nie darauf ansprechen, denn sie giftete jeden an, der ihr zu nahe kam. Sie versuchten, sie auch jedes Mal zu meiden und in anderen Sitzbänken zu sitzen, sie saß aber trotzdem immer wieder hinter ihnen, und jetzt verstand sie auch warum. Inzwischen war sie froher denn je, einen lieben Engel wie Lucio als Schutzengel zu haben.

„Ich dachte, alle Schutzengel sind so freundlich wie du."

„Auch Engel haben die unterschiedlichsten Charaktere. Mariella zum Beispiel war auch schon als Engel der Gewalten so frostig", sagte er und lachte leise.

„Engel der Gewalten?" Jetzt hatte er ihre volle Aufmerksamkeit. Es gab mehr als nur Schutzengel und Erzengel? Trotz ihrer Religion hatte sie sich nie mit der Geschichte der Bibel auseinandergesetzt. Alles, was sie wusste, waren Teile, die sie von ihrer Familie hörte und was man aus anderen Medien sonst so mitbekam. Wie Gott die Erde schuf, die Geschichte von Jesus oder dass Schutzengel über die Menschen wachen würden.

Lucio schnaubte gespielt und strich sich eine störende Strähne aus seinem Gesicht. „Wie wäre es damit? Du frühstückst erst und währenddessen erzähle ich dir alles, was du über die Engel wissen willst."

Emilia eilte aus dem Atelier hinaus und kam nur wenige Minuten später mit einem Tablett zurück, das sie auf einen der Tische abstellte. Lucio führte einen Stuhl zu dem Tisch und stützte sein Kinn mit einer Hand ab. Sie stocherte durch ihr Rührei, hörte ihm aber aufmerksam zu.

„Gut, dann beginne ich mal mit den Chören. Jeder Engel gehört einem Chor an."

An oberster Stelle stand der erste Chor mit den Seraphim, Gottes göttliche Diener, die stets neben seinem Thron standen. Den Cherubim, die nicht nur seinen Thron bewachten, sondern auch den Eingang zu Edens Garten, und die Throne, die zur Fortbewegung von Gottes Thron dienten. Diese Engel standen Gott am nächsten, kein anderer konnte ihm je näher sein als diese drei Arten von Engeln, denn sie lebten ausschließlich im himmlischen Reich.

An nächster Stelle kam der zweite Chor. Diese Engel lebten zwar im Himmel, doch ihre Handlungen hatten direkten Einfluss auf die Erde. Hier gab es die sogenannten Herrscher, es waren Engel, die über die Engel im dritten Chor herrschten, ihre Herrschaft war aber nicht absolut, denn auch Engel hatten eine Art von freien Willen. Dann gab es die Mächte, Engel, die über die Elemente und die Natur herrschten – Diniel gehörte zu ihnen. Und die Gewalten waren die dritte Art von Engeln des zweiten Chores. Sie waren Krieger, die die Grenze zwischen Himmel und Erde bewachten und Dämonen vertrieben, würden sie versuchen, in den Himmel einzudringen – Mariella und Sophia waren Engel der Gewalten, bevor sie in Ungnade gefallen waren.

Und der letzte Chor beinhaltete Engel, die direkt auf der Erde lebten. Fürsten, die eine Art Schutzpatron verschiedener Regionen oder Gebäude waren und über sie wachten. Erzengel, die mit den Schicksalen von Menschen interagierten. Und zu guter Letzt sie als Schutzengel, die Tag und Nacht bei den Menschen waren und über sie wachten.

Emilia biss von ihrem Brötchen ab und lauschte seiner Erklärung aufmerksam. Sie hätte nie erwartet, dass es sogar neun verschiedene Arten von Engeln gab.

„Und Teo? Was für ein Engel war er?"

Lucios Lächeln verschwand innerhalb eines Wimpernschlags, und für einen längeren Moment starrte er sie nur an, als würde er überlegen … oder mit sich hadern.

„Soweit ich weiß, war er ein Schutzengel", sagte er nach einigem Zögern und wandte sein Gesicht zu seinen Händen, die er zu Fäusten geballt hatte. Teo war früher auch ein Schutzengel? Was konnte ein Schutzengel denn je getan haben, um in Ungnade gefallen zu sein?

„Wie können Engel überhaupt in Ungnade fallen?"

„Liegt das nicht auf der Hand? Indem sie Gottes Liebenswürdigkeit verletzen, hintergehen und enttäuschen", sagte er harsch. Die Gabel, mit der sie etwas von dem Ei nehmen wollte, klirrte laut gegen den weißen Porzellanteller, als es aus ihrer Hand fiel, und Emilia schreckte etwas über den unerwarteten Laut auf.

Lucio vergrub sein Gesicht in seine Hand und ächzte laut. „Entschuldige, iss in Ruhe auf. Ich werde wieder mein Training aufnehmen."

Ihre Augen folgten ihm, als er zu der Tür des Ateliers lief und hinaus eilte. Traf ihre Frage einen wunden Punkt? Aber Lucio war doch ein ganz normaler Engel, warum würde er so sauer deswegen sein? Oder hasste er Teo, weil er in Ungnade gefallen war? Emilia seufzte schwermütig und schob den Teller von sich weg, irgendwie war ihr der Appetit vergangen. War es denn so schlecht, dass sie mehr über Teo wissen wollte, ohne ihn selbst mit Fragen ausquetschen zu müssen? Er war ja auch gerade nicht hier und sie wollte ihn nicht während seiner Geschäftsreise nerven.

Sie wandte ihren Blick zu der leeren Leinwand auf dem Aufsteller, ging zu dem Regal mit den Pigmenten und griff nach den Schwarz- und Rottönen. Mit einem kleinen Löffel entnahm sie etwas von dem Oxidschwarz und häufte es auf einer Glasplatte. Anschließend goss sie etwas von dem Öl über den Pulverhaufen und zerrieb die Mischung vorsichtig mit einem Spatel. Aus der Pigment-Öl-Mischung bildete sich allmählich eine Paste mit fließender, cremiger Textur. Das Gleiche tat sie mit einem Bordeauxrot, Kadmiumrot und Kaolin. Zum Schluss griff sie nach dem Kobaltblau, es war das gleiche Blau wie in Teos Augen und sie musste unweigerlich etwas lächeln. Nachdem sie die Farbcremes in kleine Tiegel abgefüllt hatte, schnappte sie sich eine Palette und stellte sich mit einigen Pinseln vor die leere Leinwand.

In letzter Zeit fühlte sie sich ohne Inspiration, diese leere Fläche vor ihr hatte sie die letzten Wochen eingeschüchtert und frustriert, und sie wusste nicht mehr, wo sie ihre ersten Pinselstriche überhaupt noch ansetzen sollte. Aber jetzt hatte sie zwei Motive bildhaft vor ihren Augen. Ein Motiv mit Lucio und Oriphiel und das andere …

Emilia tunkte einen Pinsel in das satte Schwarz und tupfte die Farbe auf die Leinwandfläche.

Kapitel 8

Die frisch gemähten Grashalme der Wiese raschelten unter Sophias gemächlichen Schritten. Die Sonne stand hoch im Himmel, doch durch die dichten Baumkronen in dem Garten hinter dem Anwesen bemerkte sie nur vereinzelte Strahlen, die hier und da durch die üppig bewachsenen Äste strahlten. Ihr Boss war mit dem Schutzengel von Sariels Mensch beschäftigt, denn sie meinten, ihn unbedingt trainieren zu müssen. Mariella war doch einer der mächtigsten Engel hier im Haus und musste ihre wertvolle Zeit damit verplempern, einen einfachen Schutzengel zu trainieren. Es war schon schlimm genug, dass so jemand wie Mariella überhaupt solche niederen Arbeiten verrichten musste, und das war alles nur *seine* Schuld. Sophia trat genervt gegen einen Stein, der sich wohl vom Kieselweg hierhin verirrt hatte. Vielleicht könnte sie Mariella fragen, bei dem Training mitmachen zu dürfen und ihren Frust an dem Schutzengel auslassen. Er war ja so schwach, dass er sich beim Überfall nicht einmal gegen die niederen Dämonen behaupten konnte.

Timoteo glaubte, er wäre besonders schlau, sein Büro in einem Chaos zu halten, damit er sichergehen konnte, dass sich niemand an seine Unterlagen zu schaffen machte. Aber er war nicht der Einzige mit einem fotografischen Gedächtnis und es war ein Leichtes für sie, mehr Informationen über den Menschen herauszufinden, für den er diesen ganzen Zirkus überhaupt veranstaltete. Sophia hatte sie nach all den Jahren endlich ausfindig gemacht und ihren Kontakt darüber informiert. Und trotzdem ist ihr dieser Verräter zuvorgekommen und hatte den Menschen bei dem Überfall gerettet.

Sophia beschleunigte ihre Schritte etwas, sie würde den Schutzengel bei dem ‚Training' auf jeden Fall malträtieren und ihrem Ärger Luft machen.

Als sie das Anwesen erreichte, stoppte sie verwundert, als sie diesen Menschen zusammen mit Mariella sah. Sie standen in der Nähe der Blumenbeete, der Schutzengel ließ die beiden alleine, und Sophia musterte den Menschen argwöhnisch – was wollte sie von ihrem Boss? Sie flüsterte ein Gebet und deckte sich mit einem Energieschleier zu, der ihre Präsenz maskierte, und sie schlich sich näher an sie heran. Sie sah an einem Baum vorbei und beobachtete die beiden Frauen genau.

Mariella verschränkte ihre Arme, sie trug einen neutralen Ausdruck, so wie sie das immer tat, und musterte den Menschen vor sich.

„Ich würde gerne wissen, warum du mich hasst. Vielleicht können wir das Problem aus der Welt schaffen. Wenn ich für keine Ahnung wie lang hier mit euch leben muss, dann möchte ich ungern auf jemandes schwarzer Liste stehen. Und es tut mir leid, dass du wegen mir geohrfeigt wurdest", fing der Mensch an und ihr Boss erhob ihre Augenbrauen in Verwunderung. Dabei stieß sie einen lauten Seufzer aus und fuhr mit einer Hand durch ihre langen braunen Wellen.

„Ich ...", fing Mariella an und führte ihren Blick zu den Blumenbeeten, die etwa einen Meter von ihrem Versteck aus angelegt waren, ihre Augenbrauen zeichneten eine tiefe Furche, als würde sie über etwas nachdenken. Vor Schreck versteckte sich Sophia hinter dem Baum, ihr Boss hatte sie doch hoffentlich nicht entdeckt?

„Ich weiß nicht, was da in mich gefahren war. Vielleicht war es auch nur, weil du schon zum zweiten Mal von Dämonen angegriffen wurdest und ich wollte nicht, dass du unser Haus sofort wieder verlässt. Als ich vor dir gestanden bin, war ich nicht sicher, wie ich es dir vermitteln sollte. Es war auch nicht meine Aufgabe. Aber ich hasse dich nicht, Emilia", erklärte sie.

Sophia seufzte leise und führte eine Hand zu ihrem Herzen, ein Lächeln formte sich auf ihren Lippen. Ihr geliebter Boss war viel zu gut für diese Welt. Vorsichtig sah sie wieder an dem Baum vorbei und beobachtete ihre Vorgesetzte genau, musterte ihre braunen Augen, die Bewegungen ihrer glänzend roten Lippen, als sie noch weitere Worte zu diesem Menschen sprach, der ihre Aufmerksamkeit gar nicht erst verdiente. Wie ihre schimmernden braunen Wellen sich um ihr schönes

Gesicht schmiegten, die von der leichten Brise etwas aufgerafft wurden. Sophias Augen wanderten verträumt ihren wohlgeformten Körper entlang. Mariella hatte eine tolle Figur und war dennoch eine starke und mächtige Kriegerin – was würde sie nicht alles geben, um nur für einen kurzen Augenblick in ihren Armen liegen zu dürfen, ihre Nähe und Wärme zu spüren? Oder vielleicht sogar ein liebevolles Lächeln von ihr zu erhalten? Sophia japste erschrocken, als dieser Mensch ihre Arme um ihren Boss legte und sie einfach ... umarmte.

Sie. Ein törichter Mensch wagte es, *ihrem* Boss so nah zu kommen und zu umarmen.

Sophias Finger krallten sich gegen die Baumrinde, bohrten sich tiefer und immer tiefer hinein. *Knacks.* Der unerwartete Laut riss sie aus ihrer Rage und sie erblickte ein großes Stück der Rinde in ihrer blutenden Hand, welches sie abfällig zur Seite warf. Sie sah wieder zu den beiden Frauen zurück und ein schmerzhafter Stich fuhr durch ihre Brust, als Mariella diesen Menschen auch noch anlächelte. Es war nur die Andeutung eines Lächelns und kaum bemerkbar.

Doch für Sophia war es nicht zu übersehen.

Sie wandte sich von diesem verstörenden Bild ab, dieser Mensch musste verschwinden, bevor ihr Boss sich noch mehr verändern würde. Ihr Boss hätte keinen Menschen jemals so nah an sich herangelassen, geschweige denn eine Umarmung von einem von ihnen akzeptiert. Sie waren Engel der Gewalten und sie wollten ihre Posten wieder zurückerlangen. Vor allem wollte Sophia, dass ihr Boss ihren Posten erneut antreten konnte, anstatt in der Welt der Menschen zugrunde zu gehen. Sie wusste schon, wie sie diesen Menschen am besten loswerden könnte, denn der Herr drängte sie immer weiter und immer öfter dazu, Perlen zu finden. Der Verräter hatte eine Information und diese würde sie ihrem Kontakt weiterreichen – ohne diese Perle würde dieser Mensch als Nächstes dran sein.

Timoteo stand vor dem Spiegel und band eine dunkelblaue Krawatte um seinen Hemdkragen. Es würde gleich vier Uhr sein, wie die Wanduhr über der Tür seines Hotelzimmers zeigte, die Auktion war auf sieben Uhr angesetzt, da der Veranstalter für davor noch eine Party arrangiert hatte, die in etwa einer Stunde anfangen würde. Er kämmte seine Haare zum dritten Mal wieder zurecht, ehe er laut schnaubte und sein Spiegelbild mürrisch anstarrte. Hoffentlich würde diese Perle, die angeblich in einer Kette eingearbeitet war, tatsächlich eine Engelsperle sein. Dann könnte er Gott beschwichtigen und sich in Ruhe auf die Suche der übrigen sieben Perlen machen und mit gutem Gewissen Emilias Perle zum Schluss zurückgeben können. Ja, es tat ihm leid, dass seinetwegen die Dämonen einen Durchgang zu Eden gefunden hatten und die Perlen dadurch gestohlen werden konnten. Auch wenn sich die Perlen über die ganze Welt zerstreut hatten und somit nicht sofort in die Hände der Dämonen gelangt waren, bereute er es kein Stück. Wenn er wieder vor dieser Wahl stehen würde, würde er sich, ohne zu zögern, wieder so entscheiden. Wehmütig starrte er auf seine Hände, als er sich erneut an den Unfall erinnerte und wie er ihren kleinen blutüberströmten Körper hielt, als wäre es erst gestern passiert. Er ballte seine Finger und presste seine Nägel in seine Handflächen. Timoteo starrte entschlossen in die Augen seines Spiegelbildes, packte sein Sakko und verließ das Hotelzimmer.

Er musste positiv denken … für sie.

Ein Taxi brachte ihn zu einem vierstöckigen Gebäude, in dem er die gleich stattfindende Auktion vermutete. Timoteo bedankte sich mit einem Trinkgeld beim Fahrer und strich die Falten in seinem Sakko etwas glatt, ehe er die Treppen zu dem Eingang erklomm. Zwei Männer in dunklen Anzügen öffneten ihm die Türen und strahlende Farben in Weinrot, Gold und Kristallweiß leuchteten ihm prompt entgegen, als er in den Eingangsbereich des Gebäudes trat. Eine Frau hinter der Rezeption warf einen Blick auf seine Einladungskarte, drückte ihm einen Katalog und eine Nummerntafel – er hatte die Nummer 26 – in die Hand, und bat ihn, mit einem höflichen Lächeln weiterzugehen und seine Sachen gegebenenfalls bei der Garderobe abzulegen. Mit einem höflichen Nicken ging er weiter und ein weiterer Mitarbeiter führte ihn zu einem großen Saal hinauf. Hier war die Party schon im vollen Gange – zahlreiche Gäste, die sich in einzelnen Grüppchen bei einem Glas Champagner oder Wein amüsiert unterhielten. An den beiden Seiten dieses Saals waren lange Buffets mit kleinen Häppchen hergerichtet.

„Möchten Sie etwas zu trinken haben?" Jemand vom Servicepersonal kam auf ihn zu und erklärte ihm, was alles auf dem Silbertablett zur Auswahl stand. Champagner, Weißweine, Rotweine, allesamt von außergewöhnlich edlen Sorten. Er ließ seine Augen über die Gläser schweifen, heute sollte er lieber nüchtern bleiben und keinen Tropfen Alkohol anrühren, um einen klaren Verstand zu behalten. Er griff nach dem sprudelnden Wasser, in dem eine halbe Scheibe Zitrone schwamm.

„Vielen Dank", sagte er lächelnd und führte seinen Blick wieder über den Saal. Im hinteren Teil des Saals stand eine Bühne mit einem Podest in dessen Mitte, direkt davor waren Reihen an Reihen von Stühlen aufgestellt. Die Auktion würde wohl im Anschluss direkt hier stattfinden. Zum Glück hatte er in den vergangenen Jahren viel Geld durch diverse Geschäfte mit anderen Familien in Italien gemacht, damit hätte er mehr als genug, um die Perlenkette zu ersteigern. Ihm war sie jeden Cent wert, um Gott zu besänftigen und Emilia noch für viele weitere Jahre am Leben lassen zu können. Timoteo nahm einen Schluck vom Mineralwasser, stellte das Glas an einem Stehtisch ab und blätterte durch den Katalog. Zur heutigen Auktion gab es viele Kunstobjekte, darunter Gemälde, Orden, kleine Statuen, aber das Objekt seiner Begierde war auf Seite 15 aufgelistet. Eine Perlenkette eines angeblichen rumänischen Königshauses aus dem vorletzten Jahrhundert, verziert mit blauen und roten Edelsteinen – bestimmt Saphire und Rubine. Auf dem Foto konnte er aber nicht erkennen, ob eine der Perlen tatsächlich eine Engelsperle war. Wenn es wahr wäre, dann würde diese Perlenkette mit Sicherheit nicht aus dem letzten Jahrhundert stammen, es sei denn, die Perle war nachträglich in die Kette eingearbeitet worden.

„Sie interessieren sich auch für die Kette der rumänischen Prinzessin?", fragte eine Frau zu seiner Seite und stellte sich neben ihn.

Auch? Timoteo musterte die Frau argwöhnisch. Ihre dunkelbraunen Augen funkelten schelmisch, als sie ihre rotbraunen welligen Haare über ihre unbekleidete Schulter strich. Sie trug ein ärmelloses, eng geschnittenes goldenes Kleid, das erst um ihre Knie herum in lockeren

Wellen aus Stoff wie die Flosse einer Meerjungfrau zur Seite fiel.

„Interessieren Sie sich etwa für die Perlenkette?"

Die unbekannte Frau führte ihr Champagnerglas zu ihren tiefroten Lippen und sie nahm einen gemächlichen Schluck des prickelnden Getränks.

„Gabriella Marino. Sehr erfreut", stellte sie sich schließlich vor und lächelte ihn an.

„Timoteo di Calvaro."

„Dann wünsche ich Ihnen viel Glück, Timoteo." Gabriella zwinkerte ihm zu und lief zu einer Gruppe von Gästen, die bereits eine angeregte Diskussion führten. Würde sie ernsthaft gegen ihn um diese Kette kämpfen? Genervt schlug er den Katalog zu und massierte sich den Nasenrücken, um seine Nerven ein wenig zu beruhigen. Er hatte mehr als genug Geld, sie würde ihn niemals überbieten können. Bis zum Beginn der Auktion schlug er sich den Bauch mit den unzähligen Häppchen voll, die er auf dem Buffet finden konnte. Er führte ein mit Mozzarella und Tomaten belegtes Stück Weißbrot zu seinen Lippen, als jemand auf die Bühne trat und sich zu dem Podest stellte.

„Guten Abend, meine verehrten Damen und Herren. Mein Name ist Severiano Alfonsi und ich heiße Sie herzlich willkommen zu unserer siebten Auktion in diesem Jahr. Die Versteigerung wird in wenigen Minuten beginnen, daher bitte ich Sie, sich zu den Sitzen zu begeben", sagte der Mann. Es war endlich so weit, da die Perlenkette aber erst das 15. Ausstellungsstück war, würde es etwas dauern, bis sie präsentiert werden würde. Wenn er die Kette mit eigenen Augen schen würde, könnte er sicherstellen, ob sein Informant recht behielt oder nicht.

Es waren schon beinahe zwei Stunden vergangen, als Timoteo gelangweilt zum 14. Ausstellungsstück blätterte. Ein originales Gemälde des Malers Giuseppe Vizzotto Alberti aus dem Jahre 1888 – es war die Szenerie eines Flusses, auf dem ein Fischerkutter schwamm und eine kleine Stadt war im Hintergrund zu sehen. Wenn Emilia bei ihm wäre, könnte sie ihm bestimmt mehr zu dem Künstler erzählen, oder mit welchen Farben es gemalt worden war.

„Dort hinten habe ich ein Gebot von 2000. 2500 zu meiner Linken, bietet jemand mehr?" Timoteo überlegte für einen Moment, ob sich

Emilia vielleicht über dieses Gemälde freuen würde. Sogar er hielt die dargestellte Szene für sehr ästhetisch, im Gegensatz zu all den anderen Gemälden, die vor diesem zur Versteigerung gezeigt wurden.

„3000", sagte er und erhob seine Nummerntafel.

„3000 von dem Herren hier vorn, bietet jemand 3500?". Severiano sah sich in dem Saal um, doch niemand erhob eine Nummerntafel und er nahm seinen Hammer schließlich in die Hand. „Bietet niemand mehr? Das ist die letzte Chance … 3000 zum Ersten, zum Zweiten und verkauft an den Herren mit der Nummer 26", sagte er, schlug den Hammer auf das Podest nieder und notierte mit einem Kugelschreiber etwas auf seiner Liste. „Kommen wir nun zum nächsten Ausstellungsstück. Eine Perlenkette der Prinzessin Maria von Rumänien datiert auf etwa 1874."

Timoteo streckte sich etwas, als die Assistenten eine kleine Vitrine auf die Bühne rollten und die Samtdecke abnahmen. Seine Augen weiteten sich vor Schreck, als sein Blick auf die zweite Perle fiel, die rechts neben dem blauen Edelstein eingearbeitet war. Es ging tatsächlich Engelsenergie von ihr aus. Die Perle hatte einen leicht goldenen Schimmer – es dürfte vielleicht die Perle der Cherubim sein? –, aber dieser farbliche Unterschied war für das menschliche Auge nicht sichtbar. Sein Informant hatte einen richtigen Treffer gelandet, er musste ihm auf jeden Fall eine Belohnung zukommen lassen!

„Das Startgebot liegt bei 500.000 Euro. Dort hinten haben wir bereits ein Gebot. 600.000 zu meiner Rechten, 700.000 von der Dame hier vorn." Er musste warten, bis die Gebote nachließen, erst dann konnte er sich sicher sein, nicht überboten zu werden. Mittlerweile lag das Gebot bei 1,2 Millionen Euro, was wollten die Leute bloß mit dieser Perlenkette?

1,5 Millionen.

1,8 Millionen.

Timoteos Finger verkrampften sich um die Nummerntafel. Wenn er könnte, würde er sie einfach stehlen, doch er wollte seinen Ruf nicht aufs Spiel setzen und diese verdammte Kette legal ersteigern. Außerdem wollte er auch niemanden aus dem Anwesen in Gefahr bringen, es hätte ihm noch gefehlt, wenn die Polizei sein Haus stürmen würde.

2,5 Millionen.

„5 Millionen". Verärgert drehte er sich zu der Person, die den Preis genannt hatte. Es war diese Gabriella, die gerade einen Schluck aus ihrem Champagnerglas nahm und ihn danach unschuldig angrinste.

„5 Millionen, bietet jemand mehr?"

„7 Millionen!", sagte er und riss seine Nummerntafel hoch. Timoteo spannte seine Kiefermuskeln an, er musste diese Perlenkette bekommen, koste es, was es wolle. Das Hin und Her zwischen Gabriella und ihm trieb den Preis mittlerweile auf 20 Millionen Euro hoch, bei jedem höheren Gebot betete er – ausgerechnet *er* –, dass sie endlich aufgeben würde.

„21 Millionen, bietet die werte Dame mehr?" Er durchbohrte den Auktionator mit wütenden Blicken, er sollte sie nicht noch auf dumme Ideen bringen. Gabriella lachte heiter und erhob ihr Champagnerglas.

„20 Millionen sind meine Grenze, ich gebe auf", sagte sie und toastete Timoteo zu. Als der Auktionator den Hammer auf das Podest niederknallte, entspannten sich seine Muskeln mit dem Hammerschlag und er ließ sich erschöpft in den Stuhl zurückfallen.

Er hatte sie.

Er hatte jetzt tatsächlich eine Perle!

Timoteo konnte sein Glück kaum fassen, dann würde er auf jeden Fall noch heute Nacht einen Flieger nehmen, um so schnell wie möglich nach Palermo zurückzukehren. Er ging zu dem Servicepersonal rüber, zur Feier des Tages könnte er sich nun doch einen Schluck Champagner gönnen.

„Sie waren sehr hartnäckig. Ist es ein Geschenk an Ihre Partnerin?" Gabriella stieß mit ihrem Glas gegen seins, als sie sich zu ihm gesellte, und sah ihn mit erhobenen Augenbrauen an.

„So ungefähr", sagte er und trank etwas von dem Alkohol. Es war indirekt ein Geschenk an Emilia, aber seine Partnerin war sie nicht. Auch wenn er sich das wünschte. „Bitte entschuldigen Sie mich, ich werde mich jetzt zurückziehen."

Timoteo stellte das noch fast volle Glas auf einen der Stehtische ab und begab sich zur Rezeption der Veranstaltung. Das Gemälde könnte später von Gregorio abgeholt werden, aber die Perlenkette würde er sofort mitnehmen wollen. Am sichersten würde er sich fühlen, wenn er die Perle tatsächlich in seinen eigenen Händen hielte. Die Veranstalter führten ihn zu einem Raum, in dem sich die ersteigerten Kunstobjekte befanden. Vor und im Raum war Sicherheitspersonal positioniert, damit sichergestellt war, dass keines der Objekte gestohlen werden konnte. Als er vor der dunklen Holztür stand, stellten sich ihm die Nackenhaare auf. Woher kam diese dunkle Macht auf einmal her? Die Wachen öffneten die Tür, in der Mitte des Raumes stand die Vitrine mit der Perlenkette unter einem Scheinwerfer. Ein blutroter Strudel schwebte hinter der Vitrine und ausgerechnet Talron stand davor. Seine Hand glitt wie ein Geist durch das dicke Plexiglas, lange Finger legten sich um die Kette und entfernten sie aus dem schwarzen Samthalter.

Nein.

Nein!

„Was haben Sie hier zu suchen? Stehen geblieben!", rief einer der Wachen zu Timoteos Seite. Er starrte erschrocken in das breit grinsende Gesicht des Teufels, ehe er sich fing und seine Waffe zog. Ohne zu zögern, feuerte er einige Schüsse auf Talron, doch sie verfehlten ihn, als er sich durch sein Portal aus dem Staub machte.

Kapitel 9

Timoteo lief los. Er musste diesen verdammten Dämon finden und ihn massakrieren! Talron durfte die Perle nicht in die Finger bekommen, nicht er. Draußen angekommen stürmte er um eine Ecke, um nicht von Menschen gesehen zu werden, und lud seine Waffe mit weiteren Weihwasserpatronen. Hinter dem Auktionshaus entdeckte er ein Dämonenportal, es war, als würde Talron ihn zum Narren halten wollen. Hastig lief er ins Portal und fand sich in einer anderen Dimension des begrünten Hinterhofs wieder. Heute musste er etwas vorsichtiger sein, denn er war allein hier, aber er musste die Perle unter allen Umständen wieder bekommen.

„Das ist 'ne echt schicke Kette", säuselte Talron bereits und erschien sitzend auf einer der Parkbänke. Wie hatte er die Kette überhaupt finden können, die Information seines Untergebenen war streng geheim, gerade damit die Dämonen ihnen nicht auf die Schliche kommen konnten. Hatte er Timoteo etwa verfolgt? Das wäre unmöglich, denn er hatte seine Energie vor dem Gang ins Lager in keinem anderen Moment gespürt. Oder hatte sein Informant ihn vielleicht verraten?

„Du wunderst dich bestimmt, wie ich auf die Kette aufmerksam geworden bin."

„Du wirst es mir sicher gleich verraten", presste er wütend hervor.

„Du bist nicht der Einzige, der mit Informanten arbeitet. Auch ich habe meine Leute, die mir stets auf der Suche nach den Perlen behilflich sind", erklärte Talron. Aus dem Schatten eines dahinterliegenden Baumes trat eine Frau hervor, sie blieb hinter Talron stehen und legte ihre Hände auf seinen Schultern ab. Rotbraune gewellte Haare, ein goldenes Kleid – es war diese Gabriella Marino.

„Was auch immer er dir versprochen hat, ich würde dir noch viel mehr bieten!", sagte er und hasste sich beinahe dafür, so flehend zu klingen.

Gabriella schlang ihre Arme um den Hals des Dämons, beugte sich zu ihm und zog seinen Kopf zu sich. Sie nahm seine Lippen mit einem hitzigen Kuss gefangen.

„Ich glaube nicht, dass du mir bieten könntest, die zukünftige Königin der Unterwelt zu sein", sagte sie lächelnd, nachdem sie sich von dem Dämon gelöst hatte. Talron leckte sich zufrieden über die Lippen.

Timoteos Hand verkrampfte sich um die Pistole. Sie war nur ein Mensch und glaubte ernsthaft, dass er sie zur Frau nehmen würde? Dass er nicht lachte.

„Du glaubst wirklich, dass er dich zu seiner Königin machen würde? Mal abgesehen davon, dass ich ihn eigenhändig vernichten werde, würde so jemand wie Talron niemals einen Menschen zu seiner Frau machen!"

„Ah, ah, mein lieber Sariel, heute bist du nicht in der Position mir zu drohen. Im Gegensatz zu dir kann ich 'nen Menschen als meinen Partner nehmen. Ich würde aber gern wissen, was du bereit wärst, für deinen Menschen zu tun?" Talron schälte Gabriellas Arme von sich und signalisierte ihr mit einem Wink, sich zurückzuziehen.

Er beugte sich nach vorn, zwischen zwei Fingern hielt er die Perlenkette vor sich und wedelte damit.

„Geh auf die Knie und bettle mich an. Dann gebe ich dir die Kette vielleicht sogar wieder", sagte er, ein teuflisches Grinsen verzerrte sein Gesicht zu einer Grimasse.

Timoteo kniff seine Augen zusammen und biss sich leicht auf die Zunge, um eine impulsive Antwort zu verkneifen. Einen Versuch würde es doch wert sein. Man konnte nie wissen, wie Dämonen tickten und vielleicht würde er einmal in seinem Leben etwas Glück haben. Seine Hand ließ von der Pistole ab, als er seine Lippen zusammenpresste und sich auf die Knie fallen ließ. Er beugte seinen Körper nach vorn und stützte sich mit beiden Händen am Grasboden ab.

„Ich flehe dich an, Talron … bitte gib mir die Perle wieder."

Seine Finger bohrten sich in die weiche Erde, als Talrons lautes Gackern, durch den Park schallte.

Aber diese Niedertracht wäre nichts gegen den Druck, der, schwerer denn je, auf ihm lasten würde, wenn er sich erneut auf die Suche nach einer Perle machen musste. Dann hätte er zusätzlich noch das Problem, genau diese Perle aus Talrons Klauen befreien zu müssen. Das Gras raschelte vor ihm, bis Talrons schwarze Sneaker in Sicht kamen und er vor ihm stoppte. Ein Bein erhob sich und ein Gewicht legte sich auf seinen Kopf, das sein Gesicht in die Erde drückte.

„Nicht mal im Traum hätte ich gedacht, dass mir der ehrfürchtige Sariel eines Tages zu Füßen liegen würde! Der Sariel, der den Mumm hatte, wegen eines Menschen in Eden einzubrechen. Ich schulde dir was. Ohne dich hätte ich nie nach Eden vordringen können."

Neben seinem Ohr landete etwas in der weichen Wiese, der Druck auf seinen Kopf ließ nach und Talron stapfte wieder durch die Wiese. Die Perlenkette lag zwischen den grünen Halmen. Erleichtert darüber richtete sich Timoteo wieder auf, packte das Schmuckstück und sog scharf die Luft ein. In dem zweiten Einsatz neben dem blauen Edelstein, in dem die Engelsperle sitzen sollte, war nur noch ein klaffendes Loch zu sehen. Stattdessen befand sie sich zwischen Talrons Fingern.

„Du hast die Kette wieder, so wie ich's gesagt habe!", sagte er und lachte amüsiert über seine Reaktion. Timoteo konnte nur tatenlos dabei zusehen, wie dieser den Mund öffnete und die Perle auf seine Zunge legte. Nein! Wenn er das tat, dann …

Er sprang auf und lief auf den Teufel zu, doch bevor er ihn erreichen konnte, schluckte Talron die Perle hinunter. Ein mächtiger Windstoß ging vom Dämon aus, der Timoteo gegen die Backsteinwand des Auktionshauses schleuderte. Stechende Schmerzen zuckten durch seinen Körper, als er sich aufrichtete, und goldene Energieschwaden peitschten vor ihm im Wind. Der Sturm ließ rasch wieder nach, Talron stand nun vor der Bank und blickte auf seine Klauen. Auf den ersten Blick sah er aus wie vorher, bis die Perle auf seiner Stirn durch die Haut trat und sein Gesicht wie einen Schmuckstein zierte.

„Wahnsinn, das ist also die Macht einer Engelsperle! Verdamm mich!" Talron kniete sich zu ihm, packte ihn an den Haaren und zog ihn grob hoch. „Sag mal … so jemanden wie dich könnte ich echt gut in

meiner Dämonenarmee gebrauchen. Warum schließt du dich mir nicht an, von mir aus kannst du deinen Menschen mitbringen und ich würde sie nicht anrühren, bis wir all die anderen Perlen in unserem Besitz haben. Ich würde

würde dir auch die Position eines Kommandanten geben", sagte er und zog Timoteos Kopf so nah an dessen Gesicht, dass er den Atem aus seinen mit Lippenstiftresten getönten Lippen spüren konnte. Er starrte erschrocken in Talrons feuerroten Augen, die nun wie heiße Kohlen glühten. Was hatte die Perle mit ihm gemacht?

„Vergiss es", presste er zwischen zerknirschten Zähnen hindurch. Als könnte er Emilia das antun, in diesem Höllenloch leben zu müssen. Er würde ihn schon irgendwie zur Strecke bringen, auch wenn er nicht wusste, was für Kräfte er jetzt mit einer Engelsperle dazugewonnen hatte. Talron verzog seinen Mund zu einer schmollenden Schnute und ließ ihn so plötzlich los, dass er mit dem Gesicht hart auf den Boden aufkam.

„Ich bin heute in einer guten Laune und will's diesmal überhört haben. Das nächste Mal, wenn wir aufeinandertreffen, wirst du dich mir anschließen, da bin ich mir sicher", antwortete er mit einem spöttischen Gelächter. Ein sanftes Zischen um ihn herum deutete darauf hin, dass Talron sein Portal aufgelöst hatte und er nun allein war.

Timoteo presste seine Fingerspitzen in die Wiese und grub etwas von der Erde auf, als er seine Finger zu Fäusten zusammenballte. Ein Schluchzer ließ seinen Körper erzittern, er versuchte, die nachfolgenden mit einem harten Biss auf seinen Lippen zu unterdrücken. Vergeblich.

Nach all den Jahren war das die Chance gewesen. Die Chance, sich für einen Tag keine Sorgen zu machen, dass Gott ihnen den letzten Schutz auch noch nehmen würde, nachdem er ihm die letzten Monate vermehrt gedroht hatte, dass er nicht länger warten wollen würde. Noch bekam er genug, von Gott persönlich, gesegnetes Weihwasser, dass sie vor einigen Jahren in Munition verarbeitet hatten. Munition, die Dämonen schwer verletzen konnte, aber für Menschen ungefährlich war. Die Patronen würden durch Menschen einfach hindurch fliegen, als würden sie gar nicht erst existieren – ob das aber den Tatsachen entsprach, hatte er allerdings nie gewagt auszuprobieren. Er wollte nicht mit der Schuld leben, einen Menschen getötet zu haben, würde es doch schiefgehen. Noch konnte er Mariella geweihte Siegel geben, mit denen sie eine Schutzbarriere um das Anwesen errichten konnte. Wie sollte er Diniel und den anderen Bediensteten weiter ein sicheres Leben ermöglichen? Und Emilia? Er verstand nicht, wieso die Dämonen bei dem Überfall auf sie aufmerksam geworden waren, die Perle in ihr war doch bisher nicht aufspürbar gewesen. Ein Informant hätte ihn sonst umgehend deswegen verständigt.

Wieso läuft jetzt plötzlich alles schief?

Gegen seine Brust vibrierte etwas. Mühselig richtete er sich auf und klopfte den Dreck von seinen Händen ab, ehe er in seine Jackentasche griff und das Handy hervorholte. ‚Unbekannte Nummer' stand auf dem Display geschrieben. Sollte er überhaupt rangehen? Er nahm einen tiefen Atemzug und versuchte, sich etwas zu beruhigen, vielleicht wollte ein Geschäftspartner etwas von ihm und er musste jetzt professionell sein. Er konnte … nein, er *durfte* sich keine Schwäche leisten. Wer würde denn sonst die Verantwortung für alles tragen? Sein Daumen tappte auf den grünen Kreis und er führte das Handy zum Ohr.

„Timoteo di Calvaro", stellte er sich mit noch leicht kratziger Stimme vor und kniff seine Augen zusammen, genervt darüber, dass er doch so schwach klang.

„Hey, störe ich dich gerade?"

Ein zittriges Hauchen verließ seine Lippen, als Emilias helle Stimme in sein Ohr drang und die Schwere seines Herzens plötzlich so viel leichter erscheinen ließ. Er setzte sich auf und lehnte mit dem Rücken gegen die warme Backsteinwand des Auktionshauses.

„Nein, du störst nicht."

„Bist du gut in Rom angekommen?", fragte sie und er bildete sich ein, einen schüchternen Ton herausgehört zu haben, aber er wollte nicht zu viel hineininterpretieren.

„Der Flug war in Ordnung."

„Ich will dich nicht so lang aufhalten und wollte mich nur für das Atelier bedanken. Kann ich dir mit den Kosten entgegenkommen? Das ist viel zu wertvoll, als dass ich's annehmen könnte." Sogar in so einer Situation konnte sie ihm ein feines Lächeln ins Gesicht zaubern und er war wirklich froh darum, ein normales Gespräch mit ihr haben zu können. Nicht mehr gezwungen sein, Abstand zu ihr zu halten und aus ihrem Leben verbannt sein zu müssen.

„Sieh es dann als Investment. Du malst und ich behalte einen Teil der verkauften Bilder für mich. Deal?"

„Darüber reden wir noch. Ich wollte dir noch etwas anderes sagen", fing sie an. Es folgte eine längere Pause und er lehnte seinen Kopf gegen die Wand. Während der Stille zog das sanfte Leuchten von Glühwürmchen seine Aufmerksamkeit auf sich, sie flatterten unweit von ihm. Während sich einige auf einem Baumstamm absetzten, flog eines in seine Richtung und landete auf seinem aufgestellten Bein. Ein weiteres Lächeln formte sich auf seinen Lippen, als er auf das kleine Insekt blickte.

„Ich … wollte mich noch entschuldigen, dass ich dich ohne dein Einverständnis geküsst habe. Es tut mir wirklich leid, dass ich deine Grenzen einfach missachtet habe und ich hoffe, dass du mich deswegen nicht hasst", sagte sie in einem Zug. Timoteo hob überrascht seine Augenbrauen und wartete darauf, ob sie noch was sagen würde, doch es herrschte wieder Stille. Dass sie das über ein Telefonat thematisieren würde, kam sogar für ihn unerwartet.

„Bist du noch dran?" Sie klang beinahe etwas verzweifelt und er führte eine Hand zu seinem Mund, als er schmunzelte.

„Ja, entschuldige, ich war nur etwas überrascht. Keine Sorge, ich hasse dich deswegen nicht. Es hat mich nicht gestört", antwortete er so neutral wie möglich und presste seine Lippen trotz eines Lächelns zusammen, als er an diesen Moment zurückdachte. Dass es ihn nicht gestört hätte, war absolut untertrieben, und am liebsten hätte er den Kuss erwidert. Das Einzige, was ihn gestört hatte, war, dass sie danach eingeschlafen war und er nicht anders darauf reagieren konnte. Timoteo hätte niemals erwartet, dass sie ihn überhaupt küssen würde.

„Gott sei Dank", sagte sie erleichtert. Gott war ein gutes Stichwort. Er musste sich um Talron kümmern, jetzt mehr denn je, nachdem dieser nun eine Perle erlangt hatte. Er brauchte stärkere Verbündete, und ihm kam gerade in den Sinn, wo er diese finden konnte.

„Bitte sag den anderen, dass meine Reise etwas länger als geplant dauern wird." Timoteo konnte nicht einfach tatenlos herumsitzen und sich in seinem Selbstmitleid ertränken. Er hatte eine Verantwortung zu tragen, vor allem Emilia gegenüber.

„Oh, okay. Aber dann habe ich noch genug Zeit, bis ich dir meine Überraschung überreichen kann!"

Eine Überraschung? Damit hatte er jetzt einen weiteren Grund, sich auf seine Heimreise zu freuen.

„Dann freue ich mich schon darauf. Bis bald."

Er lauschte ihrem Abschied und beendete das Gespräch. Timoteo klopfte die restliche Erde und Grashalme von sich, stellte sich wieder auf die Beine und strich sein Sakko glatt. Jetzt durfte er erst recht nicht schwach werden, also straffte er die Schultern und nahm einen tiefen Atemzug.

Italien war nicht das einzige Land mit gefallenen Engeln, die ihre Jagd auf Dämonen hinter Mafia Clans versteckten. Seine Finger glitten über das Handydisplay, bis er den gesuchten Kontakt fand und auf den Anrufbutton tippte.

„Nimm den nächstbesten Flug nach Rom, ich warte dort auf dich. Ich brauche deine Hilfe."

Kapitel 10

Emilia ließ sich in ihrem Stuhl hängen, nachdem Teo das Telefonat beendet und sie das Handy wieder abgelegt hatte. Wenigstens hasste er sie nicht und er hatte immerhin gesagt, dass ihn der Kuss nicht gestört hätte. Sie sah zu der Leinwand auf, die mittlerweile mit sehr groben Details bemalt war. Die Komposition hatte sie zwar im Sinn, doch sie wollte sich mit diesem Bild sehr viel Mühe geben. Hoffentlich würde es ihm gefallen. In Gedanken versunken starrte sie auf die skizzierte Silhouette, die später Teo darstellen sollte. Vielleicht sollte sie ihn doch noch einmal anrufen, denn wenn er länger als geplant weg wäre, musste sie irgendwie mit ihm besprechen, wie es mit ihrem Leben weitergehen sollte. Für die paar Tage konnte sie sich zwangsläufig damit abfinden, sich in dem Anwesen zu verstecken, aber das war keine Lösung auf Dauer. Sie hatte ihren Traum eines Tages in Roms Museum zu arbeiten, und wollte Claudia und ihre Verwandten sehen, auch wenn sie letztere nur wenige Male im Jahr besuchte. Sie griff nach ihrem Handy und wählte seine Nummer erneut. Das Freizeichen stoppte nach nur kurzem Läuten und seine Stimme erklang.

„Hey, entschuldige, dass ich dich wieder störe. Ich wollte noch über eine andere Angelegenheit mit dir reden", sagte sie.

„Wie schon gesagt, du störst nicht. Worum geht es denn?" Emilia führte ihre Finger zum Kragen ihrer Bluse und spielte damit herum. Sie liebte seine tiefe Stimme mehr und mehr und würde so gerne ein noch längeres Gespräch mit ihm haben wollen.

„Ich will dich nicht drängen, nachdem du mir hier Unterschlupf gewährt hast. Aber wenn du für längere Zeit weg sein wirst, wollte ich dich fragen, wie's weitergehen soll. Ich will Claudia zumindest irgendwas sagen können, wenn sie fragt, warum ich jetzt bei dir lebe, und ich will sie auch nicht aus meinem Leben streichen müssen, wenn du verstehst."

Ihre Tante war das eine, auch wenn diese sie nach dem Tod ihrer Eltern großgezogen hatte und sie ihr ewig dankbar sein würde, so lebte sie jetzt ihr eigenes Leben. Aber Claudia war ihre beste Freundin und sie würde nicht ohne sie sein wollen. Teo stieß einen lauten Seufzer aus.

„Du hast recht. Verzeih, dass ich das nicht eher angesprochen habe. Ich werde mich auf den Rückweg machen und den nächsten Flug zu meinem Reiseziel nehmen", sagte er. Emilia schreckte in ihrem Stuhl hoch und blickte panisch zu dem angefangenen Bild.

„Ich will dich nicht von deiner Arbeit abhalten, ich falle dir schon genug zur Last! Vielleicht könnte ich Claudia hierher einladen, wenn das für dich in Ordnung geht, und ich lasse mir was einfallen." Mit einem schlechten Gewissen ruderte sie rasch zurück. Vielleicht hätte sie es einfach erst selbst ausprobieren sollen, bevor sie Teo damit auf die Nerven ginge.

„Das kannst du selbstverständlich tun, aber ich werde trotzdem einen Zwischenstopp beim Anwesen machen. Ich bespreche solche wichtigen Angelegenheiten nicht gerne übers Telefon. Bis dann."

„Bis dann." Emilia blickte unsicher auf das Display ihres Handys und legte es schließlich auf dem Tisch ab. Es freute sie ja irgendwie, dass er sich so um sie und ihr Wohlergehen bemühte, deswegen hoffte sie, dass sie ihm mit diesem Bild etwas davon zurückgeben könnte.

Es war spät nachts, als Timoteo das Anwesen erreichte. Gregorio empfing ihn am Eingang und nahm ihm das verpackte Gemälde ab, das er bei der Auktion für Emilia ersteigert hatte. Bevor er sich auf den Weg zum Flughafen gemacht hatte, hatte er seiner Reisebegleitung eine SMS geschickt, dass er nach Palermo zurückkehren und sie anschließend gemeinsam abreisen würden. Auf direktem Wege machte er sich in das erste Stockwerk auf und klopfte an die erste Tür, die sich im Flur auf der rechten Seite befand. Mariella öffnete die Tür und bat ihn mit einem kurzen Nicken hinein. Es war ihr Arbeitszimmer, das er für sie und ihre Aufgaben bereitgestellt hatte, aber er kam nicht oft hierher, meist unterhielten sie sich über die anstehenden Missionen und Geschäfte in seinem Büro. Mariellas Büro war im Gegensatz zu seinem überaus ordentlich. Im hinteren Teil befand sich ihr Schreibtisch, ein Tablett mit einer großen Thermoskanne und Tassen darauf stand neben der Dokumentenablage und daneben einige Unterlagen. Vor dem Arbeitstisch lag ein runder, bordeauxfarbener Wabenteppich über dem dunklen Parkettboden, den Sophia für sie ausgesucht hatte. Sie hatte keine Bücherregale und er wusste, dass sie nicht an der Lektüre interessiert war, daher wunderte es ihn nicht, dass ihre Wände eher leer wirkten. An der rechten Seite stand eine lange Kommode mit einigen Schubfächern, darauf war eine Vase mit Blumen, die im Garten wuchsen. Auf der anderen Seite des Raumes stand zuletzt ein schwarzes Ledersofa mit einem kleinen Beistelltisch davor, zu dem er schließlich ging.

„Willst du eine Tasse Kaffee trinken? Er ist noch heiß", sagte sie und lief zu ihrem Arbeitsbereich rüber. Es war spät, aber er würde heute Nacht bestimmt nicht viel Schlaf finden können, weswegen es keine schlechte Idee wäre, zumindest eine Tasse zu trinken, um der derzeitigen Müdigkeit etwas Einhalt zu gebieten.

„Gerne", antwortete er, nahm die gefüllte Tasse von ihr entgegen und setzte sich auf das Ledersofa. Mariella setzte sich neben ihn und nahm einen Schluck von ihrer Tasse.

„Es geht um eine weitere Angelegenheit. Ich will Emilia ein normales Leben ermöglichen, wir können sie nicht ewig im Anwesen verstecken, nur damit sie nicht von Dämonen angegriffen werden kann."

Mariella hielt ihren Blick nach vorn gerichtet und setzte die Porzellantasse auf den Untersetzer ab. „Und woran hast du da gedacht?"

Er wusste es selbst noch nicht genau, wie er das am besten anstellen würde. Ihr Problem hatte sich, jetzt, wo Talron die Engelsperle aufgenommen hatte, um ein Vielfaches verschlimmert, und er wollte sich nicht ausmalen, was für Dämonen nun hinter Emilia her sein würden. An dem Tag, an dem Talron sie auf ihrer Abschlussfeier entführt hatte, sah der Dämonenlord das Leuchten ihrer Engelsperle und er würde sie jetzt bestimmt noch mehr wollen. Timoteo beugte sich vor und stützte die Ellenbogen an seinen Beinen ab, schließlich erzählte er Mariella von den Ereignissen, die in dem Auktionshaus passiert waren, und davon, dass sie dringend Verbündete benötigten.

Sie stellte ihre inzwischen leere Tasse auf dem Beistelltisch ab und lehnte sich mit verschränkten Armen in dem Sofa zurück. „Ist das der Grund, warum ich mit dir verreisen soll?", fragte sie und überschlug ein Bein über das andere.

„Du hast gute Beziehungen zu dem Clan in Japan. Ich werde nach Hongkong reisen, die Triade ist da etwas hartnäckiger", erklärte er.

„Mein Untergebener ist nicht weniger hartnäckig, aber sei unbesorgt, ich werde mit ihm zurückkehren. Auch wenn ich ihn herschleifen muss."

Timoteo lachte leise. Eigentlich konnte er doch wirklich froh darüber sein, dass sie mit ihm kooperierte, wenn auch nur, um ebenfalls ihre alte Position wieder zurückzuerlangen. Und auch wenn sie damals aus eigener Entscheidung heraus Emilia einfach eingesperrt und sie nur deswegen diesen waghalsigen Fluchtversuch unternommen hatte, hätte er seine Gefühle unter Kontrolle haben müssen und Mariella nicht ohrfeigen dürfen. Das schlechte Gewissen nagte deswegen noch immer an ihm und auch, dass er ihr bisher mit so viel Misstrauen begegnet war.

„Es tut mir leid, dass ich dich geohrfeigt habe."

Sie stieß ein lautes Seufzen aus und schüttelte ihren Kopf. „Schon gut, dieser Mensch hat unser aller Leben auf den Kopf gestellt. Aber sie kann nichts dafür, dass du damals so eigensinnig gehandelt hast, und noch weniger, dass die Dämonen hinter ihr her sind. Du versuchst, die Verantwortung für deine Taten zu übernehmen, das ist immerhin schon etwas." Bei ihrer direkten Art zwang er sich zu einem Lächeln, aber konnte nichts weiter dazu sagen und lehnte sich ebenfalls ins Sofa zurück. Timoteo war froh, dass sie ihm das wohl verzeihen konnte.

„Ich werde mit Sophia und einem weiteren Untergebenen aus meinen Zeiten der Gewalten reden. Lucio habe ich immerhin kurz trainieren und in unsere Waffen einweisen können. Die drei dürften kein Problem haben, über Emilia zu wachen, bis wir wieder zurück sind", erklärte sie und er nickte zufrieden. Immerhin musste er nicht mit Sophia reden. Bei ihr hatte er immer das Gefühl, dass sie ihn abgrundtief hasste, daher besprach er seine Angelegenheiten, die Sophia teilweise auch einbanden, eher mit Mariella. Sophia gehorchte ihr aufs Wort.

„Ich danke dir." Timoteo stand auf und lächelte ihr noch zu, bevor er ihr Büro verließ. Jetzt, da für alles gesorgt war, konnte er Emilia ohne Bedenken in Palermo lassen. Nach diesem Gespräch mit Mariella vertraute er auf ihre Entscheidungen und Leute und konnte Emilia die frohe Botschaft nun übermitteln.

„Du bist ja wieder da", sagte Lucio abfällig, als Timoteo die Treppe erklomm und dabei auf ihn traf. *Was für eine freundliche Begrüßung.* Lucios Blick war genauso genervt wie sein Ton, schon fast angewidert – er könnte sich wirklich mit Sophia zusammentun.

„Ich wünsche dir auch eine angenehme Nacht. Kannst du mir verraten, wo Emilia ist?", gab er gleichgültig zurück. Es war spät, er war sowohl vom Flug als auch vom Kampf mit Talron gerädert und er wollte sich jetzt nicht mit Lucio streiten.

„Was soll das werden? Versuchst du, sie mit deinen Geschenken zu bezirzen und in dein Bett zu bekommen? Sie ist ein Mensch."

Timoteo führte eine Hand zu seinem Gesicht, massierte seine Nasenwurzel, als leicht stechende Schmerzen in seinem Kopf pulsierten, und stieß ein Ächzen aus.

„Ich habe weder vor, sie zu bezirzen noch, sie in mein Bett zu locken", sagte er ruhig. Es war zwar einerseits gut, dass der Vorfall mit den Perlen damals unter Verschluss gehalten wurde, aber andererseits wusste er auch nicht, wie er Lucio erklären sollte, warum Emilia ihm so wichtig war und er sie nur glücklich machen wollte. Wenn sie schon bei ihm leben musste und er sich nicht mehr länger aus ihrem Leben heraushalten konnte, so wie er es bis zu dem Vorfall auf der Abschlussfeier getan hatte. *Soll ich ihm vielleicht doch die Wahrheit sagen?*

„Sobald der Zeitpunkt gekommen ist, werde ich dir alles erklären. Ist das in Ordnung?"

Lucio verengte seine Augen und musterte ihn misstrauisch. „Wenn ich mitbekommen sollte, dass du sie auf irgendeine Weise zu verführen versuchst, dann bringe ich dich eigenhändig um. Als wäre es nicht schon schlimm genug, dass du ein gefallener Engel bist", drohte er und ging an ihm vorbei in das untere Stockwerk hinab. „Sie ist in diesem

Atelierzimmer."

Er sah ihm mürrisch nach. *Bin ich etwa der Einzige, der ihre Ent-*
scheidungen akzeptiert und vor allem respektiert? Wenn sie ihr Leben
mit einem Menschen verbringen wollte, dann sei es so. Aber wenn sie
– warum auch immer – glaubte, mit ihm glücklicher zu werden, dann
würde er sich nicht gegen ihre Wünsche stellen. Vielleicht spielte auch
ihre gemeinsame Vergangenheit eine Rolle, warum er so dachte. *Wenn*
ich an Lucios Stelle wäre, würde ich noch genauso denken? Er wollte
sie zumindest zu nichts zwingen oder sie zu einer Entscheidung drängen, die sie später bereuen würde. Emilia sollte ihr Leben so leben, wie
sie es wollte und für richtig hielt.

Timoteo betrat das Atelier und staunte nicht schlecht, was seine Bediensteten aus diesem bis vor kurzem noch unbewohnten Zimmer her-
gezaubert hatten. Das Anwesen war so groß und sie hatten noch viele
leere Zimmer stehen, warum sollte er einer für ihn wichtigen Person
nicht eine Freude machen? Emilia saß über einen Tisch gebeugt, um sie
herum lagen Kunststoffpaletten verstreut, daneben Glasbehälter mit
trübem Wasser, Pinsel und kleinen Glascontainern mit Farbe. Das Atelier war also auch schon eingeweiht worden.

Hat sie so lang gearbeitet, dass sie dabei eingeschlafen ist? Er fuhr
mit einer Hand durch seine Haarsträhnen, als er eine Leinwand auf einem der Aufsteller erspähte. Auf der Leinwand war ein blutrotes Dämonenportal zu sehen, aus dem Energieschwaden in dem gleichen Rot
entwichen, und eine Figur davor, dessen Rücken zum Betrachter gewandt war, das Gesicht war aber noch eine leere Fläche. Die Figur trug
eine dunkle Stahlrüstung, ein Schwert in der Hand, und sie wirkte, als
würde sie auf das Portal schreiten. Schwarze Flügel erstreckten sich aus
dem Rücken der Figur, und als er näher herantrat, meinte er kurze
schwarze Haare zu erkennen. *Soll das etwa ich sein?* Ein anderer Engel,
dem Emilia auch begegnet war, würde nicht auf diese Zeichnung zu-
treffen, es sei denn, sie malte einfach irgendetwas. Er blickte hoffnungsvoll zu ihr. Wenn er für sie wie ein Ritter oder Beschützer war, würde
ihm das genügen, auch wenn seine Sehnsüchte sich mehr erhofften, so
war ihr Glück für ihn immer wichtiger als alles andere. Timoteo ging
zu ihr zurück und hob sie auf seine Arme, irgendwie schaffte er es

immer wieder, sie ins Bett tragen zu müssen. Kaum hatte er das Atelier verlassen, schlangen sich ihre Arme um seinen Nacken und sie umarmte ihn eng.

„Du bist wieder da", murmelte sie noch verschlafen.

„Ich wollte dich nicht aufwecken, aber der Tisch wäre ein unbequemer Platz zum Schlafen gewesen."

Emilia lachte und schmiegte ihren Kopf gegen seine Schulter. Er drückte den Türgriff mit seinem Ellenbogen hinunter, stieß die Tür zu ihrem Zimmer auf und legte sie ins Bett. Timoteo zog die Hausschuhe von ihren Füßen und deckte sie mit der Bettdecke zu.

„Schlaf jetzt", flüsterte er und strich einige Haarsträhnen aus ihrem Gesicht.

„Du bist extra hergekommen, um über mein Problem zu reden, dann schlaf ich jetzt doch nicht. Hast du dir schon was überlegt?"

Er strich die letzte störende Haarsträhne zurück und führte die Hand zu ihrer Wange. „Ich habe mit Mariella geredet. Sie wird dir Sophia und einen weiteren Engel zur Seite stellen, mit Lucio und ihnen kannst du das Anwesen verlassen und deinem Leben nachgehen. Claudia ist selbstverständlich jederzeit willkommen."

Ihre braunen Augen strahlten und sie warf sich ihm in einer stürmischen Umarmung an den Hals. „Vielen Dank!", sagte sie und ließ sofort von ihm ab. Emilia blickte schüchtern zu ihm hoch und drückte die Decke enger an sich. „Entschuldige, dass ich dich so plötzlich umarmt habe."

„Schon gut."

„Ich habe lang überlegt, was ich Claudia sagen könnte, wenn sie erfährt, dass ich bei dir lebe. Ist's für dich in Ordnung, wenn du ein weit entfernter Cousin aus Kindertagen bist und deine Familie hat darauf bestanden, mich zu dir zu holen? Ich hasse es, sie anzulügen, aber ich will sie nicht in dieses Problem hineinziehen", sagte sie.

„Das klingt nach einem Plan. Dann musst du die anderen noch darin einweihen. Ich habe zwar Vertrauen, dass sich die Bediensteten nicht verplappern, aber sicher ist sicher. Gerade bei Diniel weiß man nie."

Emilia lachte über die Erwähnung des kleinen Engels. Hoffentlich würde Diniel sie nicht ebenfalls mit den gleichen Fragen belästigen, die sie ihm in den vergangenen Tagen immer wieder gestellt hatte.

„Wirst du lang weg sein?"

„Je nachdem, wie hartnäckig mein Geschäftspartner in Hongkong sein wird, kann es schnell gehen oder länger dauern", antwortete er mit verzogener Miene. Er hoffte sehr darauf, dass der sture Engel der Triade sich nicht zu sehr querstellen würde.

„Würdest du ... vielleicht mit mir ausgehen wollen, wenn du wieder da bist?"

Timoteos Herz machte bei ihren Worten einen Satz. Ein dezenter Rotschleier lag über ihre Wangenknochen und sie wandte ihr Gesicht ab, als sich ihre Blicke trafen. *Sie will mit* mir *ausgehen?* Er konnte sich noch sehr gut an ihre interessierten Blicke erinnern, als sie ihn auf der Abschlussveranstaltung ihrer Uni zu einem Tanz aufgefordert hatte. Aber er hatte abgelehnt, weil er nicht in ihr Leben treten wollte. Doch mit Talrons Erscheinen, war genau das unvermeidbar geworden und nun konnte er sich nicht länger aus ihrem Leben heraushalten. Er war jetzt ein Teil davon, sei es als Beschützer, als ein guter Freund oder ...

„Das können wir gerne tun", sagte er nach seinen Überlegungen schließlich. Emilia ergriff seine Hand und zog sie zu ihrem Schoß. Ihre Finger umspielten seine und er starrte etwas verträumt auf das glückliche Lächeln in ihrem lieblichen Gesicht. Genau das wollte er doch, sie glücklich sehen. Mehr brauchte er nicht und wenn eine Verabredung mit ihm sie so glücklich machen könnte, dann würde er das für sie tun. Timoteo führte seine freie Hand um ihren Hinterkopf, strich über ihre weichen Strähnen und zog sie näher an sich. Sein Herz flatterte, als er mit seinen Lippen über ihre Stirn strich und ihr für einen längeren Moment einen zarten Kuss aufdrückte. Er ruhte mit seiner Stirn gegen ihre, sie hatte ihre Augen geschlossen und ein Lächeln umspielte ihre leicht geöffneten Lippen. Kichernd rieb Emilia ihre Nase gegen seine, ihre langen Wimpern strichen über seine Haut und kitzelten ihn leicht, als sie ihre Augen wieder aufschlug. Ein angenehmes Kribbeln machte sich in seinem Bauch bemerkbar, als er nach all der Zeit wieder in ihre haselnussbraunen Augen blicken durfte. Sie ließ von seiner Hand ab und führte beide Hände zu seinen Wangen. Ihre zarten und neugierigen Berührungen fühlten sich so warm an, so liebevoll, und für einen Moment schmiegte er sein Gesicht an ihre Hand, ihre Blicke aufeinander fixiert. Emilias Finger wanderten langsam zu seinem Hals hinab, strichen über seinen Nacken und mit einem wohligen Seufzen schloss sie ihre leuchtenden Augen. Ihr heißer Atem strich über seine Lippen, und als sie den wenigen Abstand zwischen ihnen schließen wollte, schob Timoteo in letzter Sekunde einen Finger zwischen ihre Münder. Sosehr er sie in diesem Moment ebenfalls küssen wollte, so laut hallte auch das wütende Echo von Lucios Worten in seinem Kopf wider. Er sollte zumindest mit ihr darüber reden, bevor er ihren Kuss und vor allem ihre Liebe ruhigen Gewissens akzeptieren könnte.

Als wäre ein Blitz zwischen ihnen gefahren, ließ sie erschrocken von ihm ab und rutschte peinlich berührt zurück. „Entschuldige. Ich wollte dich nicht bedrängen!", sagte sie und er konnte ihr das schlechte Gewissen nicht nur ansehen, sondern auch heraushören.

„Nein, das ist es nicht." Timoteo fuhr mit einer Hand über sein Gesicht und stieß seinen angehaltenen Atem laut aus. „Es ehrt mich sehr, dass du dich für mich interessierst. Aber ich bin ein Engel. Du musst bedenken, dass wir zwar ein ähnliches Alter haben, wir aber nicht so altern, wie es Menschen tun. Ich könnte dir kein Leben bieten, wie du es verdienen würdest."

„Lucio hat mir schon erzählt, dass ihr nicht grau und faltig werdet und lange Leben habt, aber das ist mir egal", sagte sie.

„Willst du denn nicht mit einem Menschen zusammen sein? Mit jemandem, mit dem du eine Familie gründen könntest und der einfach so ist wie du?"

„Und wenn ich keinen Menschen lieben will?"

Timoteo schluckte, als ihr Blick dabei auf ihn ruhte. Sie sah ihn so ernst an, als hätte sie es bereits beschlossen. Sein Herz hämmerte grob gegen seine Rippen und er schloss seine Augen, um seine Aufregung herunterzufahren. Gefühle konnte man sich nicht aussuchen und wenn sie ihn aus eigener Entscheidung lieben wollte, dann wollte er sich nicht querstellen. Vor allem, wenn er doch selbst so für sie empfand.

„Gut, solange ich weg bin, kannst du darüber nachdenken. Wofür auch immer du dich bei meiner Rückkehr entscheidest, ich werde es akzeptieren." Ihre Schultern entspannten sich bei seiner Antwort und sie ließ sich in das Kissen fallen. „Darf ich wissen, warum du dich für mich interessierst?", fragte er noch. Er wollte wissen, was genau hinter ihren Gefühlen steckte, denn er hatte einen Verdacht. Ein Verdacht, der ihn glücklich stimmen würde, sich aber auch etwas davor fürchtete.

„Ich kann's nicht erklären, in deiner Nähe fühl ich mich wohl und sicher. Es ist irgendwie so vertraut, als würde ich dich bereits seit Jahren kennen. Wieso soll ich das ignorieren, nur weil du ein Engel bist? Du bist doch auch aus Fleisch und Blut wie ich. Zwischen uns ist doch was? Deine Art, deine Berührungen, deine Blicke. Oder hab ich das falsch verstanden?"

Er hielt seinen Atem an, erschrocken darüber, dass sie seine Gefühle doch so leicht durchschaut hatte. War das so einfach für sie, oder verhielt er sich so offensichtlich? Lucios Worten zufolge klang es eher nach Letzterem, dabei dachte er immer, dass er sich bedeckt halten konnte. Timoteo ächzte leise und verfluchte sich für seine Indiskretion.

„Ich will nur nicht, dass du irgendetwas in deinem Leben bereust. Ich möchte, dass dein Wille respektiert wird und dich niemals zu etwas drängen oder dir Entscheidungen aufzwingen. Also nutze die Zeit bitte, mir zuliebe."

„Okay." Emilia lächelte ihn erleichtert an und kuschelte sich in die Decke ein.

„Ich habe übrigens auf meiner Reise etwas gefunden, Gregorio soll es dir bringen. Ich fand es ganz ansprechend und vielleicht könntest du das Atelier damit dekorieren", sagte er.

Sie warf ihm einen warnenden Blick zu. „Keine Geschenke mehr. Du hast mir schon so viel gegeben … ich will nicht wissen, was die ganze Kleidung gekostet hat und dann noch das Atelier. Ich werde das auf jeden Fall irgendwie abbezahlen!"

„Ich sagte doch, dass du das Atelier als Investition sehen kannst. Also belassen wir es dabei", sagte er und lachte, als er freudig durch ihre Haare wuschelte.

Von der hübschen Kleidung hatte er doch auch etwas, wenn er diese an ihr sehen durfte – das jetzt aber laut auszusprechen, traute er sich dann doch noch nicht.

Kapitel 11

Lächelnd beobachtete Sariel ein kleines Mädchen, welches nicht älter als neun oder zehn Jahre war, wie sie über das Klettergerüst auf dem Spielplatz kletterte. Sie hatte ihr Ziel, ganz oben zu sitzen, beinahe erreicht, doch kurz davor rutschte sie mit einem Fuß an einer Stange ab. Ihre Hände versuchten, sich in ihrer Panik an irgendetwas festzuhalten, rutschte jedoch weiter ab. Sariel sprang auf, legte seine Arme um ihren Rücken und drückte sie eng an sich. Erst als er den Sand unter seinen Füßen spürte, öffnete das Mädchen ihre Augen, die sie im Schreck fest zugekniffen hatte. Seine Flügel flatterten in seiner Aufregung noch leicht – ihre Federn, noch weißer als die flaumigen Wolken im Himmel.

„Hast du dir wehgetan?", fragte er besorgt und musterte sie von Kopf bis Fuß. Das Mädchen klammerte ihre Arme nur um seinen Bauch und umarmte ihn eng.

„Sariel! Ich hab mich nur erschrocken", murmelte sie in sein Oberteil hinein und sah zu ihm hoch. Er strich über ihr kinnlanges, braunes Haar und hob sie schließlich auf die Arme, dabei kicherte sie freudig und legte ihre Arme um seinen Hals. Sie sah dabei zu den anderen Kindern, er folgte ihrem Blick und beobachtete die Engel, die zu ihren Seiten standen. Die Engel winkten ihm zu, während er mit einem Lächeln und Nicken zurückgrüßte, schließlich trug er gerade seinen Schützling in seinen Armen.

„Sag mal, warum hat jedes Kind nur ein Engelchen, das mit ihnen spielt?"

„Jeder Mensch hat nur einen einzigen Engel. Wenn Menschen geboren werden, werden mit ihnen auch Engel geboren."

„Du bist also so alt wie ich, aber so viel größer? Das ist gemein", gab sie schmollend zurück und drückte ihr Gesicht an seine Schulter.

„Natürlich muss ich größer sein. Wie soll ich sonst auf dich aufpassen, wenn ich kleiner bin als du, Dummerchen." Sariel lachte und schmiegte seinen Kopf gegen ihren.

„Na gut. Aber wenn ich groß bin, dann werde ich dich heiraten! Mama sagt, dass wenn man heiratet, dann passen beide aufeinander auf. Dann kann ich auch auf dich aufpassen!" Sie rückte leicht von ihm und gab ihm ein Küsschen auf die Wange. Sariels Ohren glühten, als ihm bewusst wurde, was das Mädchen gerade gesagt hatte. „Und wenn man sich lieb hat, dann heiratet man auch, und ich hab dich sehr lieb!"

Sariel umarmte sie eng und schmiegte seine Wange gegen ihre. Sein Herz machte Purzelbäume und eine Welle von Glück und Liebe strahlte aus seiner Brust bis zu seinen Zehenspitzen hinab. Doch das Gefühl der Machtlosigkeit überschattete diesen Glücksmoment, als er auf ihren Rücken blickte, denn er wusste, dass ihre Worte nie in Erfüllung gehen würden, und spielte daher mit.

„Wenn wir groß sind, dann heiraten wir."

168 Stunden, 24 Minuten, 45 Sekunden.

24 Stunden, 39 Minuten, 12 Sekunden.

Sariel wagte es nicht, einen weiteren Blick auf den Rücken des Mädchens zu riskieren. Zu sehr fürchtete er sich davor, diesen Countdown zu sehen, der unaufhaltsam abwärts zählte. Schutzengel hatten die Fähigkeit, die Lebenszeit ihres Schützlings zu sehen, sie war immer in Stunden, Minuten und Sekunden angegeben und er wusste nie, warum das überhaupt so war. Warum quälte Gott sie überhaupt mit diesem Wissen? Schutzengel liebten ihre Schützlinge und wollten stets das Beste für sie. Sie erzählte ihm von all ihren Träumen, die aber niemals in Erfüllung gehen würden, denn zuvor würde etwas Schreckliches geschehen.

5 Minuten, 56 Sekunden.

1 Sekunde.

Dicke Rauchschwaden quollen aus dem Wrack bis in den Himmel hoch. Sariels Lunge brannte fürchterlich, als er sich durch die zerstörten Wagenteile grub, auf der Suche nach seinem Schützling. Messerscharfe Kanten von verbogenem und abstehenden Stahl schnitten ihm tief in die Haut, und seine kindlichen Hände bluteten schwer, während er weitere Wrackteile zur Seite warf. Letztlich schuf er einen Durchgang, durch den er zum Mädchen gelangen konnte, das noch in ihrem Gurt auf der Rückbank hing. Bis vor wenigen Minuten wurde er von einer unbekannten Macht zurückgehalten und konnte nur tatenlos mitansehen, wie ihre Lebenszeit auf null fiel. Die Engel ihrer Eltern hatten diesen Ort bereits verlassen, schon in dem Moment, als der andere Autofahrer mit ihrem Auto zusammengeprallt war. Nachdem er gesehen hatte, wie die beiden einfach ohne ein Wort oder eine Reaktion gegangen waren, war eine ungeheure Wut in ihm hochgekocht. Sie waren doch ihre Schutzengel! Waren ihnen ihre Eltern so egal? Sariel wollte nicht so sein, er wollte und konnte sie nicht aufgeben, also versuchte er, sie so vorsichtig wie möglich aus dem Gurt zu befreien und zog sie letztlich aus dem Wrack hinaus. Sie blutete und auch ihr Herz schlug nicht mehr.

„Du kannst nicht einfach sterben. Du hast doch gesagt, dass du mich heiraten wirst! Noch nie hast du ein Versprechen gebrochen, warum brichst du ausgerechnet dieses?", wimmerte er und ließ seinen Kopf auf ihre Brust sinken. Mit jedem Schluchzen zuckte sein Körper zusammen.

Timoteo riss seine Augen auf, als er hochschreckte und sich für einen Moment orientierungslos umsah. Er saß noch im Flugzeug und am Display vor ihm konnte er erkennen, dass sie gerade über China flogen und in wenigen Stunden landen würden. Er rieb sich noch etwas schlaftrunken über die Augen, schon lange hatte er nicht mehr von ihrem Tod geträumt.

„Ist alles in Ordnung?" Mariella sah ihn verwundert an und er lächelte gequält.

„Ich habe wieder von dem Unfall geträumt", erklärte er. Sie seufzte schwer und rief nach einem Steward, der nach einigen Minuten mit einem Glas Wasser zurückkam, das Mariella neben Timoteo auf den Klapptisch stellte.

„Danke", murmelte er und trank fast das ganze Glas in einem Zug leer. Der Traum ließ ein ungutes Gefühl zurück, wieso träumte er ausgerechnet jetzt wieder davon?

„Konzentriere dich jetzt erst mal darauf, den Engel der Triade zu rekrutieren. Emilia geht es gut und sie ist bei den Dreien in guten Händen."

„Du hast recht, entschuldige", sagte er und versuchte, sich wieder zusammenzureißen.

„Dass ein Schutzengel sich auch unbedingt in seinen Schützling verlieben muss."

Timoteo zwang sich zu einem unschuldigen Lächeln.

In Hongkong angekommen, trennten sich ihre Wege. Mariella nahm den nächsten Flieger nach Nagoya, und er machte sich auf den Weg in die Innenstadt. Sein Ziel war ein Unterschlupf der Triade in der Nähe eines Berges auf Hongkong Island. Ein idyllisches Plätzchen, um ihrer Jagd auf Dämonen nachgehen zu können. So wie er seine Geschäftspartnerin kannte, müsste sie eigentlich bei seinem Angebot zuschnappen, denn als ‚Roter Mast' der Triade hielt sie die Position eines Leutnants inne und war immer einer der Ersten, die Jagden auf mächtige Dämonen ohne Umschweife mitmachte. Aber durch sein damaliges Handeln hatten sie nicht das beste Verhältnis. Nach einer längeren Reisezeit stieß er auf ein altes Bürogebäude, vor dessen Eingang zwei Securitys in schwarzen Anzügen und dunklen Sonnenbrillen platziert waren, die ihn misstrauisch musterten.

„Können wir dir behilflich sein?", fragte der Rechte und nahm seine Zigarette zwischen die Finger, als er den Tabakrauch aus seinen Lippen blies.

„Mein Name ist Timoteo di Calvaro und ich bin ein alter Freund von Bai Liyuan, ist sie im Haus?", stellte er sich vor und hielt den beiden seine Visitenkarte entgegen. Die Männer wechselten die Blicke untereinander, ehe sie ihn wieder von Kopf bis Fuß musterten.

„Und was will die italienische Mafia von Miss Bai?", meldete sich nun der Linke zu Wort.

„Das ist streng vertraulich und darf nur mit ihr besprochen werden."

Der Rechte gab seinem Partner einen Wink mit dem Kopf, dieser nickte und verschwand in das Bürogebäude. Nach wenigen Minuten kehrte er mit zwei weiteren Männern in schwarzen Anzügen zurück, die bedrohlich auf ihn zu stapften. Eine Hand hielten sie über ihre Waffen, die an einem Halter an ihren Hüften befestigt waren. Timoteo erhob seine Augenbrauen und warf ihnen einen verwunderten Blick zu. „Was hat das zu bedeuten?"

„Miss Bai ist zu beschäftigt, als dass sie ihre Zeit mit der italienischen Mafia verschwenden würde", erklärte der Mann neben ihm. Timoteo schnaubte laut, zog sein Sakko aus und lockerte die Krawatte, bevor er seine Ärmel aufknöpfte und hochkrempelte. *Es war immer das Gleiche mit ihr.*

„Was soll das werden, Spaghe-?", bevor er den Versuch einer Beleidigung aussprechen konnte, traf ihn Timoteos Faust bereits ins Gesicht und Security Nummer Eins flog im hohen Bogen zu den Füßen seiner Kollegen.

„Bastard!", schimpfte Nummer Zwei und holte seine Pistole hervor. Auch Drei und Vier hielten ihm ihre Waffen entgegen, die bereits Schüsse auf ihn abfeuerten. Dass diese Männer einen Unbewaffneten mit Kugeln durchlöchern wollten, sprach nicht sehr für Liyuans Ehre. Er sprang hoch und schlug die drei Securitys mit einem Rundumtritt durch die Glastüren des Bürogebäudes zurück. Die Scherben knirschten laut unter seinen Lackschuhen, als Timoteo das Gebäude betrat, und er lief auf die Rezeption zu, nachdem die dahinterliegenden Mitarbeiter panisch davon gelaufen waren. Aus seinem Aktenkoffer holte er ein Scheckbuch und schrieb eine Summe nieder, die zumindest für den materiellen Schaden aufkommen würde.

„Verstehen die Italiener nicht, was Nein heißt?"

„Nicht in diesem Fall", antwortete er und drehte sich zu der Person, die ihn wie eine Schlange von der Seite anzischte. Bai Liyuan war eine Frau mit schwarzen Haaren, die ihr bis zur Hüfte reichten, sie trug ein traditionelles chinesisches Kleid, das knapp über dem Boden endete. Ein langer Schlitz an den Seiten gab ihren langen Beinen allerdings genug Bewegungsfreiheit, als sie zu ihm marschierte. Aus ihrem porzellanweißen Gesicht funkelten ihn goldbraune Augen, die von rotem Augen-Make-up umrandet waren, wütend an.

„Du hast vielleicht Nerven, hier aufzutauchen und meine Männer zu verprügeln. Scher dich zum Teufel", spie sie.

„Was ist, wenn ich ein Ziel für dich hätte, an dem sogar du dir die Zähne ausbeißen würdest?", fragte er und versuchte, sie sofort mit Talron anzulocken.

„Auch dann nicht. Als würde ich mit einem Verräter wie dir zusammenarbeiten! Sieh zu, dass du Land gewinnst, sonst hetz ich dir meine Profikiller auf den Hals!"

Liyuan wandte sich ab und verließ die große Eingangshalle des Bürogebäudes wieder. Er schlug mit einer Faust leicht gegen den Tresen, so schnell konnte er nicht aufgeben, denn er brauchte ihre Macht. Liyuan war schließlich Ashael, ein Cherub, der einst Eden bewacht hatte. Gott hatte sie verstoßen, weil Timoteo und später auch die Dämonen in Eden eingedrungen waren. Ein unbekannter Engel hatte ihm damals geholfen und einen Tipp gegeben, wie er an den zwei Cherubim vorbeischlüpfen und in den göttlichen Garten gelangen konnte, um an eine Perle zu gelangen. Liyuan und der andere Cherub, dessen Namen er nicht kannte, fielen seinetwegen in Ungnade. Gemeinsam mit vielen anderen Engeln, die die Dämonen nicht schnell genug aus Eden vertreiben konnten. Von allen Engeln, die seinetwegen zu Gefallenen geworden waren, hegten die zwei Cherubim wohl den größten Groll gegen ihn.

Zumindest tat Liyuan das.

Sie nach so vielen Jahren wiederzusehen, ließ eine Erinnerung wieder aufleben. Der Engel, der ihm damals dabei geholfen hatte, überhaupt an die Perle zu gelangen, war ganz anders als die bisherigen Engel, die ihm begegnet waren. Nicht nur, dass dieser Engel eine mächtige Aura um sich hatte, womit seine alleinige Präsenz ihn so sehr überwältigen und unterdrücken konnte, dass er nicht einmal seinen Kopf hatte heben können, um ihn anzusehen. Er erinnerte sich nur daran, dass dieser Engel barfuß gewesen war, mit goldenen Metallbändern um dessen Knöchel, die im Nachhinein fast wie Fußfesseln gewirkt hatten. Was sich aber damals in sein Gedächtnis eingebrannt hatte, war die Feder, die aus seinen Flügeln zu ihm hinuntergeschwebt war. Weiß, wie die eines jeden Engels, mit dem Unterschied, dass die Spitze einen roten Schimmer gehabt hatte. Liyuan wiederzusehen, erinnerte ihn wieder daran, denn auch ihre Flügel waren vor ihrem Fall weiß wie Schnee, ihre Federspitzen aber mit goldenen Pigmenten versehen. Eine solche Färbung hatte er bisher nur bei Liyuan und dem unbekannten Engel gesehen, kein anderer hatte diese. Timoteo lief ihr rasch nach und sah sie in einen Aufzug einsteigen. Hastig sprintete er los und zwängte sich zwischen die schließenden Aufzugtüren, ehe sich diese hinter ihm schlossen.

„Du bist ja immer noch hier", schimpfte sie sofort und strafte ihn mit wütenden Blicken. Liyuan stand in der Mitte des Fahrstuhls, umringt von ihren Bodyguards. Das Licht des Aufzugs ließ das goldene Interieur noch heller erscheinen und blendete ihn leicht. Sie sah zu einem Mann rüber und gab ihm ein Wink mit dem Kopf als Zeichen. Der Mann nickte und sprach daraufhin einige Worte in sein Funkgerät. Es war zwar auf Chinesisch, doch er konnte sich schon vorstellen, was er angefordert hatte.

„Bitte gib mir nur fünf Minuten. Es geht nicht nur um den Dämon, sondern auch darum, was damals in Eden passiert ist. Ich muss dich etwas fragen", erklärte er sich und hoffte darauf, dass sie ihn anhören würde. *Ding.* Im nächsten Moment glitt die Tür hinter ihm auf, und eine Gruppe von Männern, allesamt in feinen schwarzen Anzügen, stand vor dem Fahrstuhl. Einer der Männer neben Liyuan gab ihm einen kräftigen Stoß, durch den er aus dem Aufzug hinaus stolperte.

„Ergreift ihn."

Zwei Männer packten seine Arme und hielten ihn in einem festen Griff gefangen. Liyuan winkte mit einer Hand ab und ein größerer Mann baute sich vor ihm auf, der ihn bedrohlich von oben herab musterte. Timoteo realisierte zu spät, was geschah, als eine Faust sich in seine Magengegend grub und die Luft mit einem lauten Keuchen aus seinen Lungen drang. Seine Knie gaben seinem Gewicht etwas nach, als er zu Boden sank, und die Männer ließen von ihm ab.

„Ich habe dich gewarnt. Oder habe ich das nicht?", sagte sie. Timoteo hustete schwer und führte eine Hand zu seinem schmerzenden Bauch. Er blickte über seine Schulter zu ihr und sagte nichts dazu, als sie sich hinter ihn stellte und ihn mit ihrem Zorn beinahe wie mit Speer-spitzen durchbohrte. „Ich war Kandidatin, um Michaels Platz als Erz-engel zu übernehmen, und hätte gegen Nuriel gute Chancen gehabt, wenn du nicht gewesen wärst. Stattdessen verrotte ich hier auf der Erde als Gefallene."

Er sog scharf Luft ein, jedoch nicht, weil ihre Stimme nur so vor Gift strotzte. War Mariella wirklich eine Kandidatin für den Titel des Erz-engels gewesen? *Warum hat sie das nie erwähnt?* Timoteo biss sich auf die Unterlippe und kniff seine Augen zusammen. Er hatte ihr so eine Zukunft verbaut und sie hatte ihm das nie übel genommen, stattdessen half sie ihm sogar bei der Suche nach den Perlen, und zum Dank kam er ihr stets mit Misstrauen entgegen.

„Holt Yijian her, er soll sich um ihn kümmern", befahl sie harsch.

„Was ist, wenn jemand Größeres dahintersteckt?", fragte er, und als er sich zurückdrehte, stoppte Liyuan in ihrer Bewegung. Ihre Haare glit-ten wie Seide durch die Luft, als sie sich ihm zuwandte und ihre Augen misstrauisch verengte. „Überleg doch mal. Ich bin als Schutzengel an die Erde gebunden, wie könnte ich jemals allein in den Himmel gelan-gen und noch dazu in Eden eindringen. Deswegen muss ich dich etwas fragen, was nur du mir beantworten kannst!"

„Spuck's aus."

„Ein Engel ist vor mir erschienen, mit einer Macht größer als sich ein Jemand vorstellen könnte. Ich konnte ihn noch nicht einmal anse-hen, weil ich so sehr von seiner Macht unterdrückt wurde. Aber er er-zählte mir von den Perlen, von Eden und dass zwei Cherubim Wache stünden. Er erzählte mir auch von den losen Ziegeln in Edens Mauern", fing er an und versuchte, sich an so viele Einzelheiten wie möglich zu erinnern. Liyuan setzte sich auf einen weißen Stuhl, der neben einem kleinen Glastisch vor dem Aufzug stand. Sie schlug ein Bein über das andere und tippte ungeduldig mit einem Finger auf ihr Knie.

„Als ich durch sein Portal in den Himmel kam, habe ich dich gese-hen. Ich habe deine Flügel gesehen und deine Federspitzen waren gold-gefärbt."

„Natürlich waren sie das, ich war immerhin ein Cherub. Aber jetzt sieht man dank der Flammen des Verrats nichts mehr davon, und das ist deine Schuld", fluchte sie mit vor Zorn verzerrtem Gesicht.

„Dieser Engel hatte auch gefärbte Spitzen! Eine Feder hatte sich gelöst und ich kann mich noch genau daran erinnern. Die Spitze war rot."

Liyuan sprang vom Stuhl auf und sah ihn erschrocken an. „Wieso sollte ich den Worten eines Verräters glauben?", fragte sie und starrte ihm tief in die Augen. Timoteo erwiderte ihren Blick mit aller Entschlossenheit und Ehrlichkeit, die er aufbringen konnte.

„Welchen Grund hätte ich dich anzulügen oder dir etwas vorzumachen?"

„Holt Yijian! Beeilung", rief sie aufgeregt und einer der Männer verließ den Gang eilig. Liyuan führte einen Daumen zu ihren Lippen und knabberte gedankenverloren an ihrem Nagel, während sie vor dem Sitzbereich auf und ab ging. Das Klingeln des Fahrstuhls erklang und seine Türen gingen auf.

„Du hast gerufen, Schwester?" Hinter ihm trat ein großer und sehr muskulöser Mann in das Zimmer. Seine schwarzen Haare waren kurz, aber nach hinten frisiert, und er trug ebenfalls ein traditionell chinesisches Gewand, bestehend aus einem weißen ärmellosen Oberteil und schwarzen weiten Hosen, die von einem roten Gürtel festgehalten wurden. Sein Blick wanderte zu Timoteo und verfinsterte sich im nächsten Atemzug. „Was macht der Verräter hier?"

Jetzt erkannte er die Stimme, er muss der andere Cherub gewesen sein.

„Er hat gerade etwas sehr Interessantes erzählt", antwortete Liyuan und winkte ihren Männern ab. „Steh auf und setz dich, Sariel."

Das ließ er sich nicht zweimal sagen und stellte sich wieder auf die Beine. In der Gegenwart von zwei ehemaligen Cherubim fühlte er sich besonders klein und er würde es nicht wagen, noch mehr ihres Zorns auf sich zu ziehen. Während er sich zum Sitzbereich begab, weihte Liyuan Yijian in alles ein, was er ihr eben erzählt hatte. Timoteo ächzte leise, als er sich auf den Stuhl fallen ließ und sein Bauch erneut Schmerzsignale durch seinen Körper sandte.

„Ach du Scheiße, wenn das wirklich wahr ist … dann." Verwundert über die Worte des größeren Cherubs, beobachtete Timoteo diesen. Yijian hatte seine Hände zu Fäusten geballt und seinen Blick zu Boden

gewandt, unsicher, was er darüber denken sollte.

„Es gibt nur drei Engelsgruppen mit gefärbten Federspitzen. Wir Cherubim mit goldenen Spitzen, die Throne mit blauen Spitzen und …" Liyuan schwieg für einen Moment, als würde sie es nicht wagen wollen, es auszusprechen. „Und die Seraphim mit roten Spitzen."

Es war also ein Seraph, der ihm dabei geholfen hatte, eine Perle zu stehlen? Kein Wunder, dass seine Macht so überwältigend war.

„Aber warum würde ausgerechnet ein Seraph mir dabei helfen, in Eden einzubrechen?"

„Die anderen Engel wissen das nicht. Das ist ein Geheimnis, dass nur uns Cherubim, Throne und Seraphim anvertraut wurde, da wir dem Herrn am nächsten waren", sagte Liyuan und führte ächzend eine Hand zu ihrer Stirn.

„Die Macht des Herrn ist an diese Perlen gebunden. Würden die Perlen verschwinden, würde auch seine Macht verschwinden", beendete Yijian die Erklärung. Timoteo hielt seinen Atem und schluckte laut. Deshalb drängte Gott ihn in letzter Zeit so sehr dazu, die Perlen zu finden.

„Wir haben anscheinend einen zweiten Luzifer in unseren Reihen", murmelte Liyuan und sah Yijian und ihn ernst an.

Kapitel 12

Eine Bedienstete brachte das Frühstück zum Tisch, während Diniel Emilia etwas Kaffee einschenkte. Sie hielt ihren Atem an, als sie ihre Augen über den üppig gedeckten Tisch wandern ließ – Eierspeisen, getoastetes Brot, Teller mit einer großen Variation an Schinken und Käse, Joghurt mit Obst, allerlei Konfitüren und andere Aufstriche. Wer sollte das denn überhaupt alles essen? Teo und Mariella waren außer Haus, Sophia hatte sie bisher nie beim Frühstück gesehen und Lucio ging ihr in letzter Zeit aus dem Weg, weswegen sie nun allein im Speisesaal saß. Als die Bedienstete noch einen großen Korb mit Gebäck auftischen wollte, streckte sie ihre Hand nach ihr aus und hinderte sie daran.

„Ich hab keinen großen Appetit, das ist nicht nötig", sagte sie mit einem gequälten Lächeln. Die Bedienstete neigte ihren Kopf leicht und nahm den Brotkorb wieder mit. Emilia lehnte sich in den Stuhl zurück und starrte auf den edlen Porzellanteller vor sich. Sie würde noch sehr, sehr lange brauchen, um sich an dieses Leben hier gewöhnen zu können. Gregorio trat an den Tisch heran und begrüßte sie mit einer Verbeugung.

„Miss Emilia, der Untergebene von Miss Mariella, ist soeben eingetroffen und möchte sich Ihnen vorstellen", erklärte er.

„Oh, bitte lassen Sie ihn gleich zu mir."

Gregorio winkte einem Bediensteten an der Tür zu und ein Mann betrat daraufhin den Raum. Er war groß! Bestimmt noch größer als Teo. Ein spitzbübisches Lächeln lag auf seinem schmalen Gesicht, und sie glaubte, seine braunen Augen kurz aufleuchten gesehen zu haben, doch so schnell verschwand es auch wieder. Ein Muttermal zierte seine linke Wange, direkt unter seinem Auge, und dunkelblonde Strähnen umrahmten sein leicht gebräuntes Gesicht, die ihm in leichten Wellen bis knapp unter das Kinn reichten.

„Yo, Morgen", sagte er locker, zog den Sessel neben ihr zurück und ließ sich auf den Sitz fallen. „In dieser Welt werde ich Enzo genannt." Mit einem strahlenden Grinsen stellte er einen Arm auf dem Tisch ab und lehnte seine Wange gegen seine Hand. Lucio hatte recht, Engel hatten tatsächlich die unterschiedlichsten Charaktere – Mariella und Sophia wirkten so wohlerzogen und Enzo schien wie das komplette Gegenteil der beiden. Auch sein Kleidungsstil war so viel lockerer, denn er trug ein schwarzes Shirt mit dem Namen einer Band darauf – *Dark Hydra* klang vom Namen her wie eine Rock-Band, oder Metal? –, ausgewaschene dunkle Jeans und auf seinen Händen erspähte sie auch einige silberne Ringe. Als er sich etwas näher zu ihr lehnte, blitzte ein Ohrring an seiner Ohrleiste auf.

„Freut mich. Mein Name ist Emilia", sagte sie und wandte sich wieder dem Essen zu, nachdem sie sich leise geräuspert hatte. Sie wollte nicht unhöflich sein und ihn zu sehr anstarren.

„Du bist also der Mensch, der 'ne Gottesperle in sich trägt." Enzos musternder Blick entging ihr nicht und sie zuckte unbewusst etwas zusammen. Sie hatte es sich nicht ausgesucht, eine Perle in sich zu tragen. Emilia legte etwas Schinken über das getoastete Brot, und bevor sie nach dem Käse greifen konnte, hatte er den Teller bereits in den Händen und hielt ihn ihr näher hin. Sie nickte ihm zum Dank zu und nahm etwas von dem Schnittkäse.

„Wenn du Mariellas Untergebener bist, bist du dann auch ein Engel der Gewalten?" Sie versuchte, das Gesprächsthema zu wechseln, auch um ihre eigene Neugier zu sättigen und herauszufinden, mit was für einem Engel sie hier zu tun hatte, abgesehen von seiner lockeren Art. Ein wölfisches Grinsen bahnte sich auf seinen Lippen an, und beinahe schon theatralisch fuhr er mit einer Hand durch seine dunkelblonden Strähnen.

„Ich bin Mariellas rechte Hand und steh ihr in ihrer Stärke in nichts nach. Ich habe die meisten Dämonen von allen erlegt, als sie damals in Eden eingedrungen sind!", erklärte er stolz, während eine Bedienstete ein Gedeck zu seinem Platz brachte. „Im Gegensatz zu Sophia, die sich

damals einfach aus'm Staub gemacht hat. Aber keine Panik, ich werde als Bodyguard ausreichen!"

„Halt den Mund, Enzo. Glaub ihm bloß kein Wort, aus seinem Mund kommt nichts anderes als Lügen." Sophia stand mit verschränkten Armen vor der Tür, sie blickte genervt zu Enzo, der nur spöttisch darüber lachte.

„Was willst du denn jetzt?", murmelte er und erhob sich vom Stuhl. Das Lächeln auf seinen Lippen verschwand und für einen Moment verdunkelte sich sein Gesicht auf einer Art und Weise, dass sie befürchtete, er würde Sophia jeden Moment angreifen. Wenn er Mariellas Untergebener war, dann war er doch mit Sophia in einer Einheit und sie haben bestimmt oft zusammengearbeitet.

Sophias genervtes Zischen riss sie aus ihren Gedanken heraus. „Der Boss hat dir bestimmt gesagt, was du zu tun hast, also lass deine Spielchen sein."

Enzo lief zu Sophia und neigte sich etwas zu ihr, ein Lächeln kehrte auf seine Lippen zurück und verengte dabei seine Augen. Sie wirkte so viel kleiner in seiner Präsenz, aber Emilia konnte trotz des Lächelns einen bedrohlichen Ausdruck auf Enzos Gesicht erkennen.

„Du sagst es. Der Boss hat mir Befehle gegeben, also sag mir nicht, was ich zu tun habe", drohte er leise und stieß unsanft gegen ihre Schulter, als er den Speisesaal verließ.

Sophia sah ihm noch kurz nach – ihre kühle Mimik verriet ihren Unmut nicht, wenn sie denn über Enzos Art verärgert war – und verließ den Speisesaal schließlich auch. Engel waren schon sehr seltsame Wesen und hatten irgendwie rein gar nichts mit den Geschichten gemein, die sie sonst aus der Bibel oder anderen Quellen gehört hatte. Bevor Gregorio die Tür wieder schließen konnte, hielt Emilia ihn auf.

„Gregorio, was für ein Engel sind Sie eigentlich?", fragte sie neugierig. Teo hatte in seinem Anwesen so viele Bedienstete, und nachdem sie von Lucio über all die unterschiedlichen Ränge von Engeln gehört hatte, war sie neugierig, wie viele Engelstypen sich in diesem Anwesen wohl aufhielten. Wenn sie für längere Zeit hierbleiben müsste, dann fand sie, sollte sie sich auch mit den Bediensteten vertraut machen. Der Butler erhob seine Augenbrauen in Verwunderung.

Oh nein, bin ich etwa in ein Fettnäpfchen getreten? „Entschuldigen Sie, falls diese Frage unangebracht war. Ich hab mich nur gefragt, was für andere Engel noch im Anwesen sind", erklärte sie.

„Verzeihen Sie meine Reaktion, Miss, aber ich bin ein Mensch", sagte Gregorio und lächelte sie freundlich an.

Oh.

„Dann sind die anderen Bediensteten auch?"

„Nicht alle, aber ein großer Teil."

Emilia blickte zu den Bediensteten, die gerade den Speisesaal betreten hatten und sich neben Gregorio stellten. „Haben Sie noch einen Wunsch, Miss?", fragte ein Dienstmädchen und sie antwortete mit einem Kopfschütteln.

Aber sie hatte dafür einen ganz anderen Wunsch und zog den Stuhl neben sich zurück. „Bitte setzen Sie sich zu mir, Gregorio. Darf ich Ihnen weitere Fragen stellen?" Der Butler sah zu dem Stuhl rüber und wandte seinen Blick wieder zu ihr. Sie nickte zu ihrer Seite und blinzelte ihn mit großen Augen an, ehe er schmunzelte und sich schließlich neben sie setzte.

„Wie lange kennen Sie Teo schon und wie kommt's, dass Sie jetzt für ihn arbeiten?", fing sie prompt an und schob den Teller etwas von sich, um ihre Arme auf dem Tisch abzustützen.

„Ich kenne Meister Timoteo schon seit dreizehn Jahren. Damals stand ich am Rande des Ruins, als er mich aufgenommen hatte, und ich verdanke ihm mein Leben. Miss Mariella hatte dieses Anwesen erworben und Meister Timoteo wollte, dass ich hier aushelfe. Das war das Mindeste, was ich für ihn tun konnte. Die anderen Bediensteten hatten ähnliche Erlebnisse."

Gregorio schwelgte lächelnd in Erinnerungen und Emilia ließ sich davon anstecken. „Wenn Sie mir eine Bemerkung erlauben würden. Seitdem Sie hier sind, lächelt der Meister viel mehr und er sieht weniger müde aus", sagte er. Wärme schoss in ihr Gesicht und das Lächeln auf ihren Lippen drohte noch breiter zu werden, wenn ihre Wangen nicht bereits schmerzen würden. Das wäre natürlich schön, wenn sie Teo auch glücklich machen konnte und er sich in ihrer Gegenwart ebenso wohlfühlte, wie sie das bei ihm tat. Nach dem Gespräch mit Teo konnte sie in jener Nacht kein Auge zu machen. Sosehr sie über all die Pros und Kontras nachgedacht hatte, so kam sie am Ende dennoch zu dem Entschluss, dass sie zumindest einen Versuch wagen würde. Vielleicht würde die Beziehung mit ihm nach einigen Monaten in die Brüche gehen, vielleicht würde sie auch lange halten. Niemand konnte die Zukunft vorhersagen. Aber Teo wollte nicht, dass sie in ihrem Leben etwas bereuen würde, und sie würde es definitiv bereuen, wenn sie es nicht wenigstens versucht hätte. Er war ein gut aussehender, aufmerksamer und liebevoller Mann, der durchaus auch an ihr Interesse zeigte. Wieso sollte sie das ignorieren, nur weil er ein Engel war?

„Haben Sie noch weitere Fragen zu dem Meister?" Gregorio zog sie aus ihrem Gedankenzug heraus und sie schüttelte den Kopf. Um Teo besser kennenzulernen, waren Verabredungen am besten, und sie wollte die Bediensteten nicht zu sehr löchern.

„Aber etwas anderes. Haben Sie Lucio gesehen?"

Mit ihm hatte sie auch noch Dinge zu klären. Er verhielt sich immer so seltsam, wann immer sie über Teo sprach, und sie musste dem auf den Grund gehen. Sie wollte sich nicht mit ihrem Schutzengel streiten.

„Ich meine ihn Richtung Garten gehen gesehen zu haben", antwortete er und erhob sich vom Platz. Emilia bedankte sich für diese Information und verließ den Speisesaal schließlich.

Sie durchquerte den Eingangsbereich und öffnete die Tür zum Durchgang, der rechts neben den Treppen lag. Etliche bunte Blütenblätter lagen auf dem Parkettboden, die wohl vom Wind hineingetragen worden waren, und einige weitere gesellten sich zu diesen, nachdem sie die große Glastür geöffnet hatte, die in den Garten führte. Es war aber nicht Lucio, den sie dort erwartet hatte, sondern Sophia, die vor einem Beet von roten Blumen hockte und … mit ihnen redete? Dass Sophia sich so sehr um Blumen kümmern würde, hätte sie nicht erwartet.

„Ich war kurz davor, aber Talron hat ihn irgendwie vernichtet und sie gestohlen. Ich weiß doch auch nicht, wie er an die Informationen gelangen konnte … Ja … Verzeihung. Ich weiß … aber es ist nicht so leicht, an sie zu gelangen, es ist noch jemand zum Schutz dazugestoßen … in Ordnung."

Sie verstand den Inhalt ihrer Worte nicht wirklich, aber Sophia sah so aufgebracht aus und vielleicht konnte sie ihr irgendwie helfen. Ehe sie den Garten betreten konnte, legte sich eine raue Hand um ihren Mund und sie wurde mit einem kräftigen Ruck zurückgezogen. Panik machte sich in ihr breit, als sie versuchte, sich aus dem Griff dieser Person zu befreien. *Ist ein Dämon ins Anwesen eingebrochen und entführt mich jetzt?* Alle hatten ihr doch versichert, hier in Sicherheit zu sein.

„Shh, ich bin's, Enzo. Bitte bleib ruhig", flüsterte er ihr ins Ohr und lockerte seinen Griff, nachdem sie sich beruhigt hatte. Enzo schlug die Tür des Durchgangs lauter zu und legte einen Arm um Emilias Schultern. Sophia schreckte hoch und drehte sich in ihre Richtung

„So 'n Spaziergang kann richtig belebend sein!", sagte er laut, als er die Glastür zum Garten öffnete und sie mit sich zog. Sophia verengte ihre Augen und ließ ihren Blick misstrauisch zwischen Enzo und Emilia hin und her schweifen.

„Oh, hey. Schnappst du auch etwas Frischluft?", fragte er grinsend. Emilia verstand nicht, was vor sich ging, zu tief saß der Schreck noch über den vorherigen Moment.

„Was geht es dich an, was ich mache?", gab sie nur genervt zurück und lief an ihnen vorbei ins Anwesen hinein. Als die Durchgangstür ins Schloss fiel, tätschelte Enzo ihre Schulter und ließ wieder von ihr ab.

„Was war das denn?", flüsterte sie wütend. Ihr Herz schlug noch immer kräftig gegen ihren Brustkorb.

„Sorry, wollte dich eben nicht erschrecken", sagte er nur knapp und lief zu dem Blumenbeet hin, an dem Sophia eben noch gestanden hatte, und ging in die Knie. Enzo riss eine der Blumen aus der Erde und sah sie von allen Seiten an. „Weißt du, was das für Blumen sind?" Emilia starrte ihn sprachlos an. Erst packte er sie urplötzlich aus dem Hinterhalt und jetzt fragte er, was für Blumen das seien, als wäre nie etwas gewesen?

„Sophia, sie … hasst's, gestört zu werden", fing er an. Er warf die Blume achtlos ins Beet zurück, stellte sich wieder auf und verschränkte die Arme. Doch er hatte seinen Blick auf den Boden fixiert. „Als ich dich gesehen habe, musste ich dich eben zurückhalten, sonst wäre sie noch mehr an die Decke gegangen", sagte er.

„Und das kannst du nicht wie eine normale Person machen?"

Enzo raufte sich die Haare, als er seinen Blick erhob und schnalzte mit der Zunge. „Sorry, okay? Ich bin 'n Krieger, ich habe keine Ahnung, wie ihr Menschen tickt."

Emilia stieß ihren angehaltenen Atem aus und klopfte sich leicht auf die Brust, um ihr erschrockenes Herz etwas zur Ruhe zu bringen. „Außerdem hab ich nicht viel mit euch zu tun", nuschelte er so leise, dass sie es fast nicht verstanden hätte. Diese Engel waren wirklich allesamt seltsam.

„Wie auch immer. Ich bin kein Gärtner, ich weiß nicht, was für Blumen das sind. Frag die Person, die sich hier um den Garten kümmert."

Unzufrieden mit ihrer Antwort zischte er genervt und verließ den Garten wieder. Hoffentlich würde Teo schnell wieder zurück sein, sonst würden die nächsten Tage bestimmt im Chaos enden. Seufzend warf sie einen Blick auf die Blumenbeete in dem Garten. Wo zum Teufel trieb sich Lucio überhaupt rum? Sie bekam ihn in den letzten Tagen kaum noch zu Gesicht, war er etwa sauer auf sie? Es brachte nichts, hier blöd in der Gegend herumzustehen, sie musste ihn finden und mit ihm reden, so machte sie sich auf die Suche.

Durch die Sicht von ihrem Balkon aus, wusste sie, wie groß dieser Garten war und dass man wunderbar Spaziergänge machen konnte, als hätte sie einen eigenen Park in ihrem Zuhause. Sie musste über den Gedanken lachen, dieses Anwesen könnte tatsächlich bald ihr neues Zuhause werden, wenn sie eine Beziehung mit Teo eingehen würde. Sie hätte dann endlich wieder ein belebtes Zuhause, mit einer besonderen Person, zu der sie nach einem langen Arbeitstag zurückkehren könnte. Ob er wohl genauso empfinden würde? Verträumt wandte sie ihren Blick zum Himmel empor. Wenn es Engel gab, dann musste es tatsächlich einen Gott geben und einen Himmel. Lucio hatte erzählt, dass mit jedem Menschen auch ein Engel geboren werden würde. Ob Teo und sie wohl in einem vorherigen Leben beisammen waren, weswegen sie dieses vertraute Gefühl zu ihm hatte, beinahe wie mit einem Seelenverwandten? Emilia wurde als Mensch wiedergeboren und er war in diesem Leben ein Engel. Sie verengte ihre Augen, als sie sich an seine dunklen Flügel erinnerte – sie waren also das Zeichen eines gefallenen Engels, denn Lucios waren schließlich noch immer weiß. Was könnte

Teo wohl angestellt haben, dass er in Ungnade gefallen war?

Liegt das nicht auf der Hand? Indem sie Gottes Liebenswürdigkeit verletzen, hintergehen und enttäuschen, Lucios harsche Worte hallten in ihren Gedanken wider. Es klang so, als hätte Teo ein Verbrechen begangen, und sie wunderte sich, ob Lucio mehr darüber wusste, es ihr aber nicht erzählen wollte. Ihre Aufmerksamkeit wurde auf eine beigefarbene Steinmauer mit einem Sichtschutz aus dunklem Metall gelenkt. Formen von kahlen Bäumen waren in dem Sichtschutz eingearbeitet, dahinter schwebten einige goldene Partikel. Damit war sie zum Ende des Gartens gelangt und bog links ein, um über die andere Seite zum Anwesen zurückzukehren. Zwischen den Bäumen entdeckte sie eine weiße Bank, auf der jemand saß. Er hatte seine Arme über die Rückenlehne gestreckt und seinen Kopf nach hinten gelehnt, als würde er in den Himmel blicken.

„Hier bist du", sagte sie und ging auf ihn zu. Endlich hatte sie ihren Schutzengel gefunden und würde ihn nicht so schnell gehen lassen, sollte er ihr wieder aus dem Weg gehen wollen. Lucio hob seinen Kopf und sah sie etwas missmutig an, als sie sich vor ihn stellte.

„Ich habe dich überall gesucht. Was ist los? Und sag nicht, dass nichts ist, sonst würdest du dich nicht vor mir verstecken." Lucio atmete laut aus und sah ihr in die Augen. „Ich will mich nicht mit dir streiten. Du bist so aus der Haut gefahren, als ich dich wegen Teo ausgefragt hab, und ich hab bemerkt, dass ihr nicht die besten Freunde seid", sagte sie weiter.

„Als würde ich mich mit einem gefallenen Engel anfreunden. Schlimm genug, dass jetzt noch einer dazugekommen ist, der auf dich aufpassen soll", antwortete er genervt. Es war immerhin ein Anfang. Emilia setzte sich neben ihn, lehnte sich nach vorn und stützte ihr Gesicht auf beiden Händen auf.

„Ich will ehrlich zu dir sein. Ich habe mich in Teo verliebt und ich will mit ihm zusammen sein." Lucio sprang hoch und sie schloss ihre Augen, während sie in ihren Gedanken zählte und sich auf den Ausbruch eines Vulkans gefasst machte.

3, 2, 1.

„Wie bitte? Weißt du überhaupt, was du da sagst? Emilia, da draußen gibt es Millionen von menschlichen Männern, die dich ganz bestimmt auf Händen tragen würden und alles tun, um dich glücklich zu machen! Du hast es nicht nötig, dich auf einen gefallenen Engel einzulassen!" Seine Stimme troff vor Gift und vor Frust, als würde er nichts mehr hassen als gefallene Engel. Als würde er *Teo* hassen. „Du kennst ihn doch überhaupt nicht! Lass dich nicht von seinem Äußeren täuschen", sagte er weiter.

„Ja, ich kenn ihn erst seit etwa einer Woche. Genauso kenn ich dich, seit etwa einer Woche. Aber ich spüre, dass da eine Bindung zwischen ihm und mir ist." Emilia versuchte ihre Gefühle in Worte zu fassen, sie schaffte es nach wie vor nicht wirklich. Es war so seltsam.

„Ich bin dein Schutzengel! Ich bin seit …" Sie blickte zu ihm auf, als er seine Worte verschluckte. Lucio biss sich hart auf die Unterlippe, seine Hände waren zu Fäusten geballt und zitterten, und er sah so frustriert, so verzweifelt aus. Er mochte ihr Schutzengel sein, der seit dem Beginn ihres Lebens an ihrer Seite war, dennoch änderte es nichts an der Tatsache, dass sie ihn genauso lang kannte wie Teo. „Ich will nicht, dass dir seinetwegen etwas passiert. Oder dass er dich ins Unglück stößt", sagte er leise und Emilia sprang auf.

Lucio erstarrte, nachdem sie ihre Arme um seinen Rücken gelegt und ihr Gesicht an seine Brust gedrückt hatte. Ihn so aufgebracht zu sehen, versetzte ihrem Herzen einen unangenehmen Stich, doch sie hoffte, dass er sie irgendwann verstehen könnte.

„Das ist ein Teil des Lebens, Lucio. Wenn man vor Angst und Sorge nichts versucht, hat man dann überhaupt gelebt? Mir ist klar, dass eine Beziehung mit ihm vielleicht nicht das wird, was ich mir vorgestellt habe. Aber vielleicht wird er der Mann an meiner Seite sein, wenn ich alt und grau bin. Ich werde es nicht wissen, wenn ich's nicht versucht habe."

Die Muskeln unter ihren Fingern entspannten sich langsam und er ließ seine Schultern sinken. Emilia umarmte ihren Schutzengel noch enger. Sie hörte oft, dass Schutzengel ihre Schützlinge über alles liebten, und diese Liebe in diesem Moment zu spüren, erwärmte ihr Herz. Er machte sich Sorgen und natürlich wollte er das Beste für sie, aber seit dem Tod ihrer Eltern wollte sie ihr Leben ohne Reue leben. Ein

Ende würde früher oder später kommen, also wollte sie zufrieden und glücklich zu ihren Eltern gehen und ihnen stolz von ihren Erlebnissen erzählen.

Lucio legte seine Arme um sie und lehnte seinen Kopf gegen ihren. „Bitte versprich mir wenigstens, dass du vorsichtig bist. Und auf dich aufpasst."

„Versprochen." Lucio seufzte erleichtert und ihr entwich ein leises Lachen, ehe sie sich von ihm löste.

Sie tätschelte seine Schulter und schenkte ihm ein Lächeln, das er erwiderte. „Ich will Claudia ins Anwesen einladen und nachher mit ihr in die Stadt fahren. Hilfst du mir dabei, die Bediensteten zusammenzutrommeln?"

„Zusammentrommeln?"

„Ich hatte die Idee, dass Teo ein entfernter Verwandter ist und seine Familie wollte, dass ich im Anwesen lebe, damit ich nicht mehr so allein bin. Ich hasse es, Claudia anzulügen, aber ich will sie nicht in die Sache mit den Dämonen hineinziehen", erklärte sie und ließ sich wieder auf die Bank fallen. Sie blickte in den wolkenlosen Himmel hoch und ließ sich von der Sonne wärmen, während sie überlegte, wie sie ihre Beschützer und Lucio vorstellen sollte. „Vielleicht würden du, Enzo und Sophia auch so etwas wie Cousins und Cousine sein? Vierten Grades, oder so?"

„Und die Bediensteten sollen eingeweiht werden? Das wäre tatsächlich keine schlechte Idee", sagte er und machte einen Schritt auf sie zu. „Gut, ich trommle alle zusammen und wir treffen uns in zehn Minuten im Eingangsbereich." Lucio strich kurz über ihren Kopf und verließ schließlich den Garten. Sie sah ihm mit einem Lächeln nach, froh darüber, dass sie sich ausgesprochen hatten. Hoffentlich würde Lucio es Teo nicht allzu schwer machen, denn er würde seine Abneigung gefallenen Engeln gegenüber bestimmt nicht von heute auf morgen ablegen.

Der ganze Stab der Bediensteten stand nun im Eingangsbereich vor Emilia – Gregorio in der Mitte, Diniel neben ihm und die Dienstmädchen und Dienstburschen, ebenso wie der Koch hinter ihnen. Lucio, Sophia und Enzo standen an der Seite. Ihr Herz pochte kräftig gegen ihre

Rippen und es machte sie etwas nervös, die Aufmerksamkeit des Dienstpersonals auf sich zu haben, nur weil sie diese in ihre Pläne für Claudia einweihen wollte. Ihr fehlte das Charisma, die eine Lady eines solchen Hauses haben musste, also versuchte sie, ihre Angst herunterzuschlucken und nahm einen tiefen Atemzug.

„Also … danke, dass ihr alle erschienen seid. Ich hab eine sehr gute Freundin, die ein Mensch ist, und ich möchte sie hierher einladen. Ihr Name ist Claudia. Da ich sie aber nicht in meine Probleme reinziehen möchte, hatte ich die Idee, dass Teo, Lucio, Mariella, Sophia und Enzo entfernte Verwandte meiner Familie sind. Vor allem Teos Teil der Familie hätte darauf bestanden, dass ich hier leb. Es ist nur für den Fall, falls Claudia Fragen stellen sollte, und es ist mir wichtig, dass alle hier Anwesenden darüber Bescheid wissen."

Ihre Augen wanderten von Person zu Person. Während Gregorio und das Personal eine neutrale Mimik behielten, schenkte Diniel ihr ein breites Lächeln. Lucio hatte sie es schon erzählt und er nickte ihr nur verstehend zu. Sophia seufzte und verdrehte die Augen, und Enzo sah sich desinteressiert im Eingangsbereich um. Hoffentlich würden sie trotzdem bei dem Spiel mitmachen.

Gregorio trat einen Schritt vor und verbeugte sich vor ihr. „Haben Sie keine Sorge, Miss. Wir werden unser Bestmögliches tun."

Emilia lächelte erleichtert. „Vielen Dank, Gregorio."

Kapitel 13

Emilia lief vor dem Anwesen auf und ab und hielt nervös nach dem Auto von Claudias Freund Ausschau. Vor einer halben Stunde hatte sie mit ihrer besten Freundin telefoniert und sie hierher eingeladen, damit diese sehen konnte, dass es ihr gut ging. Seitdem Teo sie vor dem Dämon gerettet hatte, hatte sich ihr Kontakt zu Claudia nur auf einige Chatnachrichten reduziert. Sie musste erst selbst lernen, mit der Situation klarzukommen, auch wenn sie es bis jetzt noch nicht geschafft hatte, aber ihre Freundin sollte sich keine Sorgen machen. Vor ihrem Leben hier war Claudia neben ihrem Studium, ihrem Nebenjob und ihrem Traum, ihr einziger Lebensinhalt. Nach dem Tod ihrer Eltern machte sie sich nichts mehr aus oberflächlichen Bekanntschaften und sonst verband sie mit niemandem eine solche tiefgründige Freundschaft wie mit ihrer Claudia.

Jemand wuschelte durch ihre Haare und riss sie aus ihrem inneren Dilemma heraus. Lucio stand neben ihr und lachte auf. „Beruhig dich mal. Du tust so, als ob du deinen Eltern gleich deinen Freund vorstellen wirst", sagte er und tätschelte ihren Kopf.

„Ich hoffe nur, dass sie mir die Geschichte mit den Verwandten abkauft", murmelte sie unsicher.

„Mach dir keine Sorgen, wir wissen Bescheid und es wird schon alles glattgehen. Wirst du ihr auch von Timoteo erzählen?"

Emilia wandte ihren Blick zu Boden und knabberte leicht an ihrer Unterlippe. „Ein anderes Mal. Ich will erst mit Teo drüber reden und zumindest ein Date mit ihm haben, bevor ich Claudia irgendwas erzähle. Heute will ich einfach nur mit ihr in die Stadt fahren und Zeit mit ihr verbringen", sagte sie. Teo versicherte ihr zwar, dass er ihre Entscheidung akzeptieren würde, aber sie würde sich sicherer fühlen, wenn sie es direkt von ihm hörte. Bis dahin musste sie geduldig auf seine Rückkehr warten. Lucio strich weiter über ihren Kopf und lächelte sie an.

„Dann werde ich Sophia und Enzo nachher Bescheid geben, dass wir heute in die Stadt gehen."

„Danke."

Emilia schreckte auf, als das tiefe Brummen eines Automotors durch die idyllische Stille drang. Das letzte Mal, dass sie Claudia gesehen hatte, fühlte sich wie eine Ewigkeit an – vielleicht auch, weil so vieles in den vergangenen Tagen passiert war. Emilia erstarrte zu einem Brett, als das Auto von Claudias Freund vor ihr hielt und Claudia aus der Beifahrertür ausstieg. Ein strahlendes Lächeln erschien prompt auf dem Gesicht ihrer Freundin und sie kam nicht umhin, zurückzulächeln. Claudia verabschiedete sich von ihrem Freund und auch Emilia winkte ihm noch zu, als er wieder wegfuhr.

„Emi!", rief sie überglücklich nach ihr und lief auf sie zu. Claudia fiel mit einer Bärenumarmung über sie her und raubte ihr beinahe den Atem. Kichernd legte Emilia ihre Arme um Claudias Rücken und vergrub ihr Gesicht leicht in ihre Halsbeuge. Sie hatte sie schrecklich vermisst und wurde viel zu schnell von ihr weggeschoben, obwohl sie sie noch länger umarmen wollte. Claudias Hände lagen noch um Emilias Schultern und sie wurde von ihrer Freundin in alle Richtungen gedreht und inspiziert.

„Geht's dir gut? Du siehst so dünn aus! Können die sich nicht ordentlich um dich kümmern?"

„Ich hatte nur etwas Stress in den letzten Tagen, das hat sich aber wieder gelegt."

Claudia plusterte ihre Wangen leicht auf und sah sie empört an. „Im Stress isst du immer weniger als sonst, wenn überhaupt was. Das geht so nicht", schimpfte sie weiter, worüber Emilia die Augen leicht verdrehte. Claudia war schon wieder wie eine Glucke, die sie bemutterte, und sie tätschelte beschwichtigend über Claudias linke Hand, die ihre Schulter noch fest im Griff hatte. Lucio schmunzelte leise und erntete bereits die neugierigen Blicke ihrer besten Freundin.

„Das ist Lucio, einer meiner Cousins. Lucio, das ist Claudia", stellte sie beide einander vor. Lucio streckte ihr eine Hand entgegen, die Claudia überrascht schüttelte.

„Freut mich. Ich wusste nicht, dass Emi hier in Palermo auch Verwandte hat."

„Tja, das wusste ich auch nicht, bis ich vor einigen Tagen auf Teos Eltern gestoßen bin. Wir haben uns immerhin das letzte Mal gesehen, als meine Eltern noch am Leben waren und wir waren ja noch klein", sagte sie und schielte etwas nervös zu Claudia. Diese stupste mit ihrem Ellenbogen in Emilias Seite und Claudias Lächeln wurde dabei breiter.

„Deswegen habt ihr euch auf der Abschlussfeier nicht erkannt? Und ‚Teo'? Steht ihr euch schon so nah?", sagte sie mit einem frechen Grinsen. Emilia ignorierte ihre Bemerkung und schob sie in das Anwesen hinein.

„Du redest zu viel, lass uns reingehen!"

Claudia pfiff anerkennend, als sie jetzt im Eingangsbereich stand und sich umsah. „Wow, Timoteos Familie muss ja steinreich sein. Also meinen Segen hättest du schon mal!"

Emilias Herz flatterte leicht bei ihren Worten, aber es freute sie, dass Claudia zumindest nichts gegen Teo als potenziellen Partner hätte.

„Guten Tag, Miss. Willkommen im Hause di Calvaro." Gregorio kam ihnen entgegen und grüßte ihre Freundin mit einer Verbeugung. „Soll der Kaffee serviert werden, Miss Emilia?", fragte er und nahm Claudia die Handtasche ab, ehe er sich zu Emilia wandte und auf ihre Antwort wartete.

„Ja, bitte. Danke, Gregorio."

Er verbeugte sich knapp und brachte die Handtasche zur Garderobe, ehe er in Richtung Küche verschwand.

„Du wirst ja wie die Lady dieses Hauses behandelt! Ich bin so neidisch", sagte Claudia und Herzchen flatterten bereits aus ihren Augen, als sie Gregorio mit einem Schwärmen nachsah. Emilia zog sie ohne weitere Reaktion in den Salon, der sich an der Seite des Eingangsbereichs befand. Ausgestattet mit einem runden Holztisch und zwei braunen Ledersesseln, war es ein Raum, der speziell für den Empfang von Gästen vorgesehen war. Der Salon war wie der Rest des Anwesens mit

Blumenvasen, Büsten und edlen Gemälden dekoriert. Allerdings befand sich hier zusätzlich ein deckenhoher Schrank, vollgestellt mit Gläsern und verschiedenen Spirituosen, und eine alte Standuhr daneben, dessen Pendel leise klackte.

Emilia drückte Claudia in einen der Ledersessel und nahm ihr gegenüber im anderen Platz. Keinen Moment später kam Diniel mit einem Servierwagen in den Raum und servierte ihnen den Kaffee. Diniel goss den frisch gebrühten Kaffee erst in Claudias Tasse, anschließend in ihre und stellte zusätzlich eine Etagere mit Keksen und kleinen Kuchen auf den Tisch. Emilia lächelte, sie war noch so jung und beherrschte die Etikette besser, als sie es tat. Obwohl für Claudia und sie das wie eine andere Welt war, in die sie normalerweise nicht hineinpassen würden, wollte sie Gregorio später auf jeden Fall darum bitten, ihr einige Dinge beizubringen. Damit sie Teo und die anderen in seiner Familie bei zukünftigen Feiern nicht blamieren würde, sollte er tatsächlich eine Beziehung mit ihr eingehen.

„Kann Diniel sonst noch etwas für die Miss tun?"

„Nein. Danke, Diniel", sagte sie. Diniel machte einen leichten Knicks und verließ den Salon mit dem Servierwagen.

Claudias wohliger Seufzer klang durch den Salon, sie hatte die Tasse in der Hand und atmete den angenehmen Duft des Kaffees ein, bevor sie einen Schluck nahm und wieder zufrieden seufzte. Emilia goss etwas Milch in ihre Tasse und löste einen Würfel Zucker darin auf, ehe auch sie einen Schluck von dem heißen Getränk nahm. Normalerweise versuchte sie, den herben Geschmack mit zwei Zuckerportionen zu neutralisieren, doch Gregorio hatte eine besonders milde Sorte besorgt, die kaum gesüßt werden musste. Der Kaffee wärmte sie und sie lehnte sich zufrieden in dem Sessel zurück. Sie musste ihn beizeiten nach dieser Kaffeesorte fragen.

„Ich sag's dir, du musst dir diesen Kerl angeln. Schau dir doch an, in was für einem Luxus und Wohlstand er lebt", fing Claudia an. Das Klacken von Porzellan auf Porzellan hallte durch den großen Raum, als ihre Freundin die Tasse auf den Unterteller abstellte und sich in dem Salon umsah – ihre Augen strahlten dabei wie Edelsteine im Sonnenlicht. Von dem Luxus hatte sich Emilia in den vergangenen Tagen mehr als nur ein Bild machen können, das musste sie ihr nicht sagen.

„Du weißt ganz genau, dass ich darauf keinen Wert lege. Arm oder reich, das ist mir egal. Ich will mit einem Mann zusammen sein, weil ich ihn liebe und er mich liebt, und nicht nur, weil er Geld hat."

Claudia stellte ihre Ellenbogen auf dem Tisch ab und lehnte ihr Kinn an ihre Hand an. „Und du weißt ganz genau, dass ein Mensch nicht von Luft und Liebe leben kann. Sei doch einmal in deinem Leben gierig", sagte sie und spitzte die Lippen. Emilia nahm stumm einen weiteren Schluck von ihrem Kaffee. Sie wollte ihr nichts darauf antworten, denn dieses Gespräch führten sie nicht zum ersten Mal. Emilia war in ihrem Leben schon gierig genug, aber ihre Prioritäten lagen woanders – sie war gierig nach Freiheit und Unabhängigkeit. Gut, sie war auch gierig nach Teos Nähe, doch sie wollte ihn nicht bedrängen und seinen Willen respektieren, so wie er es bei ihr tat. Sie blickte auf das hellbraune Getränk in ihrer Tasse und dachte an den Moment zurück, als sie ihn beinahe geküsst hatte. Ein unbewusster Seufzer verließ ihre Lippen, ehe sie etwas von dem Kaffee trank – wie es wohl gewesen wäre, wenn er sich nicht zurückgehalten hätte?

„Wo ist dein Herzblatt überhaupt?"

Nachdem Emilia Claudias Bezeichnung für Teo gehört hatte, hustete sie laut, als sie sich an dem Kaffee verschluckte, und klopfte sich gegen die Brust. Claudia erhob ihre Augenbrauen in Verwunderung und sah sie erwartungsvoll an.

„Erstens ist er auf einer Geschäftsreise und zweitens ist er nicht mein Herzblatt!", antwortete sie empört. Zumindest war er im Moment noch nicht ihr Herzblatt, sie wollte seine Worte nicht als selbstverständlich hinnehmen oder etwas hineininterpretieren, was in Wahrheit vielleicht anders gemeint war. Sie hatte zwar für sich eine Entscheidung getroffen, aber sie kannte seine Gedanken dazu noch nicht und wollte nachher nicht mit einem gebrochenen Herz enden. Claudia verdrehte genervt die Augen.

„Ach komm, ich habe doch seinen Blick gesehen. An dem Tag, als ich dich abgeholt habe", fing sie mit einem breiter werdenden Grinsen an, die tiefen Lachfältchen unterstrichen ihre funkelnden grünen Augen. „Ich kenn Männer wie Timoteo. Ich sag's dir, es hat ihn auf der Abschlussfeier total erwischt und er steht auf dich. Er hat dich wie ein lie- bestrunkener Welpe angesehen!"

Liebestrunkener Welpe? Ein Bild von Teo mit anliegenden Hunde- ohren und traurigen Welpenblick erschien vor ihrem inneren Auge.

„Claudia, Stopp!"

Claudia erhob beschwichtigend ihre Hände und lehnte sich zurück. „Ich sage schon nichts mehr. Meine Güte."

Emilia musterte sie misstrauisch, beließ es aber dabei und trank den letzten Rest aus ihrer Tasse. „Hast du nachher noch Zeit? Ich würde gern in die Stadt fahren und einige Bücher ausleihen. Ich möchte mich für die Galerie in Rom vorbereiten und vielleicht auch etwas Inspiration finden", sagte sie.

„Oh, das trifft sich gut. Ich brauch auch noch was aus der Bücherei."

„Ich gebe den anderen Bescheid, dass ich mit dir in die Stadt fahre. Bin gleich wieder da", sagte sie und stand von ihrem Platz auf. Claudia nickte ihr zu und schlürfte gemütlich an ihrem Kaffee.

Emilia verließ den Salon und hielt nach Lucio und den anderen Aus- schau. Eines der Dienstmädchen sagte ihr, dass Lucio gerade in der Kü- che war und lief direkt dorthin. Nachdem sie die Tür geöffnet hatte, blickte sie verwundert zu den Personen, die dort an der Küchentheke standen. Lorenzo, der Koch des Anwesens, schnitt gerade etwas Ge- müse – vermutlich eine Vorbereitung für das Mittagessen nachher –, aber neben Lucio stand eine unbekannte Person. Eine junge Frau mit kinnlangen glatten Haaren, in einem dunkleren Braunton als ihre, und grünblauen Augen Emilias Augen wurden groß vor Schreck, als die Frau ihr Mustern wohl bemerkt hatte und dieses mit einem verärgerten ‚Was glotzt du mich so an'-Blick erwiderte.

„Bist du Oriphiel?", fragte sie. Sie konnte immer noch nicht glauben, dass die schlecht gelaunte Kommilitonin aus ihren Vorlesungen tatsäch- lich Claudias Schutzengel sein sollte.

„Und wenn's so wäre?", blaffte sie genervt zurück. Emilia erhob ihre Hände und lächelte vorsichtig. Sie wollte ihren Zorn nicht gleich beim ersten Kennenlernen auf sich ziehen, es reichte schon, zu wissen, wie sehr sie über die Vorlesungen geschimpft hatte. Wenn sie Claudias Schutzengel war, dann machte es jetzt mehr Sinn, dass sie den ‚langweiligen Scheiß' über sich ergehen lassen hatte.

„Ganz ruhig. Emilia kennt dich doch nicht", sagte Lucio und legte eine Hand über die Schulter des grimmig aussehenden Engels zu seiner Seite. Oriphiel verengte ihre Augen, warf ihm einen giftigen Blick zu und fletschte sogar die Zähne.

„Pack mich nicht an", presste sie knurrend hervor. Lucio zog seine Hand zurück und strich imaginäre Falten ihrer schwarzen Lederjacke glatt, um sie zu beruhigen. Oriphiel klatschte seine Hand weg, als wäre diese eine lästige Fliege, und Emilia glaubte, Funken aus ihren zornigen Augen sprühen gesehen zu haben. Lucio lachte nur unschuldig darüber, die beiden wirkten wie zankende Geschwister und dieser Gedanke entlockte ihr ein Lächeln.

„Ich habe Oriphiel in alles eingeweiht. Es war notwendig, da Sophia und Enzo mitkommen werden." Emilia nickte ihm zu. Das war verständlich. Vielleicht war Oriphiel deswegen so sauer auf sie, weil sie nun wusste, dass sie von Dämonen verfolgt wurde und auf den Schutz von zwei gefallenen Engeln angewiesen war.

„Ich lasse nicht zu, dass Claudia wegen mir etwas passiert. Sophia und Enzo sind stark und werden gut auf uns aufpassen", sagte sie und hoffte darauf, etwas von ihrem Unmut zu besänftigen. Teo hatte ihr versichert, dass sie mit Mariellas Untergebenen sicher war, und sie vertraute auf seine Worte, also konnte Oriphiel das auch. Diese schnalzte wütend mit der Zunge und lief ohne ein weiteres Wort an ihr vorbei.

„Wieso hat sich Oriphiel überhaupt als Studentin ausgegeben?", fragte sie nun neugierig. Lucio hielt sich stets im Hintergrund und er hatte sich ihr zuvor noch nie gezeigt – hatte sie ihn durch ihren Zorn so verletzt? – während Claudias Schutzengel so oft mit ihnen in den Vorlesungen saß.

„Ich glaube, sie wollte etwas von Claudias Aufmerksamkeit auf sich ziehen. Ich habe Oriphiel oft mit einem verträumten Blick gesehen und sie hat auch oft genug geschmollt, als sich Claudia über sie beschwert hat. Oriphiel wirkt nach außen etwas grob, sie weiß es nicht besser. Das hast du aber nicht von mir gehört", sagte er und lachte leise. „Sollen wir los? Claudia ist bestimmt schon ungeduldig."

Der Himmel über Palermo verdunkelte sich immer mehr und das laute Donnergrollen in der finsteren Wolkendecke übertönte das Klacken ihrer Schuhe auf dem Kopfsteinpflaster. Emilia und Claudia beeilten sich auf dem Weg zur Bücherei, nachdem einige Regentropfen auf ihrem Gesicht gelandet waren, denn an einen Regenschirm hatten sie beim Verlassen des Anwesens nicht gedacht. Es war Hochsommer und für Emilia war dieser Regen eine willkommene Abkühlung, klatschnass wollte sie allerdings auch nicht werden. Erst als sie die Bücherei erreichten, prasselte der Regen in einem lauten Schauer über die Stadt nieder.

„Glück gehabt", sagte Claudia lachend und strich sich störende Strähnen aus dem Gesicht, die der Wind ihr ins Gesicht wehte.

„Dann können wir uns ja Zeit lassen, bis der Regen nachgelassen hat", sagte Emilia und öffnete die Tür mit einer gespielten Verbeugung. „Meine Lady."

Claudia lachte heiter, machte einen Knicks und stolzierte in die Bücherei.

„Sollen wir uns an dem Tisch hier treffen?", fragte Claudia und deutete auf einen langen Tisch, an dem nur zwei andere Personen saßen und in ihre Bücher vertieft waren. Sie nickte ihr zu, das dürfte ein guter Platz sein, um in ihren Büchern zu schmökern.

Emilia machte sich auf die Suche nach dem Korridor über Kunst und Restauration und fand diesen nach einigen Minuten. Diese Bücherei war die Größte in ganz Palermo und es gab nichts, was sie nicht hatten. Sogar Werke über die antike Religion konnte sie finden, als sie in den nächsten Korridor spähte. Regale über Regale mit allerlei alten Wälzern. Sie nahm ein Buch über Engel in die Hand, und als sie dieses aufschlug, kam ihr der säuerlich, grasige Geruch von altem Papier entgegen. Vielleicht sollte sie sich etwas in diese Thematik einlesen, jetzt wo sie mit so vielen unterschiedlichen Engeln zu tun hatte und eigentlich kaum etwas über sie wusste.

Emilia fand darin einige Einträge zu den neun Chören der Engel, diesen Teil hatte Lucio ihr bereits erklärt. Ein Lächeln umspielte ihre Lippen, während sie durch die Seiten blätterte. In einigen Texten stand auch etwas explizit zu den Engeln ihrer jeweiligen Gruppen geschrieben. Luzifer, Michael und Gabriel kannte sie selbst noch. Die nächste Seite erzählte etwas über den Engel Seraphiel, ein Seraph, der in Gottes nächster Nähe stand. Ihre Finger strichen über die Zeichnung, die Seraphiel darstellen sollte, und sie fragte sich, wie dieser wohl in der Realität aussehen würde. In der Zeichnung hatte er lange blonde Haare, vom Farbpigment her könnte es der gleiche Ton wie Lucios Haare sein. Er trug eine weiße Robe, die seinen ganzen Körper bedeckte, und goldene Fesseln mit abgebrochenen Kettengliedern waren um seine Hand- und Fußknöchel befestigt. Seraphiels Flügel dürften, vom Alter des Werkes her, mit einem Bleiweiß gemalt worden sein, dessen Spitzen in einem dezenten Zinnoberrot getönt waren. Kaum waren ihre Finger zum Ende der Seite gelangt, führte sie das Buch näher zu sich. Diese Blumen, die um seine Füße gemalt waren, kamen ihr von irgendwoher bekannt vor. Ihre Blüten waren in einem kräftigen rot gemalt, es erinnerte sie an das Rot von Mohnblumen. Emilia blätterte zurück zu Michael, Gabriel und Luzifer. Jeder von ihnen war mit anderen Blumen abgebildet – waren diese etwa die Symbole der Engel?

Sie sah sich in ihrer Umgebung um und fand niemanden in ihrer Nähe, also konnte sie unauffällig Fotos von den Seiten machen und holte ihr Handy hervor. Vielleicht könnte sie dem Gärtner die Blumen zeigen und herausfinden, was für welche das waren. Rasch steckte sie das Handy in die Tasche ihres Cardigans zurück und blätterte neugierig durch das Buch weiter.

„Nephilim", las sie leise vor und hob ihre Augenbrauen in Verwunderung, von diesem Engel hatte sie noch nie etwas gehört. Ihre Augen wanderten vom Bild, worauf mehrere Nephilim scheinbar als Giganten in einer Schlacht gegen Menschen abgebildet waren, zum dazugehörigen Text. Das waren keine Engel, sondern Hybride, die aus dem Akt zwischen Engel und Mensch hervorgegangen waren. Engel konnten Giganten zeugen? Emilia schüttelte den Kopf, noch heute stritten sich die Archäologen über die Übersetzung der antiken Texte. Lucio hatte ihr zwar gesagt, dass sie Körper manifestieren und sich damit den

Menschen zeigen konnten, aber wie soll dann ein Mensch mit einem Engel …

Sie hatte sich damit abgefunden, mit Teo keine Familie haben zu können. Das war einer der wenigen Punkte auf ihrer Kontra-Liste, denn nachdem sie ihre Eltern so früh verloren hatte, wollte sie selbst in der Zukunft eine eigene Familie haben – aber sie könnte auch einfach ein Kind adoptieren. Engel waren keine Menschen, also konnten sie keine Kinder in die Welt setzen. Von dem her müsste dieser Teil mit den Nephilim eine falsche Übersetzung sein und vermutlich hatten sie irgendeinen anderen Bezug zu den Engeln, als ihre Nachkommen gewesen zu sein. Emilia schlug das Buch zu und legte es ins Fach zurück.

Sie könnte sich später immer noch damit beschäftigen, aber heute war sie zum Lernen hier. Es trennte sie nur ein Bewerbungsgespräch von ihrem Traum in der Galerie in Rom zu arbeiten und sie wollte bestens dafür vorbereitet sein. Mit den Büchern über Restaurationstechniken in ihren Armen kehrte sie in den großen offenen Raum in der Mitte der Bücherei zurück. Als sie durch den Türbogen hindurch lief, stellten sich ihr sämtliche Nackenhaare auf und ein eiskalter Schauer lief ihr über den Rücken. Sie warf einen Blick über ihre Schulter und ihr Herz begann zu rasen. In dem Türbogen tat sich ein bekanntes blutrotes Portal auf. Emilia riss ihren Kopf zurück, keine Menschenseele war noch anwesend, und an dem Tisch, an dem zuvor noch zwei andere Personen gesessen hatten, saß nur noch Claudia. Sie war über ein Buch gebeugt und stützte ihren Kopf auf ihrer Hand ab. Allerdings stand hinter ihr eine fremde Person, eine Frau mit blutroten Augen, die teuflisch auf blitzten, und die ihre langen Finger um Claudias zierlichen Hals führte.

Eine Dämonin!

Erschrocken ließ Emilia die Bücher fallen und setzte einen Schritt an, doch die Dämonin erhob eine Hand als Warnung.

„Keinen Schritt weiter. Es sei denn, du willst, dass ich das Genick dieses Menschen breche", drohte sie. Emilia erstarrte und das Blut gefror ihr vor Angst in den Adern. Wo waren denn Lucio, Oriphiel, Sophia und Enzo? Wieso waren sie nicht hier? Was sollte sie denn jetzt machen?

„Was … was willst du?", fragte sie und ballte ihre Hände zu Fäusten.

Aber die Antwort konnte sie sich schon vorstellen, nachdem das jetzt bereits ihre dritte Begegnung mit Dämonen gewesen war. Die Augen der Dämonin verengten sich zu Sichelmonden, als ein breites und teuflisches Grinsen drohte, ihr Gesicht zu zerteilen.

„Ich habe von anderen Dämonen gehört, dass in dir eine Gottesperle sein soll. Gib sie mir und ich lasse diesen Menschen leben."

Ihr Zeigefinger wölbte sich nun um Claudias Hals. Emilias Augen brannten, als sie immer noch wie zu Stein erstarrt zur Dämonin blickte. Tränen sammelten sich in ihren glasigen Augen an und sie wusste nicht, was sie tun sollte. Sie konnte nicht zulassen, dass ihrer besten Freundin etwas passierte – sie hatte es Oriphiel vorhin noch versprochen! Sophia hatte ihr damals gesagt, dass die Dämonen die Perlen Gottes niemals in die Finger bekommen durften, sonst würde es das Ende der Erde bedeuten. Aber Claudia war mittlerweile wie eine Familie für sie, wie könnte sie zulassen, dass ihr etwas angetan werden würde, nur weil die Dämonen diese Perle in ihr haben wollten? Emilia biss sich hart auf die Unterlippe und kniff ihre Augen zusammen. Wieso hatte sie diese verdammte Perle überhaupt in sich? Sie brachte ihr bisher nichts als Ärger.

„Du bist doch der Mensch von Sariel, oder nicht? Ich habe die beiden gefallenen Engel in deiner Nähe gesehen", sagte sie.

Emilia öffnete die Augen und sah verwundert zur Dämonin. „Der Mensch von Sariel?"

Der Name Sariel kam ihr irgendwie bekannt vor, aber sie wusste nicht, wo sie ihn gehört oder gelesen haben sollte. „Ich weiß nicht, wer oder was Sariel sein soll!", sagte sie schließlich. Die Mundwinkel auf ihrem dämonischen Gesicht zogen sich nach unten und sie verengte ihre roten Augen, ehe sie ihren Mittelfinger nun um Claudias Hals führte.

„Verarsch mich nicht! Wieso wird ein Mensch sonst von gefallenen Engeln verfolgt!", schrie die Dämonin in einer Lautstärke, die Emilia vor Angst zusammenzucken ließ. Sie starrte die Dämonin panisch an, aber ihre Worte klangen so, als sei sie sich selbst nicht sicher. Vielleicht könnte sie versuchen, Zeit zu schinden, bis Lucio und die anderen endlich in diese Dimension eindringen würden.

„Ich weiß nicht, wieso ich von gefallenen Engeln verfolgt werde!", schrie sie ängstlich zurück. Ein weiterer Finger legte sich um Claudias

Hals. Nur ihr kleiner Finger war noch ausgestreckt und sie wollte sich nicht vorstellen, was geschehen würde, wenn alle Finger um ihren Hals lagen. „Ich bitte dich, ich weiß nicht, was hier vor sich geht. Ich habe keine Ahnung, wovon du redest!", flehte sie nun. Die Tränen, die sich in ihren Augen angesammelt hatten, flossen inzwischen über ihre Wangen. Alle Finger der Dämonin lagen jetzt über die leicht gebräunte Haut von Claudias Hals. Ihre Freundin schreckte im Sitz hoch und führte die Hände zu ihrem Hals, ihr Gesicht verzerrte sich vor Schmerz. Ein leises Röcheln entwich aus ihren Lippen.

„Clau …!"

Ein lautes Klirren übertönte Emilias panischen Ruf und ein kräftiger Windstoß brachte sie etwas aus dem Gleichgewicht. Emilia hielt sich ihre Arme schützend vors Gesicht, als ein schmerzhafter Aufschrei dem Gebrüll folgte, das sie eben noch neben sich gehört hatte, und sie befürchtete, dass der Aufschrei von Claudia stammte. Doch diese war über den Tisch zusammengesackt, Oriphiel strich ihre langen schwarzen Haare zurück und führte ihre Hand zu Claudias Nacken. Ihr erleichtertes Seufzen zu sehen, löste jegliche Angst mit einem Schlag auf und Emilia rutschte kraftlos zu Boden. Die Dämonin lag am Boden und ein Paar großer, weit aufgespannter, pechschwarzer Schwingen verdeckte die Sicht auf jene.

„In meiner Anwesenheit legt kein Dämon seine schmierigen Griffe an 'nen Menschen", drohte dieser Engel und knurrte tief. Längere leicht gewellte dunkelblonde Strähnen verbargen das Gesicht dieses gefallenen Engels, doch sie erkannte seine tiefe Stimme sofort wieder. Es war also Enzo, der vorhin den Kampfschrei ausgestoßen hatte. Wie ein Pfeil war er an ihr vorbeigerauscht und hatte die Dämonin so schnell zu Boden gerissen, dass sie es nicht einmal hatte sehen können. Das war also die Macht eines Engels der Gewalt.

„Emilia! Bist du in Ordnung?" Lucio lief zu ihr und legte seine Arme um ihre Schultern. Emilia klammerte sich an ihn und drückte ihr Gesicht gegen seine Brust, ehe sie eifrig nickte – sie waren jetzt in Sicherheit. Ein schriller und schmerzerfüllter Schrei hallte laut durch die Bücherei, und sie verkroch sich noch mehr in Lucios Armen. Das dürfte wohl Enzos Todesstoß gewesen sein und die Dämonin würde keine

Bedrohung mehr für Claudia und sie darstellen.

„Die Portale werden immer mächtiger", murmelte Sophia neben ihr genervt. „Oder die Siegel schwächer."

Aus ihrer Hand schwebte ein kleines weißes Papier zu Boden. Emilia konnte noch ein dreiblättriges Symbol darauf erkennen, bevor es in tausend goldene Partikel zerfiel, die sich wie ein feiner Staub in der Luft auflösten.

„Ha, dann werde ich mir einfach mit meiner bloßen Faust ’nen Weg durch diese bescheuerten Portale brechen!" Enzo schüttelte seine Hand lässig und stellte sich wieder auf die Beine. Der Dämon unter ihm war verschwunden, als hätte sie sich, so wie das Stück Papier eben, in Luft aufgelöst.

„Bist du okay?", fragte Enzo und beäugte sie von oben bis unten. Emilia nickte nur stumm und blickte zu Claudia. Oriphiel warf ihr einen giftigen Blick zu, als sie ihren Schützling auf die Arme hob, und öffnete den Mund.

„Bringen wir sie am besten zum Anwesen." Lucio warf seinen Vorschlag ein, bevor Oriphiel etwas sagen konnte, und sie schnalzte nur wütend mit der Zunge.

„Von mir aus", blaffte sie.

Kapitel 14

Niedergeschlagen blickte Emilia zu ihrer noch bewusstlosen Freundin. Diese lag in dem Bett eines freien Gästezimmers in Teos Anwesen. Es waren einige Stunden seit dem Vorfall vergangen. Der Arzt der di Calvaro Familie hatte Claudia untersucht, und obwohl er Emilia versicherte, dass alles in Ordnung war und ihre Freundin bald aufwachen würde, konnte es ihre Schuldgefühle nicht lindern. Schon wieder war jemand ihretwegen verletzt worden. Erst war es ihr Schutzengel, jetzt ihre beste Freundin. Sie wollte Claudia niemals in die Sache mit den Dämonen hineinziehen, nur deswegen hatte sie das Märchen mit den Verwandten erfunden, und trotzdem war genau das geschehen. Emilia unterdrückte ein Schluchzen, als sie Claudias Hand nahm und gegen ihre Stirn hielt. Vielleicht wäre es das Beste, wenn sie den Kontakt zu ihr abbrechen würde. Sie würde es sich niemals verzeihen, wenn Claudia etwas zustoßen würde, und wer wusste schon, ob Lucio und die anderen wieder rechtzeitig erscheinen würden.

Eine Hand auf ihrer Schulter ließ sie hochschrecken und sie riss ihren Kopf panisch zur Seite. Lucio stand neben ihr, sie hatte noch nicht einmal mitbekommen, wie er das Zimmer betreten hatte.

„Du solltest dich vielleicht auch etwas hinlegen", sagte er leise und drückte ihre Schulter leicht. „Claudia ist hier sicher. Um das Anwesen ist eine Barriere gespannt, hier kommt kein Dämon hinein, versprochen. Oriphiel ist auch hier und passt auf sie auf."

Emilia ließ ihre angespannten Schultern sinken und wandte den Blick wieder zu ihrer Freundin. Die Nacht war mittlerweile angebrochen, und die Müdigkeit legte sich wie eine schwere Decke über sie, die sie zu erdrücken drohte. Vielleicht sollte sie auf Lucio hören und sich hinlegen.

„Weckst du mich auf, wenn sie wieder wach ist?"

„Selbstverständlich", sagte er und half ihr auf. Sie lehnte sich leicht gegen ihn, ließ sich zu ihrem Zimmer führen und wurde von Lucio in ihr Bett gedrückt. Er legte die Bettdecke über sie und setzte sich an ihre Seite.

„Bleibst du noch hier, bis ich eingeschlafen bin?"

Er nickte ihr mit einem sanften Lächeln zu und strich liebevoll einige Strähnen aus ihrem Gesicht. „Schlaf jetzt. Ich bleibe bei dir."

Emilias Gesicht wurde von Sonnenstrahlen erwärmt und sie rieb sich den Schlaf aus den Augen, bevor sie ihre Glieder mit einem lauteren Ächzen streckte. Dabei spürte sie harte Holzplanken in ihrem Rücken und ihr fiel auf, dass sie im Garten war. War sie nicht soeben noch in ihrem Bett gelegen, oder hatte sie das geträumt? Und wieso war es schon Tag? Sie ließ ihre Arme wieder schlaff auf die Bank fallen und blickte nach rechts. Emilia schreckte hoch, als sie dort jemanden sah. Ein Junge mit dunkelblonden, fast braunen, kurzen Haaren saß neben ihr.

„Guten Tag", sagte er. Seine braunen Augen waren durch sein Lächeln leicht verengt und er legte seinen Kopf etwas schief, als sie ihn stumm ansah. Sie wollte schon einen sicheren Abstand zwischen sich und den Jungen bringen, so saß er doch viel zu nah, da bemerkte sie die schneeweißen Flügel hinter ihm, die für einen Moment geflattert hatten. *Ein Engel?*

„Mein Name ist Gabriel", stellte er sich vor und lachte leise.

„Emilia", stellte sie sich höflicherweise vor. *Was will der Erzengel Gabriel denn von mir?*

„Ich weiß. Ich bin hier, um ein Gespräch mit dir zu führen", sagte er und stellte sich auf die Beine. Gabriel führte seine Hände hinter den Rücken und blickte in den Himmel hoch, wandte seine Augen dann wieder ihr zu. „Wie du wahrscheinlich bereits von den Dämonen gehört hast, trägst du eine Perle in dir. Eine Engelsperle."

Emilia blickte zu ihrem Schoß, als darauf das Blatt eines nebenstehenden Baumes landete. Eine leichte Brise blies durch die raschelnde Baumkrone über ihr. Sie sah das Blatt wütend an, als sie sich daran erinnerte, was ihr wegen dieser Perle in letzter Zeit widerfahren war. Sie war schließlich der Grund, warum Claudia in die ganze Sache überhaupt hineingezogen worden war.

„Das hab ich gehört und ich weiß nicht, warum ich diese Perle überhaupt in mir habe", sagte sie. *Am liebsten würde ich sie loswerden. Dann kann ich wieder ein ganz normales Leben führen und würde niemanden mehr in Gefahr bringen.*

„Oh, glaub mir, du möchtest die Perle nicht loswerden." Erschrocken über seine Worte, blickte sie zu ihm hoch. Hatte er ihre Gedanken gelesen? „Wenn die Perle deinen Körper verlässt, stirbst du", sagte er lächelnd. „Es geht aber auch andersherum."

Emilia führte ihre Arme schützend um sich. *Er wird mir doch nicht die Perle aus dem Leib reißen?* Gabriel lachte auf und ließ sich wieder auf die Bank fallen. Er führte einen Arm um die Rückenlehne, doch bevor er sich zu ihr beugen konnte, sprang sie auf.

Emilia lief um die Bank herum, machte sich auf den Weg zum Anwesen zurück, damit sie weit weg von diesem Engel kam. Vielleicht sollte sie nach Lucio suchen, damit er sie vor diesem eigenartigen Erzengel beschützen konnte.

„Ich werde dir die Perle nicht aus deinem Leib reißen, keine Sorge. Ich sagte doch, dass ich für ein Gespräch hier bin. Der Herr schickt mich nämlich", erklärte er lauter.

Emilia stoppte ihre Schritte und drehte sich langsam wieder zu ihm, ihr Blick auf seinen dunkelblonden Haarschopf fixiert. „Der Herr? Gott?"

Gabriel nickte und zupfte die grüne Robe um seine Schultern etwas zurecht, bevor er seinen Kopf zur Seite drehte und zu ihr sah. „Sariel hat nach dreizehn Jahren noch immer keine Perle gefunden und dem Herrn läuft die Zeit davon. Jetzt ist eine Perle in greifbarer Nähe und er bräuchte sie dringend. Sonst wird etwas Schreckliches passieren", fing er an.

„Was würde denn passieren?"

„Ich kann über keine Details sprechen, aber es würde nicht gut für die Welt enden. Wenn der Herr wenigstens eine Perle bekäme, könnte er seine Macht stabilisieren. Er braucht deine Perle, Emilia", sagte er und drehte sich jetzt mehr zu ihr, sein Blick ernst und es blieb nichts mehr von dem verspielten Schelm, der er noch vor einem Moment gewesen war.

„Aber du hast doch gesagt, dass ich sterbe, wenn die Perle meinen Körper verlässt", gab sie ängstlich zurück. Sie wollte nicht sterben, nicht bevor …

Gabriel lachte leise. Hatte er schon wieder ihre Gedanken gelesen?

„Der Herr ist gnädig und barmherzig. Er hat gesehen, dass du Gefühle für seinen Diener entwickelt hast." Emilia wurde mit einem Schlag warm und die Hitze stieg ihr bis in den Kopf, sodass der helle Kiesweg unter ihr so viel interessanter schien, als sie ihren Blick dorthin wandte. *Wissen sie wirklich so viel? Haben sie gesehen, wie sehr ich in Teos Nähe sein wollte? Ihn endlich küssen wollte?* „Es ist normalerweise ein Tabu, aber er würde es als Vorschlag für dich erlauben, wenn du die Perle nicht auf der Stelle aufgeben willst", sagte er und erhielt ihre Aufmerksamkeit damit wieder.

„Was für ein Tabu denn?"

Gabriel tätschelte auf den Platz neben ihm und sie zögerte noch für einen Moment. Engel konnten nicht lügen, oder? Wenn er sagte, dass er ihr die Perle nicht nehmen würde und nur mit ihr reden wollte, dann konnte sie ihm doch glauben? Er erhob eine Augenbraue und sah sie geduldig an, als sie sich schließlich doch dazu entschied, wieder neben diesem seltsamen Engel Platz zu nehmen.

Gabriel wandte sich mit einem schelmischen Lächeln zu ihr. „Ein Nephilim", sagte er. Emilias Mund öffnete sich vor Verwunderung, sie hatte über die Nephilim in dem Buch gelesen und es als Unfug abgetan.

„Der Akt zwischen Engel und Mensch zeugt einen Nephilim. Es ist ein Tabu, da die Mutter, gleich ob Engel oder Mensch, bei der Geburt stirbt, und der Herr hat es seither verboten." Sein Lächeln wurde breiter, ehe er seine Erklärung heiter weiterführte. „Du kannst also einen Nephilim als Andenken für Sariel in die Welt setzen und dafür deine Perle …"

Ein lautes Klatschen hallte durch den bisher ruhigen Garten, dass sogar die Vögel davon aufgescheucht wurden. Gabriels Augen waren geweitet und die linke Seite seines Gesichts war durch die Ohrfeige gerötet. Er führte eine Hand zu seiner Wange und warf ihr einen zornigen Blick zu. Sein wutverzerrtes Gesicht verschwamm hinter einem Wall von Tränen und Emilia versuchte diese aus ihren Augen zu reiben, um wieder eine klare Sicht auf den Engel haben zu können. Er hatte das doch gerade nicht ernsthaft sagen wollen!

„Kinder sind kein Spielzeug, die man einfach als Trost oder Andenken verwendet! Mal abgesehen davon, dass ich nicht mit einem Wildfremden schlafen werde", sagte sie laut und ärgerte sich über ihre heisere Stimme. Noch mehr aber ärgerte sie sich, dass ein *Erzengel* so etwas überhaupt in Erwägung gezogen hätte. Gabriel nahm einen tiefen Atemzug und stieß diesen laut wieder aus.

„Wildfremd? Du hast doch Gefühle für Sariel, oder nicht?"

Emilia rieb sich die letzten aufkommenden Tränen aus den Augen. Was sollte sie mit diesem Sariel, wenn ihr Herz jemand anderem gehörte? „Ich bin in Timoteo di Calvaro verliebt! Ich kenne keinen Sariel."

Gabriel presste seine Lippen zusammen, doch er konnte sich nicht zurückhalten und brach in schallendes Gelächter aus. „Wahnsinn, ich wurde von einem Menschen geohrfeigt, der so dumm ist. Wenn er sich so nennt, dann von mir aus Timoteo di Calvaro. Sariel ist immer noch sein Engelsname", sagte er und hielt sich mittlerweile den Bauch, als er sich durch weiteres Gelächter schüttelte. Emilia schmollte vor Scham, ihre Wangen trugen einen dunkleren Rotschimmer als seine, die sie geohrfeigt hatte. Sie hatte nie daran gedacht, Teo nach seinem Engelsnamen zu fragen und im Anwesen verwendeten ohnehin alle nur ihre menschlichen Namen. Jetzt wurde ihr bewusst, wen der Dämon gemeint hatte. *Der Mensch von Sariel.*

„Aber wie auch immer. Der Herr hat nur dieses Angebot für dich. Entweder du gibst mir die Perle sofort mit, oder er gibt dir diese paar Monate noch und die Perle würde deinen Körper verlassen, weil du ohnehin sterben würdest", wiederholte er nun ernst.

Emilia schluckte schwer. Natürlich würde sie ihm diese Perle nicht auf der Stelle geben, sie wollte ihr Leben nicht von jetzt auf gleich aufgeben. Wer wollte das schon? Sie ließ ihre Schultern fallen und führte den Blick zu ihrem Schoß, sie legte den Stoff ihres Rocks in Falten und rollte diese zwischen ihren Fingern zusammen, während sie seine Worte in Gedanken wiederholte und ihre Gefühle zu ordnen versuchte. Emilia durfte nicht schon wieder einfach aufspringen und weglaufen, es würde rein gar nichts an der Situation ändern und sie würde noch immer in diesem Dilemma feststecken.

„Sterben die Mütter bei der Geburt, weil die Nephilim so groß sind, wie es in den Geschichten erzählt wird?"

„Die Geschichten über die Nephilim sind Unsinn. Die Kinder sind zur Hälfte Engel und verbrauchen während des Wachstums zu viel Lebensenergie der Mutter. Einige Engel haben sich mit Menschen vereinigt und der Herr wollte verhindern, dass noch mehr Mütter dabei sterben, nur deswegen hatte er es den Engeln verboten. Bisher hatte er die Engel hart bestraft, die sich gegen das Verbot gestellt hatten und die Nephilim vernichtet, sofern er es früh genug bemerkte. Er konnte nicht alle retten, wie du dir vorstellen kannst, und viele wollten auch nicht gerettet werden", erklärte er und lehnte sich zurück. Gabriel schlug ein Bein über das andere, schürzte die Lippen und sah sie lang an. „Du hast vorhin gefragt, warum du diese Perle überhaupt in dir hast." Emilia blickte nervös zu ihm auf. Irgendwie fürchtete sie sich vor seiner Antwort.

„Du hättest bei dem Autounfall eigentlich sterben sollen", sagte er und fuhr mit einer Hand durch seine dunkelblonden Strähnen. Ihr stockte der Atem, und mit dem nächsten Herzschlag drohte ihr Herz aus ihrer Brust zu springen. Sie hätte bei dem Autounfall eigentlich sterben sollen?

„Eigentlich?", krächzte sie, ein Kloß in ihrem Hals ließ ihre Stimme für einen Moment versagen. Ihre Lippen zitterten, als sie in seine dunkelbraunen Augen starrte.

„Ja, eigentlich. Das Schicksal hatte es so vorgesehen, dass du und deine Eltern bei dem Unfall sterben würdet." Emilia führte eine Hand zu ihren Lippen und eine Welle der Übelkeit überkam sie. Es waren also keine Dämonen, die dafür verantwortlich gewesen waren, sondern das

… Schicksal? Sie wusste nicht mehr, wo ihr der Kopf stand, doch Gabriel erzählte munter weiter. „Aber Sariel ist in Eden eingedrungen und hat eine Perle gestohlen, die er dir gegeben hat. Ich wollte die Perle wieder zurücknehmen, doch er hat mich angefleht, dich am Leben zu lassen."

War das dann der Grund, warum er in Ungnade gefallen war? Wieso hatte er das überhaupt in Kauf genommen?

„Es passiert gelegentlich. Nicht oft, aber wenn es passiert, dann ist es absolut nervenaufreibend und anstrengend. Alle Schutzengel lieben ihre Schützlinge, aber es kommt manchmal vor, dass sie Gefühle entwickeln, die weit darüber hinausgehen", erklärte er und schnalzte dabei genervt mit der Zunge.

Emilia sog scharf Luft ein. Ihre Augen brannten und die Figur von Gabriel verschwamm erneut. *Soweit ich weiß, war er ein Schutzengel,* erinnerte sie sich wieder an Lucios Worte. „War er … war Teo, Sariel, etwa … mein Schutzengel?" Ihre Stimme war so leise und heiser, dass es ihr alles an Kraft abverlangte, ganze Sätze zu formen.

„Ja, der Idiot war damals dein Schutzengel. Da wir ihn wegen des Diebstahls, aus dem Himmel verbannt haben und du nun doch am Leben warst, haben wir dir Baradiel zur Seite gestellt. Dich traf schließlich keine Schuld", sagte er und musterte sie von der Seite. Deswegen war Lucio immer so seltsam, wenn es um ihre Vergangenheit ging, weil er erst ab ihrem zehnten Lebensjahr an ihrer Seite war. „Der Herr weiß von deinem Wunsch einer eigenen Familie. Du würdest es zwar nicht mehr erleben, aber Sariel hätte dann wenigstens einen Teil von dir bei sich. Dieser Dummkopf liebt dich so sehr und dann wäre er nach deinem Tod nicht ganz allein."

Die Vorstellung von Teo mit einem Kind in seinen Armen, das vielleicht ein wenig so aussehen würde wie sie und ihn über ihren Tod hinwegtrösten könnte, erwärmte ihr Inneres. Trotzdem wollte sie nicht sterben, sie war doch erst 23 Jahre alt und hatte noch so viele Pläne und Träume, die sie in die Realität umsetzen wollte!

Ein trauriges Lächeln erschien auf ihren Lippen. „Ich … das ist alles viel auf einmal. Kann ich etwas Bedenkzeit haben? Ich meine, natürlich werde ich dir die Perle nicht auf der Stelle mitgeben. Aber erst die Sache mit den Nephilim und jetzt das ..."

Gabriel sprang von der Bank auf und stemmte seine Hände in die Hüfte. „Ich kann verstehen, dass das viel ist. Aber ich brauche jetzt eine Entscheidung von dir. Wenn du mir die Perle nicht auf der Stelle geben willst, dann gehe ich davon aus, dass du dich für die andere Option entscheidest. Der Herr war so gütig, deine Perle bisher nicht anzurühren, weil er Sariel eine zweite Chance gegeben hat, aber die Zeit läuft uns davon", sagte er streng und beugte sich zu ihr, dabei berührte seine Nase ihre beinahe und Emilia wich zurück.

„Aber ... Teo und ich stehen noch am Anfang, ich kann ihn nicht von jetzt auf gleich ins Bett ziehen und ... das ...", fing sie an und unterbrach sich. Bei dem Gedanken, Teo dazu zu *drängen*, verknotete sich ihr Magen. Er respektierte ihren Willen bisher und das wollte Emilia auch für ihn tun. Sie wollte alles langsam angehen lassen, damit sie einander besser kennenlernen konnten, und einfach die Zeit mit ihm genießen.

Gabriel verschränkte die Arme vor der Brust und musterte sie streng. „Wieso nicht? Das ist doch ganz einfach. Sariel und du vollzieht den Akt, ein Nephilim wird gezeugt, da Engel sehr potent sind, und das war's. Wo ist das Problem?"

„Sag das nicht so!", sagte sie genervt. Sie wollte nicht offen über etwas so Intimes reden, erst recht nicht mit jemandem, den sie nicht kannte.

„Also gut. Der Herr richtet aus, dass er dir zwei Wochen Zeit gibt. Solltest du bis dahin noch nicht den Akt mit Sariel vollzogen haben, komme ich wieder und hole die Perle. Einverstanden?"

Emilia hielt ihren Atem an. Zwei Wochen waren viel zu wenig, aber wie sollte sie sich als Mensch gegen einen Erzengel stellen ... oder gar gegen Gott? Wenn sie die Wahl hatte zwischen jetzt sterben oder erst in neun Monaten, dann würde sie sich natürlich eher für die zweite Option entscheiden. Aber sie hatte gehofft, vielleicht noch länger mit Teo zusammen sein zu können. Aber er hatte ihr ein zweites Leben geschenkt und sie musste dieses Geschenk jetzt wieder zurückgeben, denn sie hätte es eigentlich niemals haben dürfen. Je mehr sie darüber nachdachte, umso aussichtsloser erschien ihr die Situation. Emilia musste sich ihnen beugen, ob sie wollte oder nicht, und sie konnte doch froh sein, die Perle nicht sofort aufgeben zu müssen, oder?

„Einverstanden", murmelte sie.

Mit einem zufriedenen Grinsen richtete sich Gabriel wieder auf und strich mit dem Zeigefinger über ihre Stirn, bevor er in den Himmel schwebte.

Emilia schlug ihre schweren Augenlider auf und blinzelte einige Male. Es war dunkel, doch sie lag definitiv in einem Bett, obwohl es eben noch Tag war und sie auf der Bank im Garten gesessen und mit Gabriel gesprochen hatte. *War es nur ein Traum?* Nein, Gabriel war ein Erzengel, der Nachrichten überbrachte und war ihr deshalb im Traum erschienen. Es war real und sie musste sich mit dem Gedanken abfinden, in spätestens neun Monaten sterben zu müssen. *Neun Monate.* Mit einem Seufzen wollte sie nach ihrer Stirn tasten, auf der Gabriel mit seinem Finger ein kreuzförmiges Muster gezogen hatte, doch ein Gewicht auf ihrer Hand hinderte sie daran. Emilia wandte sich leicht, tastete blind nach dem Schalter der Nachttischlampe neben dem Bett und schaltete diese ein. Lucio saß auf dem Boden und war über das Bett gebeugt, sein Kopf ruhte über seinen Arm, den er als Stütze hernahm. Seine leisen und ebenmäßigen Atemzüge zeigten ihr, dass er gerade schlief, und das Gewicht auf ihrer Hand stammte von seiner, die ihre fest in seinem Griff hatte. Dieses Bild zauberte ihr ein Lächeln ins Gesicht, dabei hatte sie ihn gebeten, nur so lange zu bleiben, bis sie eingeschlafen war. Stattdessen blieb er darüber hinaus an ihrer Seite. Vorsichtig schälte sie seine Finger von ihrer Hand und stand leise aus dem Bett auf. Auf der Rückenlehne des Stuhles vor ihrem Schminktisch lag eine Decke, die sie an sich nahm und über seinen Rücken legte. Emilia ging vor ihm in die Hocke und strich einige Strähnen aus seinem Gesicht.

Da wir ihn wegen des Diebstahls, aus dem Himmel verbannt haben und du weiterhin am Leben warst, haben wir dir Baradiel zur Seite gestellt.

Lucio war also erst seit dreizehn Jahren bei ihr, doch für ihn war es, als wäre er seit ihrer Geburt an ihrer Seite. Bestimmt wünschte er sich nichts mehr, als tatsächlich von Anfang an bei ihr gewesen zu sein, so frustriert wie er bei ihren Auseinandersetzungen immer auf sie gewirkt hatte. Lucio hatte einfach den Schützling eines anderen Engels übernommen und wachte darüber, als wäre es schon immer sein Eigener gewesen. So wie Eltern ein Kind adoptierten und es wie ihr Eigenes liebten. Und hier war sie, die all die Jahre zuvor seine Existenz verleumdet und ihren Zorn auf ihn gewälzt hatte. Emilia beugte sich zu ihm und drückte ihm einen sanften Kuss auf die Wange. Sie konnte wirklich froh sein, so einen Engel an ihrer Seite haben zu dürfen.

„Danke, Lucio."

Kapitel 15

Mariella stand vor einem alten japanischen Anwesen. Sein Stil war sehr traditionell gehalten, im Vorhof standen einige Ahornbäume, deren Blätter in einem Farbverlauf von Grün, über Gelb bis schließlich Rot leuchteten. Ein sanftes Klacken hallte durch den Garten hinter dem Zaun, vor dem sie gerade mit ihrem Koffer stand und erst jetzt konnte sie das Plätschern von Wasser hören. Sie führte einen Finger zu der Glocke, doch bevor sie auf den Knopf drücken konnte, vibrierte ihr Handy. Verwundert zog sie das Telefon aus der Tasche ihres Blazers und schaltete das Display ein. Es war eine Nachricht von Enzo.

Enzo: Emilia wurde von nem Dämon angegriffen. Habs aber erledigt. Sonst nichts Schlimmeres passiert. Muss was über Sophia berichten – 10:35 ✓✓

Sie seufzte und schaltete das Display ihres Handys wieder aus, sie würde ihn später anrufen. Jetzt galt es, ihren Untergebenen nach Italien zu bringen, und sie führte ihren Finger wieder zur Glocke. *Kumagai* stand an dem darüberliegenden Schild geschrieben und sie drückte schließlich den Knopf. Eine ruhige Melodie erklang – zumindest funktionierte die Klingel.

„Hallo?", fragte eine tiefe Stimme durch die Freisprechanlage.

„Mariella di Calvaro ist mein Name und ich würde gerne mit Kumagai Sho sprechen", sagte sie. Für einen Moment herrschte Stille, bis ein lautes Summen erklang und das Tor sich öffnete. Ein Mann in einem schwarzen Anzug kam ihr entgegen und er verbeugte sich tief vor ihr. Mariella tat es ihm gleich und verbeugte sich vor dem Mann, sie kannte die japanische Etikette und war immerhin als Geschäftsfrau hier.

„Bitte folgen Sie mir", sagte er und ging voraus. Der Kies des Gartens knirschte unter ihren Pumps, und während sie dem traditionellen Anwesen immer näher kam, konnte sie sich ein Lächeln nicht verkneifen, schließlich hatte sie ihren Untergebenen seit vielen Jahren nicht mehr gesehen. Ob er sich wohl zumindest etwas verändert hatte? So war ihr Untergebener keine umgängliche Person und hielt sämtliche Engel mit seinem übermäßigen Stolz stets auf Abstand. Enzo und er hielten damals schon so etwas wie einen Wettbewerb ab – wer hatte den größten Stolz, die größte Macht, oder den größten … Mariella seufzte leise. Hoffentlich würden sich die beiden im Anwesen vertragen. Der Mann führte sie durch das Anwesen, das Innenleben war ebenfalls traditionell gehalten, dessen Aufbau ausschließlich aus Holz bestand, das unter ihren Schritten knarzte, und die wenigen weißen Wände waren teilweise mit Fächern und Schriftrollen geschmückt. Trotz der Einfachheit wirkte dieses Haus dunkler und rustikaler als ihr Anwesen. Durch das milchige Papier, das in den Türen zu ihrer Seite eingespannt war, konnte das Licht nur geschwächt in die Räume dringen. Sie liefen einen Gang entlang und betraten die Veranda zum Garten, die Rückseite des Anwesens, wie sie vermutete. Ein dunkelhaariger Mann, der in einer schwarzen, traditionellen japanischen Kleidung gehüllt war, saß auf einem Kissen. Er war gegen einen kleinen Tisch gelehnt und schlürfte Tee.

„Kumagai-Sama, Ihr Gast ist hier", sagte der Mann im Anzug und verabschiedete sich mit einer Verbeugung. Sho seufzte zufrieden, nachdem er die Teetasse auf den Tisch abgestellt hatte, und drehte sich zu ihr. Er bedeutete ihr mit einer Hand, sich zu ihm zu setzen. Mariella faltete ihren Rock sauber und kniete sich auf das freie Kissen neben dem Tisch. Sho stellte ihr eine Tasse hin und goss etwas Tee aus einer grauglasierten Kanne ein.

„Lang ist's her, was führt dich zu mir?", fragte er. Seine dunklen Augen ruhten fragend auf ihrem Gesicht, nachdem er die kleine Kanne wieder abgestellt hatte. Mariella entging sein intensives Mustern nicht, doch sie schenkte dem keine Beachtung, und nahm die schmale Tasse in ihre Finger und probierte von dem Tee. Sein leicht bitterer Ge-

schmack benetzte ihre Zunge und wärmte ihren Hals, im Hintergrund plätscherte Wasser durch den Garten und sie hörte wieder dieses Klacken. Es stammte von einem Bambusrohr, das sich durch den Fluss des Wassers nach und nach füllte, bis es schließlich nach einiger Zeit kippte und gegen einen Stein aufschlug.

„Ich benötige deine Hilfe", sagte sie und fing seinen Blick auf. Ein einfaches Lächeln umspielte seine Lippen und er starrte ihr weiterhin in die Augen. Die Sonne schien in sein Gesicht und erhellte dieses, doch sie war sich nicht sicher, ob das Leuchten in seinen braunen Augen tatsächlich von den Sonnenstrahlen stammte. Sho stützte sich mit einem Arm über den Tisch und lehnte seine Wange gegen seine Hand, dabei öffnete sich der überkreuzte Kragen seiner traditionellen Kleidung. Es schien ihn wohl nicht zu stören, dass seine nackte Brust jetzt so gut wie entblößt war.

„Oh? Wobei braucht die mächtige Nuriel die Hilfe meiner Wenigkeit?"

Mariella stellte die Tasse ab und musterte ihn für einen längeren Moment. Er hatte sich kein Stück verändert. „In Italien ist ein Dämon an eine Perle gelangt und hat sie absorbiert", erklärte sie.

Sho richtete sich nun auf und sah sie entsetzt an. „Wie konnte das denn passieren? Seid ihr denn zu gar nichts nütze?", schimpfte er mit erhobener Stimme. Mariella schloss die Augen in Resignation und stieß ihren Atem laut aus. Es nützte nichts, sich über Dinge aufzuregen, die bereits geschehen waren und die sie nicht mehr ändern konnten.

„Der Dämon, der sie gestohlen hat, ist sehr mächtig. Sariel war allein und konnte nichts dagegen tun", erklärte sie.

„Ihr gehört doch zur Mafia, wie könnt ihr nicht genug Leute dafür haben?"

„Du weißt genau, dass nicht viele darüber Bescheid wissen und das soll auch so bleiben." Mariella warf ihrem Untergebenen einen strengen Blick zu und er rollte genervt die Augen.

Sho stand vom Kissen auf und verließ die Veranda über den Gang, durch den sie zuvor gelaufen war. Sie sah ihm verwundert nach, doch er verschwand durch irgendeine Tür und für einen Moment überlegte sie, ob sie ihm nachgehen sollte. Er ließ sie doch hoffentlich nicht einfach sitzen?

Es waren einige lange Minuten vergangen, der Tee war mittlerweile kalt und sie fragte sich, ob sie nach dem Mann im Anzug suchen sollte … oder einfach gleich gehen und es morgen noch einmal versuchen. Obwohl er als ehemaliger Engel der Gewalten direkt unter ihr stand, hatte sie schon erwartet, dass eine Kooperation mit ihm schwer sein würde. Durch seinen unersättlichen Stolz als Krieger, hatte ihn die Verbannung aus dem Himmel am allermeisten mitgenommen. Sie hatten die Dämonen damals zwar erfolgreich vertrieben, doch nachdem herausgekommen war, dass die Perlen gestohlen wurden, wurden ihre reinweißen Flügel zur Strafe mit den Flammen des Verrates verkohlt und für Sho war das schlimmer als der Tod.

Es vergingen weitere Minuten und Mariella erhob sich enttäuscht vom Kissen, doch ehe sie einen Schritt machen konnte, erschien Sho wieder in dem Gang und lief auf sie zu. Er hielt eine kleine Box in seinen Händen und knallte diese förmlich auf den Tisch, ehe er sich wieder auf das Kissen fallen ließ und einen Schluck vom Tee nahm.

„Was ist das?", fragte sie und führte ihren Blick von der edel verzierten Box zu dem gefallenen Engel.

„Mach's auf, dann siehst du's", sagte er genervt, während er neuen Tee in seine Tasse goss. Mariella reagierte nicht auf seine abweisende Art und setzte sich wieder auf das Kissen. Sie nahm die kleine Box in ihre Hände, sie fühlte sich äußerst leicht an, fast so, als wäre sie leer. Ein seidener roter Stoff war über die Box gespannt, bestickt mit goldenen Drachen, die sich durch Wolken schlängelten – ein sehr edles Design. Der Deckel lockerte sich unter ihren Fingern und sie nahm ihn vorsichtig ab. Mariella sog scharf Luft ein, als ihre geweiteten Augen auf das Objekt starrten, das in ein rotes Samtkissen eingebettet war. Eine Engelsperle!

„Wie bist du an sie gelangt?", fragte sie erschrocken.

„Tja, meine Leute taugen eben etwas. Mein bester Mann hat sie in einem alten Schmuckstück gefunden und gestern hergebracht. Ich wollte dich sofort benachrichtigen, aber da du dich ohnehin angekündigt hast und jetzt hier bist, hat sich das erübrigt", sagte er locker. Mariella nahm die Perle zwischen ihre Finger und sah sie ganz genau an.

Es ging definitiv Engelsenergie von ihr aus und sie hatte einen rosa Schimmer, das dürfte die Perle der Schutzengel sein. So erleichtert wie sie auch war, so angespannt war sie auch, als sie die Perle sofort in das Kissen zurücksteckte. Sie hatten zwar endlich eine Perle, aber sie mussten sie irgendwie sicher nach Italien bringen, denn nur Timoteo war fähig, die Perlen zum Herrn zu bringen.

„Keine Panik, ich komme mit dir. Ich habe ein Siegel, dass die Engelsenergie maskiert."

Hatte sie das richtig verstanden?

„Du kommst mit mir nach Italien mit? Ohne dass ich mich mit dir streiten muss?", fragte sie schon fast ungläubig. Sie sah mit großen Augen in seine und seine Stirn zog aufgrund seines genervten Ausdrucks tiefe Furchen.

„Ja, stell dir vor. Sei still, bevor ich's mir anders überlege", blaffte er und kippte den Rest des Tees in seinen Mund. Sho verschluckte sich daran und hustete nun laut. Mariella führte eine Hand zu ihren roten Lippen und konnte sich ein leises Lachen nicht verkneifen. „Yuuta hat dir … ein Gästezimmer hergerichtet", krächzte er noch. „Dort kannst du heute Nacht schlafen und gleich morgen früh fliegen wir nach Italien."

Sie lächelte ihn an. „Danke, Sho."

Er murmelte etwas hinter seiner Hand, was sie nicht verstanden hatte, und seinen Blick wieder zum Garten.

Doch das Glühen seiner Ohren konnte er nicht vor ihr verbergen.

Mariella setzte sich im Garten auf eine Steinbank und holte ihr Handy hervor. Sie wollte erst mit Enzo reden, bevor sie Timoteo etwas erzählen würde, und tippte auf seine Nummer in ihrer Kontaktliste.

„Oh, hey Boss". Enzos ruhige Stimme erklang durch den Hörer und sie ließ ihren Blick über den traditionellen Garten schweifen. Ein leichter Wind bauschte die Kronen der Ahornbäume auf, einige der Blätter lösten sich aus den Zweigen und schwebten vor ihr auf den Boden hinab.

„Hallo. Du wolltest über Sophia sprechen, ist etwas vorgefallen?", sagte sie und fing eines der Blätter auf.

„Ich habe sie heute Morgen im Garten gesehen, sie hat mit Blumen gelabert."

Mariella verengte ihre Augen, hatte sie das gerade richtig verstanden? „Ja, und?"

Enzo ächzte gequält am anderen Ende der Leitung und sie glaubte, das Rascheln von Papier gehört zu haben. „Ich hab nicht alles verstanden, weil die Kleine fast dazwischengefunkt ist, aber sie hat über die Blumen mit jemandem gequatscht. Sie hat 'nen Namen erwähnt und wie er etwas vernichtet und gestohlen hat. Mallon vielleicht? Oder Balron?"

„Talron?"

„Ja, genau! Talron! Oh, ist das nicht der Dämonenlord, hinter dem wir her sind?"

Mariella zwirbelte den Stiel des Ahornblattes zwischen ihren Fingern und starrte es gedankenversunken an. Wieso würde Sophia mit jemandem über Talron reden?

„Was waren das für Blumen, mit denen sie geredet hat?", fragte sie nun. Kaum hatte sie die Frage gestellt, kniff sie ihre Augen zusammen. Sie war selbst ein Engel und hatte dieses Detail beinahe vergessen. Jeder Erzengel hatte eine Blume als Symbol, mit der man Kontakt zu dem jeweiligen Engel herstellen konnte.

„Huh? Keine Ahnung. So rote. Die sind gleich am Anfang vom Garten", sagte er. Gut, dass sie gleich morgen nach Italien zurückkehren würden, dann könnte sie sich alles aus nächster Nähe ansehen. Wieso würde Sophia überhaupt einen Erzengel kontaktieren? Normalerweise stellten Timoteo oder sie den Kontakt her und normalerweise stiegen sie dafür auch direkt in den Himmel empor. Durch ihre Mission, die Perlen wiederzufinden, hatten sie zur Überschreitung der Grenze eine Genehmigung des Herrn. Ohne diese würden sie auf der Stelle von den Engeln der Gewalten angegriffen und vernichtet werden – denn als gefallene Engel zählten sie auch zu den Dämonen. Irgendetwas stimmte nicht.

„Sho und ich werden morgen den nächsten Flug nach Italien

nehmen, wir werden wohl bei Nacht ankommen, dann können wir über diesen Vorfall sprechen. Behalte Sophia im Auge", sagte sie. Enzo antwortete nur mit einem brummigen ‚Hm'.

„Was ist mit Emilia? Du hast gesagt, dass sie angegriffen wurde. Wie geht es ihr?"

„Oh, der Kleinen geht's gut. Aber das Dämonenportal war hartnäckig, der Dämon hat uns von der Kleinen getrennt und wir haben 'ne Weile gebraucht, um zu ihr zu gelangen. Den Dämon habe ich sofort kalt gemacht", antwortete er und der Stolz troff förmlich aus seiner Stimme.

Mariella nickte zufrieden. Enzo war zwar etwas eigen, aber er war neben Sho einer ihrer stärksten Krieger und vor allem wusste sie, dass sie sich auf ihn verlassen konnte. Timoteo brauchte sich wegen dieses Vorfalls also keine zu großen Sorgen zu machen.

„Gut. Dann sehen wir uns morgen." Nachdem ihr Untergebener seinen Abschied ausgesprochen hatte, beendete sie das Telefonat und tippte auf Timoteos Nummer. Sie warf das Ahornblatt zu den anderen, stand von der Steinbank auf und spazierte durch den Garten. Ein Knistern klang durch das Handy.

„Hallo Mariella."

„Hallo. Ich wollte dich nur informieren, dass ich mit meinem Untergebenen morgen nach Italien zurückkehre. Enzo hat mich vorhin in Kenntnis gesetzt, dass Emilia von einem Dämon angegriffen wurde. Sie haben den Dämon aber vernichtet und es geht ihr gut, also mach dir keine Sorgen", erklärte sie. Er stieß einen zittrigen Atem aus und fluchte leise.

„Ich konnte Liyuan auch überzeugen. Wir werden schon heute Abend den Flieger nach Italien nehmen, mein anderer Partner aus Mexiko wird morgen anreisen. Dann sehen wir uns morgen", sagte er. Seine Stimme zitterte, doch gegen Ende fing er sich wieder und Mariella stieß einen Seufzer aus. Aber sie konnte ihn verstehen, denn sie wusste genau, wie sehr er diesen Menschen liebte.

„Ja, wir sehen uns morgen. Bis dann", sagte sie und legte auf.

Ihre Augen ruhten für einen Moment noch auf dem Display ihres Telefons, ein altes teils verblasstes Foto zierte den Hintergrund des

Handys. Sie fürchtete sich davor, das Original bei sich zu tragen, denn sie wollte es nicht verlieren oder beschädigen. Es war ihr einziges Andenken an die Zeit damals.

Ein Mann in einer senfgelben Militäruniform war mit ihr darauf abgebildet – kurze blonde Haare, Augen so blau wie das Meer und ein Lächeln, noch strahlender als die Sonne. Er schmiegte seine Wange gegen ihren Scheitel, hatte seinen Arm eng um ihre Schultern geschlungen und sie eng an sich gedrückt. Mariella strich mit ihren Fingern liebevoll darüber, stoppte bei ihren Augen, die durch leichte Lachfältchen unterstrichen waren, so glücklich war sie in jenem Moment gewesen.

Sie verstand Timoteo *zu* gut.

Emilia stand in der Küche und stellte von allem ein wenig auf ein Tablett. Etwas Gebäck – vor allem Croissants, da Claudia diese am liebsten hatte – frisch gepressten Orangensaft, Butter, Käse, Marmelade, Schinken. Die Kaffeemaschine brühte gerade noch den Kaffee und sie blickte zufrieden zum Frühstück, das sie ihrer besten Freundin gleich aufs Zimmer bringen würde.

„Morgen, Emi." Verwundert blickte sie zur Tür und sah Claudia dort stehen. „Wieso habe ich hier geschlafen?", fragte sie murmelnd. Emilia schluckte hart, aber sie hatte sich mit den anderen schon eine Erklärung zurechtlegen können.

„Wieso bist du schon wach, ich wollte dir das Frühstück ans Bett bringen. Du hattest gestern einen Schwächeanfall – du solltest dich wirklich ausruhen!", erklärte sie und biss sich leicht auf die Zunge für diese Lüge.

„Huch? Oh. Das kommt vielleicht vom ganzen Lernstress der letzten Zeit. Hast du Antonio Bescheid gegeben?"

„Ja, klar. Ich hab ihn gestern angerufen. Setz dich wenigstens in den Speisesaal, wenn du schon mal wach bist und ich bringe dir alles rüber", sagte sie und scheuchte ihre Freundin aus der Küche.

„Diniel serviert das Frühstück schon, die Miss kann sich zu der anderen Miss setzen!"

Jetzt wurde Emilia von Diniel in den Speisesaal gescheucht. Sie lachte leise und nickte dem Engel schließlich zu, denn sie brauchte es gar nicht erst zu versuchen, Diniel zu widersprechen.

„Hast du denn gut geschlafen?", fragte Emilia und setzte sich neben ihre Freundin.

„Ich muss schon sagen, ich fühle mich echt fit. Als hätte ich eine ganze Woche durchgeschlafen."

Das war der Zauber dieser überaus bequemen Betten hier.

Diniel kam mit einem Servierwagen in den Saal und deckte den Tisch mit dem ganzen Essen auf. Gregorio kam einen Moment später rein und verbeugte sich kurz vor Emilia.

„Ich habe soeben eine Nachricht von Meister Timoteo erhalten. Er wird heute Mittag wieder im Hause sein", sagte er. Sie schreckte etwas in ihrem Sitz hoch und blickte nervös zum Butler. Nach dem Gespräch mit Gabriel hätte sie seine Rückkehr nicht so bald erwartet und sie wusste nicht, wie sie sich in Teos Gegenwart benehmen sollte. Sie wusste jetzt über die Perle Bescheid, über seine Gefühle, über ihre Gefühle und sie hatte zwei Wochen Zeit, ihn dazu zu bringen, mit ihr zu … Ihr Körper wurde mit einem Schlag glühend heiß und ihr Gesicht explodierte in unzähligen Rottönen.

„Ja … danke, Gregorio", murmelte sie leise und verbarg ihr heißes Gesicht hinter ihren Händen, in der Hoffnung etwas Abkühlung durch ihre Handflächen finden zu können. Fehlanzeige – diese waren genauso warm, wenn nicht sogar noch wärmer.

„Bist du okay, Emi? Bist du etwa nervös, weil du bald dein Herzblatt wiedersiehst?"

„Ich bin nicht nervös!", quietschte sie laut und riss ihren überhitzten Kopf in Claudias Richtung.

„Keine Sorge. Ich werde nach dem Frühstück verschwinden, dann habt ihr alle Zeit der Welt für euch allein. Aber das nächste Mal, stellst du ihn mir hoffentlich als deinen Freund vor! Cousin – von wegen!", sagte sie und lachte heiter. Ihre Worte brachten Emilias Magen dazu, sich zu verknoten, und schickte ein flaues Gefühl durch ihren Körper, das sämtlichen Scham wie eine einfache Brise verfliegen ließ.

Nächstes Mal? Emilia hatte überlegt, den Kontakt zu ihr abzubrechen. Nach dem Vorfall gestern hatte sie panische Angst davor, dass Claudia ihretwegen wieder etwas zustoßen könnte. Sie war ihr das Wichtigste auf Erden und wie sollte sie ihr erklären, dass sie in neun Monaten nicht mehr am Leben sein würde? Obwohl sie eigentlich seit dreizehn Jahren tot sein sollte.

Sie zwang sich zu einem Lächeln. „Mhm, nächstes Mal", log sie.

Claudia verabschiedete sich nach dem Frühstück, so wie sie es angekündigt hatte. Sie standen im Eingangsbereich und Claudia nahm Emilia in ihrer üblichen Bärenumarmung gefangen. Doch diesmal, als sie ihre Arme um ihren zierlichen Rücken schlang, umarmte sie Claudia genauso innig und vergrub ihr Gesicht in ihrer Schulter. Sie biss sich auf die Unterlippe und versuchte das Brennen in ihren Augen zu ignorieren. „Ich … hab dich lieb", sagte Emilia leise und kniff ihre Augen zusammen, um die aufkommenden Tränen zurückzuhalten.

„Ich hab dich doch auch lieb, Emi."

„Versprich mir, dass du besser auf dich aufpasst!"

Claudia lachte neben ihrem Ohr und strich über ihre Haare. „Versprochen. Ich bin mir sicher, dass Antonio zu Hause ganz viele supergesunde Smoothies machen wird. So ein Schwächeanfall wird nicht noch mal passieren, keine Angst", sagte sie. Claudia drückte ihr noch ein Küsschen auf die Wange und öffnete die Eingangstür. „Melde dich, okay?"

Emilia nickte nur stumm und winkte ihr hinterher. Die Tür fiel mit einem lauten Klacken ins Schloss und sie starrte verloren auf das weiß lackierte Holz, ehe sie ihren Arm zu ihrer Seite sinken ließ. Es war, als wäre auch ihr Herz mit Claudia gegangen.

„Was bläst du denn für Trübsal?"

Emilia warf ihren Blick zur Seite und erkannte Enzo mit einem Buch in der Hand, er kam aus dem Seitenflur und schloss die Tür hinter sich. Vom alt wirkenden Ledereinband her, schien es etwas Historisches zu sein.

„Du liest Bücher?"

Enzo fletschte seine Zähne leicht und sah sie erbost an. „Was soll das denn? Wieso soll ich keine Bücher lesen?", gab er harsch zurück.

„Du hast gesagt, dass du ein Krieger bist. Ich hätte nicht erwartet, dass du ältere Lektüre liest", erklärte sie nun und deutete auf das Buch in seiner Hand. Sein Blick wanderte zum Buch und er zog seine Augenbrauen genervt zusammen, ehe er seine Brust hervorstreckte und sich besonders groß machte.

„Ja, und? Auch 'n Krieger muss gebildet sein, wie soll ich sonst mit euch Menschen umgehen?", sagte er und schnalzte genervt mit der Zunge. Bei seiner Bemerkung schlich sich ein feines Lächeln auf ihre Lippen und sie stellte sich an seine Seite.

„Was liest du denn?" Doch bevor sie einen Blick auf das Buch werfen konnte, drückte er es gegen seine Brust und lief ohne eine Antwort an ihr vorbei. Allerdings konnte sie am Buchrücken einen Teil des Titels erspähen. *Blumen.* Sie lachte leise, dass Enzo etwas über Blumen lesen würde, kam sogar für sie überraschend. Ihr Lächeln verflog so schnell wie es auch kam, als sie erneut zur Haustür blickte. Emilia kehrte dem Eingangsbereich den Rücken zu und machte sich auf den Weg in ihr Zimmer.

Es war besser so.

In ihrem Zimmer angekommen riss sie ihren Kleiderschrank auf und wühlte durch die Massen an Kleidung, die sauber und ordentlich darin aufgehängt waren. Was würde Teo überhaupt gefallen?

Diniel betrat ihr Zimmer mit frischen Handtüchern in ihren Armen und brachte diese ins Badezimmer. Als sie zurückkam, blieb sie für einen Moment neben ihr stehen und beobachtete sie beim Wühlen.

„Braucht die Miss etwas?"

„Teo kommt zu Mittag wieder nach Hause. Ich würde gerne etwas Hübsches für ihn anziehen, aber ich weiß nicht, was ihm gefallen könnte", erklärte sie und holte ein beigefarbenes Kleid aus dem Schrank hervor. Diniel lächelte breit und strahlte schon fast. Sie nahm ihr das Kleid aus den Händen und legte es auf das Bett ab. Anschließend holte sie den Hocker hervor und stellte sich darauf, schließlich blickte sie durch die Kleidungsstücke und holte einen weißen Cardigan mit Spitze heraus. Sie griff nach den weißen Pumps und legte beides zu dem beigefarbenen Kleid.

„Was ist mit dem? Und dann macht Diniel noch die Haare der

Miss!", sagte sie und lächelte stolz. Emilias Blick wanderte über die Teile und sie nickte zufrieden. Es war schlicht und elegant, so wie sie es am liebsten mochte. Diniel zog sie zu dem Schminktisch und drückte sie in den Sessel. Mit einigen Haarspangen und Gummibändern zauberte sie Emilia eine elegante Hochsteckfrisur und zwirbelte jeweils eine Strähne an ihrer Seite heraus, die sich in leichten Wellen um ihr Gesicht legten. Zum Abschluss gab sie ihrem Gesicht ein dezentes Make-up. Emilia beugte sich näher zum Spiegel und begutachtete sich von allen Seiten.

„Wow, ich fühl mich so hübsch. Danke, Diniel!"

„Die Miss ist hübsch, Diniel hat nicht viel gemacht", sagte sie und lachte heiter. Emilia blickte auf die Uhr auf ihrem Nachttisch, es würde gleich Mittag sein. Hoffentlich würde er sich nicht verspäten. Rasch schlüpfte sie in das Kleid, zog den Cardigan über und schlüpfte in die weißen Pumps hinein. Diniel nickte zufrieden.

Das Kleid ging Emilia bis zu den Knien und stand ab ihren Hüften in breiten Rüschen ab. Sie drehte sich einmal um sich selbst und lachte über den fliegenden Rock.

Diniel lief auf den Flur hinaus, als das Brummen eines Automotors erklang. „Der Meister ist da!", sagte sie aufgeregt.

Emilia erstarrte und traute sich gar nicht, das Zimmer zu verlassen. Was wäre, wenn er ihr Outfit schrecklich, oder sie plötzlich hässlich finden würde oder nicht mehr an ihr interessiert wäre? Was wäre, wenn er auf seiner Geschäftsreise jemand Besseres gefunden hatte? Diniel packte ihre Hand und befreite sie aus ihrer Starre. Mit einem kräftigen Ruck wurde sie aus ihrem Zimmer gezogen und sie eilten die Treppen hinunter. Die Bediensteten standen bereits im Eingangsbereich und Gregorio öffnete die Haustür. Emilia glaubte, ihr Herz wäre stehen geblieben, als sie sein Gesicht endlich wiedersah. Es fühlte sich für sie wie eine Ewigkeit an, vor allem nach all den Dingen, die in den Tagen seiner Abwesenheit geschehen waren. Seine blauen Augen fingen ihren Blick auf und sie glaubte, dass sie sich für einen Moment vor Überraschung geweitet hätten.

„Willkommen zurück, Meister Timoteo", grüßten die Bediensteten im Chor. Diniel hatte sie in die Mitte des Eingangsbereichs gezogen und gab ihrem Rücken zuletzt einen kräftigen Stoß. Sie stand jetzt direkt vor ihm und doch war sie so nervös, wie damals, als sie ihn auf der Abschlussparty zum ersten Mal angesprochen hatte.

„Willkommen zurück … Teo", flüsterte sie und wich seinem Blick beschämt aus. Ihr Outfit war kurz und recht luftig, trotzdem wurde ihr plötzlich so heiß, dass sich ein Schweißfilm über ihre Handflächen legte. Sie faltete ihre Hände zusammen und versuchte, vorsichtig und unauffällig etwas von dem Schweiß abzuwischen.

„Hallo, Emilia". Seine tiefe Stimme klang wie Musik in ihren Ohren, vor allem, als er ihren Namen aussprach, und sie schauderte über ihre plötzliche Schüchternheit, als wäre sie eine Jugendliche, die gerade dem Schulschwarm ihre Liebe gestehen wollte.

„Guten Tag. Oh …" Hinter ihm erklang die Stimme einer Frau, nur langsam erhob Emilia ihren Blick und hielt den Atem an.

Die Frau stellte sich neben Teo und sah sich neugierig im Eingangsbereich um, bis ihr Blick auf Emilia fiel. Diese Frau war größer als sie, beinahe so groß wie Teo und das, obwohl ihre Schuhe nicht einmal Absätze hatten. Ihre langen schwarzen Haare glänzten in dem einfallenden Sonnenlicht wie Seide und ihre goldbraunen Augen musterten sie neugierig von Kopf bis Fuß. Emilia sah unsicher an sich herab und blickte wieder zu der fremden Frau, die ein langes traditionell chinesisches Kleid trug, dessen Seiten mit einem Schlitz geöffnet waren, die die Haut ihrer langen Beine beim Gehen entblößte. Auf ihrer Brust war ein offen geschnittenes, goldumsäumtes Quadrat, das einen Blick auf ihr Dekolleté erlaubte. Als die Frau direkt vor ihr Halt machte, beugte sie sich zu ihr hinunter. Ihr Gesicht war nur wenige Zentimeter von Emilias entfernt und ihre goldenen Augen blitzten auf, so gefährlich wie die einer Kobra. Die Frau ging um sie herum und musterte sie weiterhin.

„Du bist also die Lady dieses Hauses? Dein Aussehen ist viel zu schlicht, daran muss etwas verändert werden", sagte sie. Bei diesen Worten rutschte Emilia das Herz bis in den Bauch und sie fühlte sich bloßgestellt. Ihre Augen brannten vor Enttäuschung, doch sie wollte nicht vor Teo weinen und dieser Frau die Genugtuung geben, die bessere Partie für ihn zu sein. Emilia biss sich hart auf die Unterlippe, um ihre Tränen zurückzuhalten.

Teo ächzte laut und schob die Frau von ihr weg. „Lass sie in Ruhe, Liyuan. Gregorio, zeigen Sie ihr und Yijian bitte die Gästezimmer. Ach, und in meinem Haus wird nicht geraucht, verstanden?", sagte er und beäugte Liyuan streng.

„Du hast doch wenigstens einen Balkon oder Garten, wo ich meine Pfeife rauchen kann?", moserte sie, als sie ihm einen genervten Blick zuwarf.

„Von mir aus kannst du das dort machen. Aber sorg dafür, dass der Gestank nicht in die Räume gelangt, sonst schmeiß ich dich raus."

„Ja, ja", gab sie gelangweilt zurück und verließ mit Gregorio den Eingangsbereich, nachdem ein weiterer Mann in traditionell chinesischer Gewandung erschienen war. Teo stieß einen tiefen Seufzer aus.

„Liyuan, ist etwas anstrengend. Ignoriere einfach, was sie gesagt hat, du siehst sehr hübsch aus", sagte er schließlich mit einem Lächeln. Er sah diese Liyuan also nicht als potenzielle Frau an seiner Seite? Dann hatte sie doch eine Chance bei ihm?

„Darf ich … darf ich dich umarmen?"

Teo lächelte sie liebevoll an und öffnete seine Arme weit. „Du darfst alles, du musst doch nicht fragen", sagte er. Emilia warf sich in seine Arme und schmiegte ihr Gesicht an seine Brust. Er schlang einen Arm um ihre Taille, mit der anderen Hand strich er zwischen ihre Schulterblätter und hüllte sie mit seiner schützenden Wärme ein. Alles Schreckliche, was in der letzten Zeit geschehen war, war in dem Moment wie weggeblasen.

„Dir ist wirklich nichts bei dem Angriff passiert?"

Sie schüttelte eifrig den Kopf und sah zu ihm auf. Sorge spiegelte sich in seinem Ausdruck wider. „Lucio, Enzo und Sophia sind rechtzeitig erschienen. Mir ist nichts passiert und Enzo hat den Dämon schnell vernichtet", erklärte sie. Mit einem erleichterten Seufzen legte er eine Hand um ihren Kopf und drückte sie wieder an seine Brust.

„Ich habe dich vermisst."

„Ich habe dich auch vermisst", sagte er und drückte einen sanften Kuss auf ihr Haar, ehe er sie noch fester umarmte.

„Wenn ich alles darf … darf ich dich dann jetzt auch küssen?"

Teo schob sie etwas von sich und sah sie überrascht an. Sein Mund öffnete sich leicht, er schloss ihn aber doch wieder und seufzte leise.

„Du wolltest bei meiner Rückkehr mit mir ausgehen. Wenn du mich nach der Verabredung immer noch küssen willst, dann … dann darfst du wirklich alles. Okay?", sagte er und strich über ihre Wange. „Lass uns einander besser kennenlernen, bevor du dich entscheidest. Vielleicht hältst du mich nach der Verabredung für vollkommen langweilig und würdest einen Kuss davor bereuen."

Wenn du nur wüsstest. Sie wusste bereits über ihre gemeinsame Vergangenheit Bescheid. Wenn jemand ein solches Risiko für sie einging, sein Leben und seine Zukunft einfach so wegwarf, nur damit sie wieder leben durfte, weil er sie so sehr liebte. Wie könnte so eine Person jemals langweilig für sie sein? Teo war ihr Held, ihr Beschützer. Aber wenn er sein Gewissen damit beruhigen konnte, dann würde sie das für ihn tun.

Emilia schlang ihre Arme um seine Schultern, stellte sich auf die Zehenspitzen und drückte ihm einen Kuss auf die Wange. „Das sollte doch erlaubt sein. Aber wenn du dich damit besser fühlst, dann warte ich bis nach dem Date."

Teo schmunzelte und legte seine Stirn gegen ihre. Seine Augen auf ihre fixiert zu sehen, ließ tausend Schmetterlinge in ihrem Bauch aufflattern und sie biss sich leicht auf die Lippen. Sie wollte ihm noch näher sein und seine liebevollen Gesten machten es ihr außerordentlich schwer, ihn nicht auf der Stelle zu küssen. Aber sie hatte ihm soeben versprochen, sich zurückzuhalten und zu warten.

Er schloss seine Augen und führte seine Lippen zu ihrer Stirn. Zumindest konnte sie seine sanften Küsse so spüren. Doch dieser Moment war nur kurz, als er sich von ihr abwandte und die Wärme viel zu jäh wieder mit sich nahm.

„Ich werde noch mit Liyuan und Yijian etwas besprechen müssen. Mariella wird mit ihrem Untergebenen heute Nacht zurückkehren, da werden wir weitere Besprechungen abhalten. Aber ich werde mir den morgigen Tag freihalten, lass uns dann etwas zusammen machen", erklärte er und strich über ihre Wange. Sie lehnte sich mehr in seine Berührung, wollte noch ein wenig mehr von seiner Wärme, nickte ihm aber letztlich zu.

„In Ordnung."

Timoteo lockerte seine Krawatte, als er sein Büro betrat und ließ sich erschöpft in den Bürosessel fallen. Dabei fiel sein Blick auf die ganzen Stapel an Büchern, die quer verstreut über seinem Schreibtisch lagen und nicht nur dort. Auch am Boden neben dem Schreibtisch, vor den übervollen Bücherregalen und auf dem Beistelltisch vor dem braunen Ledersofa waren seine Bücher gestapelt. Er zwang sich auf die Beine und trug die Bücher zu einem Regalfach, in das er sie noch zwängen konnte, denn er sah schon, wie Liyuan ihm beide Ohren abschwatzen würde, weil sein Arbeitsplatz so chaotisch war – obwohl das Chaos auf seinem Schreibtisch strategisch platziert war, um Schnüffler abzuschrecken. Timoteo liebte seine Bücher, aber er kam in den vergangenen Wochen nicht dazu, Ordnung in seine Sammlung zu bringen. Mittlerweile war es mehr eine Bibliothek als ein Büro. Ein Klopfen an seiner Tür riss ihn aus der Suche nach Platz für die letzten beiden historischen Romane in seiner Hand und er bat die Person herein.

Diniel betrat den Raum und lief zu ihm, ehe sie sein Bein umarmte. „Diniel hat den Meister so vermisst."

Er lächelte und ging vor ihr auf die Knie. Timoteo strich über ihren Kopf und ließ sich von ihr in einer Umarmung gefangen nehmen.

„Ich habe dich auch vermisst", sagte er und tätschelte sachte ihren Rücken.

„Soll Diniel dem Meister Kaffee bringen?"

„Kaffee wäre nicht schlecht und vielleicht noch eine Kleinigkeit zu essen", antwortete er. Diniel umarmte ihn enger, drückte ihm ein Küsschen auf die Wange und verließ anschließend mit einem Knicks das Zimmer. Jetzt wurde er heute schon von zwei geliebten Wesen geküsst. Er schmunzelte über sein Glück und schob die letzten Bücher sauber zwischen die anderen, wo er am Ende doch noch Platz fand. Vielleicht sollte er ein weiteres Regal besorgen? Aber darum würde er sich ein anderes Mal kümmern.

Mit Diniels Rückkehr betraten auch Liyuan und Yijian sein Büro. Timoteo hatte in der kurzen Zeit einiges an Ordnung geschaffen, dennoch rümpfte Liyuan die Nase, als sie ihre Augen über den Raum gleiten ließ.

„Ich hätte dir etwas mehr Reinlichkeit zugetraut. Scheint, als wäre nicht nur dein Leben chaotisch", sagte sie und wischte etwas über das Sitzpolster des Sofas, bevor sie sich drauf setzte. Diniel schenkte zuerst seinen Gästen den Kaffee ein, bevor sie mit der Kanne zu ihm ging und seine Tasse auffüllte. Danach stellte sie ihm einen Teller mit einigen belegten Sandwich-Ecken hin.

„Danke, Diniel", sagte er und ignorierte das Sticheln seiner Geschäftspartnerin.

„Oh, Diniel soll von Gregorio ausrichten, dass Miss Mariella in etwa einer Stunde ankommen wird."

Timoteo nickte ihr zu und wartete, bis der kleine Engel den Raum wieder verlassen hatte. Er seufzte leicht und schob eines der Sandwiches in seinen Mund hinein. Das weiche Brot schmolz förmlich auf seiner Zunge und die einfache Kombination von gekochten Schinken, gekochtem Ei und Salat breitete sich geschmackvoll über seinen Gaumen aus. Wie sehr er Lorenzos Essen doch vermisst hatte.

„Also. Das ganze Theater fing an, weil wir wahrscheinlich einen zweiten Luzifer unter uns haben, und jetzt hat es auch noch ein Dämonenlord geschafft, eine Perle in die Finger zu kriegen. Habe ich das Problem richtig zusammengefasst?", fing Liyuan an, nachdem sie die Kaffeetasse auf den Unterteller mit einem lauteren Klirren abgestellt hatte. Timoteo stopfte das letzte Stück des Brotes hastig in seinen Mund und nickte ihr zu.

„Talron arbeitet ebenfalls mit Informanten. Es hat mich schon dreizehn Jahre gekostet, diese eine Perle überhaupt zu finden und er hat sie mir vor der Nase gestohlen und absorbiert. Ich weiß nicht, wie mächtig er jetzt durch die Perle geworden ist, und ich habe noch weniger Ahnung, wo zum Teufel all die anderen Perlen überhaupt sind", sagte er und blickte frustriert in die Schwärze des Getränks in seiner Tasse. Die Welt war riesig und wenn die Perlen tatsächlich so zerstreut waren, könnte es Jahrhunderte dauern, bis sie alle zusammen haben würden.

„Wir haben damals die Dämonen aus Eden vertrieben, dennoch sind alle anderen Perlen, neben der, die du gestohlen hast, einfach verschwunden. Und wir hätten es mitbekommen, wenn die Dämonen sie gestohlen hätten", meldete sich Yijian nun zu Wort.

„Ihr seid also auch der Meinung, dass Talron der erste Dämon ist, der eine Perle an sich reißen konnte?"

Yijian verschränkte die Arme vor seiner Brust und brummte leise.

„Der Herr hätte bestimmt Alarm geschlagen, wenn Dämonen zuvor eine Perle absorbiert hätten, wie dieser Talron. Außerdem haben Liyuan und ich mit den anderen Cherubim Eden bis aufs Blut verteidigt, während die Gewalten die Dämonen vertrieben haben. Bis auf dich konnte niemand in Eden eindringen", sagte er.

„Aber wenn ich hineingelangen konnte, dann konnte es irgendjemand sonst auch. Wie sonst hätten die Perlen verschwinden können?"

Yijian warf ihm einen genervten Blick zu und Timoteo tat so, als hätte er ihn nicht bemerkt, als er einen Schluck von seinem Kaffee nahm.

„Sariel hat allerdings recht. Irgendjemand muss sich den Tumult zunutze gemacht haben, um die Perlen zu stehlen", sagte Liyuan. Sie schnalzte mit der Zunge, genervt darüber, dass überhaupt jemand in den heiligen Ort hatte vordringen können. „Ich kann einfach immer noch nicht glauben, dass ein Seraph diesen Stein ins Rollen gebracht haben soll. Bist du dir absolut sicher, dass du eine rote Feder gesehen hast?" Sie biss sich leicht auf ihre Unterlippe und blickte ungeduldig zu ihm. Ihre Finger klammerten sich verzweifelt an die Untertasse und das Porzellan klimperte für einen Moment, als sie wohl vor Aufregung zitterte.

Timoteo seufzte leise und fixierte ein leeres Blatt Papier auf seinem Schreibtisch. Nur ein Seraph konnte so eine Macht besitzen, die ihn lähmte und damit absolut unfähig machte. Genauso wie die schneeweiße Feder, die zu ihm heruntergeschwebt war, und deren Spitze in die Farbe von Feuer gefärbt war. Seraphim wurden schließlich auch ‚die Brennenden' genannt, ihr ganzes Dasein hatte etwas mit dem Element Feuer zu tun.

„Ich bin mir absolut sicher."

Kapitel 16

Um ihrer Inspirationsdürre etwas auf die Sprünge zu helfen, lief Emilia mit einem Skizzenbuch in den Garten und breitete sich mit ihren Malutensilien auf einer Bank aus, die direkt vor dem Anwesen an einem Kiesweg gegenüber dem Blumenbeet stand. Solange Timoteo mit seinen Gästen beschäftigt wäre, wollte sie sich mit ihrer Kunst etwas bei Laune halten. So hatte sie nach dem Zwischenfall mit dem Dämon auch nicht den Mut, das Haus zu verlassen. Sie schlug das Buch auf und schrieb das heutige Datum mit einem Bleistift in die Ecke einer leeren Seite. Vielleicht könnte sie nachher ein Stillleben aus den Skizzen der Blumen im Garten zusammenstellen und sie käme auch wieder aus ihrem Motivationsloch heraus. Sie ließ ihren Blick über den Garten wandern und sog das farbenfrohe Bild der Blüten ein. Es war ein buntes Beet mit allerlei Blumen, auch wenn sie ihre Art nicht wirklich zuordnen konnte, denn sie hatte sich nie viel mit der Botanik beschäftigt. Typische Blumen wie Tulpen, Gänseblümchen und Rosen konnte sie erkennen – ebenso wie Mohn, den sie einmal gemalt hatte – aber in diesem Garten waren noch viele andere ihr unbekannte Arten.

„Sehr exotisch", murmelte sie und lachte leise. Dabei fiel ihr Blick auf ein Beet mit Blumen, die sie vor Kurzem irgendwo gesehen hatte. Diesen roten Farbton, der beinahe dem Rot von Mohnblumen gleichkam, erkannte sie vom Bildnis eines Erzengels aus dem Buch wieder.

Sie holte ihr Handy hervor und öffnete die Fotogalerie, bevor sie sich vor das Beet kniete und die Blumen miteinander verglich. Das waren definitiv die gleichen Blumen. Im Vergleich zu ihren langen Halmen waren die Blüten recht klein und trompetenförmig, und in ihrer Mitte standen gelbe Staubblätter ab. Es waren auch die Blumen, nach denen Enzo sie gefragt hatte. Emilia sprang hoch, als ihr einfiel, ihn zuvor mit einem Buch über Blumen gesehen zu haben – er wollte also herausfinden, was das für Blumen waren. Sie stopfte das Handy in ihre Hosentasche und lief ins Haus. Eines der Dienstmädchen sagte ihr, dass Enzo in seinem Zimmer sei, und machte sich auf direktem Wege dorthin. Enzos Zimmer war in der Nähe von Mariellas Büro – nur zwei Türen weiter – und sie klopfte daran.

„Ist offen", rief er hindurch und sie trat hinein. Es war eines der typischen Gästezimmer, schlicht eingerichtet, mit einem einfachen Bett, einem Kleiderschrank und einem Tisch. Enzo saß über jenen Tisch gebeugt und stützte das Kinn auf seiner Hand ab. Seine Augenbrauen waren in Konzentration zusammengezogen und sie erkannte die rote Blume zwischen den Fingern seiner anderen Hand. Schließlich sah er zu ihr auf.

„Oh, was gibt's? Willst du wieder raus?", fragte er und musterte sie von Kopf bis Fuß. Emilia ließ die Tür ins Schloss fallen und schenkte ihm ein gequältes Lächeln.

„Nein, für den Moment habe ich genug davon. Ich bin wegen der Blume hier. Du hast den Gärtner also noch nicht gefragt?", sagte sie und deutete auf das Objekt in seiner Hand.

„Gregorio sagte, dass der Typ erst übermorgen wieder kommt. Ich durfte durch seine Bücher wühlen, weil's dringend ist."

Emilia stellte sich neben ihn und warf einen Blick ins Buch. Neben ihm konnte sie nun einen Stapel von anderen Büchern erkennen, allesamt alte Enzyklopädien über Blumen. Sie holte ihr Handy hervor und zeigte ihm das Foto von ihrem Fund. Enzo riss ihr das Telefon aus der Hand und drückte seine Nase beinahe ins Display, während er die Blume in seiner Hand mit der des Fotos verglich.

„Das sind die Gleichen! Wo hast du das her?", fragte er aufgeregt.

„In der Bücherei habe ich ein Buch über Engel gefunden und im Kapitel über Erzengel habe ich bei jedem von ihnen Blumen gesehen. Ich habe sie als Symbol interpretiert und Fotos davon gemacht, auch weil mir die roten Blumen bekannt vorgekommen sind", erklärte sie und blickte dabei zur roten Blume auf dem Tisch. Das war definitiv die Gleiche.

Enzo sprang vom Stuhl auf und packte ihre Schultern so plötzlich, dass sie dabei beinahe ins Stolpern geriet.

„Was war's für 'n Erzengel?" Seine braunen Augen waren geweitet und sein leicht gebräuntes Gesicht wirkte durch die Aufregung etwas blasser als zuvor. Emilia musterte seine Augen und es war, als würde er sie mit seinem Blick anflehen, ihm zu antworten, und seine Finger bohrten sich dabei leicht in ihre Schultern.

„Er hieß Seraphiel", antwortete sie. Enzos Lippen waren für einen Moment etwas geöffnet, ehe er sie zusammenpresste und laut schluckte. Seine Finger strichen kurz über ihre Arme, als sie zu seinen Seiten sanken und er sich auf den Stuhl zurückfallen ließ.

„Das macht doch keinen Sinn." Mit einer Hand strich er über sein Gesicht und ließ sie über seinen Mund ruhen, als er wieder zur Blume blickte und seinen Arm auf dem Tisch abstützte. Er zog seine Augenbrauen zusammen und starrte auf die roten Blütenblätter, als wartete er darauf, dass sie ihm irgendwelche Antworten geben würden.

„Was macht keinen Sinn?"

Enzo sah wieder zu ihr auf, seufzte aber leise und schüttelte seinen Kopf. „Nichts, vergiss es. Danke für die Info", sagte er und klappte das Buch vor sich zu. Er legte es zum anderen Stapel daneben und fuhr sich leise murmelnd mit einer Hand durch die Haare. Enzo warf ihr einen Blick über die Schulter, da sie immer noch in seinem Zimmer stand.

„Ist noch was?"

„Ich habe mich noch gar nicht bedankt, dass du Claudia und mich gerettet und den Dämon vernichtet hast."

Seine Augen weiteten sich für einen Moment und er wandte sein Gesicht hastig zur Seite. Sie hörte ihn irgendetwas murmeln und beugte sich näher zu dem Engel, ehe er sich laut räusperte. Emilia legte ihren Kopf schief, verwundert über seine Reaktion, doch Enzo straffte seine Schultern und streckte die Brust etwas heraus. Ein freches Grinsen zierte sein Gesicht, nachdem er sich ihr wieder zugewandt hatte, und deutete mit einem Daumen auf seine vor Stolz geschwellte Brust.

„Ha! Das war 'n kleiner Fisch. Für 'nen Krieger wie mich 'ne Kleinigkeit, nicht der Rede wert!"

„Ich danke dir trotzdem!"

Timoteo goss sich mittlerweile die vierte Tasse Kaffee ein, als die Tür zu seinem Büro aufging und Mariella und Enzo in das Zimmer traten. Ein fremder Engel, der wohl Mariellas Untergebener aus Japan sein musste, folgte ihnen. Seine kurzen Haare hatten das gleiche Schwarz wie Timoteos, jedoch waren seine Augen dunkler. Als er an seinen Schreibtisch trat, konnte er im Sonnenlicht einen leichten Braunschimmer in ihnen erkennen. Timoteo erhob sich vom Stuhl und bot dem Mann seine Hand an, die er sofort in seine nahm und schüttelte. So professionell dieser Mann nach außen hin auch wirkte, konnte er dennoch seine Abneigung in dessen Augen erkennen.

„Kumagai Sho", stellte er sich vor. Timoteo zwang sich zu einem Lächeln und nannte seinen Namen ebenfalls, so wie es die Höflichkeit und Professionalität verlangte. Dieser Mann konnte ihn ruhig von ganzem Herzen verachten, aber er brauchte seine Hilfe und seine Macht. Timoteo war nur ein einfacher Engel, während Sho als ehemaliger Engel der Gewalten wesentlich mächtiger war.

„Das sind Bai Liyuan und Zheng Yijian", stellte er ihm die beiden Cherubim aus der chinesischen Triade vor. Jetzt fehlte nur noch sein Partner aus Mexiko, aber die wichtigsten Schlüsselpersonen waren bereits anwesend und sie konnten über die nächsten Schritte sprechen.

Liyuan musterte Mariella grinsend und erhob sich vom Sofa. „Ich hätte nicht gedacht, dass wir uns unter diesen Umständen wiedersehen würden, Nuriel."

„Ashael", sagte Mariella kühl, nickte ihr aber höflich zu, bevor sie sich Timoteo wieder zuwandte. „Bevor wir über irgendetwas reden, solltest du das zu Gabriel bringen."

Sie drückte ihm eine kleine Box in die Hände. Es war eine rote Box, bestickt mit einem Drachenmuster und einem Siegel darauf.

Etwas, das ich zu Gabriel bringen soll? Timoteo sog scharf Luft ein und blickte erschrocken zu Mariella auf. „Sho hat sie gefunden und versiegelt, damit die Energie nicht aufgespürt werden kann. Also bring sie rasch zum Herrn."

Sein Herz raste und er stopfte die Box eilig in die Innentasche seines Sakkos. Seine Freude musste jetzt warten und er durfte keine Sekunde länger zögern! Timoteo nickte ihr stumm zu und öffnete eines der Fenster weit. Seine Flügel spannten sich mit einem lauten *Flapp* auf und er schoss wie ein Pfeil in den Himmel hoch. Durch die hohe Fluggeschwindigkeit peitschte ihm der Gegenwind grob ins Gesicht, doch er konnte nicht das Lächeln zurückhalten, dass sich trotzdem auf seine Lippen stahl. Er konnte endlich eine Perle zu Gott bringen und damit weiter für den Schutz von Emilia und seinen Leuten sorgen! Endlich würde damit ein kleiner Teil der Last auf seinen Schultern genommen werden, das müsste er heute mit allen im Anwesen ausgiebig feiern! Nach nur wenigen Minuten entdeckte er eine goldene Mauer und erreichte damit den Übergang von der Erde zum himmlischen Reich. Nachdem er bisher keine Perle gefunden hatte, war es das erste Mal, dass er in den Himmel kam. Von Gabriel wusste er allerdings, dass die Wachen über ihn in Kenntnis gesetzt waren und er durch seinen Segen die Grenze ohne Probleme überqueren konnte, um die Perlen zu Gott zu bringen. Als ehemaliger Schutzengel war er an die Erde gebunden und diese konnten das himmlische Reich normalerweise nicht betreten, zumindest nicht ohne Hilfe. Mit einem leicht unsicheren Gefühl lief er auf die Engelswachen zu, beide waren in einer goldenen Rüstung gekleidet und hielten je einen Speer in ihrer Hand. Ein Helm verdeckte ihre Gesichter.

„Guten Tag. Mein Name ist Sariel und ich bin hier, um dem Herrn etwas zu überbringen", sagte er und blickte zwischen den Wachen hin und her, als sie keine Anstalten machten, ihm den Zugang zu verwehren.

„Du trägst Gabriels Segen, du darfst passieren", antwortete die rechte Wache. Timoteo seufzte erleichtert und überquerte die Grenze zum Himmel. Er wanderte orientierungslos über die weiße Wolkendecke. Mittlerweile lag die himmlische Mauer weit hinter ihm, doch hier war weit und breit nichts als ein endloses Wolkenmeer zu sehen. Er konnte sich noch gut an den paradiesischen Anblick von Eden erinnern, überwältigt von all seinen farbenfrohen Blumen und Bäumen, doch das hier war eine endlose Leere. Verwundert drehte er sich in alle Richtungen, blickte überall hin, und fragte sich für einen Moment, ob er hier überhaupt richtig war. Vielleicht sollte er die Wachen fragen, wo er Gabriel finden könnte, und wollte zurückgehen, als eine goldene Wendeltreppe vor ihm erschien. Die Treppe führte in eine darüberliegende Wolkendecke, die vorher noch nicht da war, und er stieg die strahlenden Stufen empor.

„Hach, ich glaubte schon, dass ich dich hier nie sehen würde!"

Eine bekannte jugendliche Stimme erklang, als er die nächste Ebene erreichte und erblickte einen Jungen in grüner Robe vor sich. In der rechten Hand eine goldene Trompete, an die er sich ebenfalls gut erinnern konnte.

„Gabriel", murmelte er leise.

„Ich freue mich auch, dich zu sehen, Sariel!", sagte er und lief mit offenen Armen auf ihn zu. Timoteo verzog das Gesicht, er erwartete doch hoffentlich keine Umarmung von ihm?

Lachend führte Gabriel seine Arme hinter seinen Rücken und blickte erwartungsvoll auf die rote Box in Timoteos Händen. „Hast du nach dreizehn Jahren endlich eine gefunden? Der Herr ist sehr erfreut darüber."

Er nickte und zog Shos Siegel von der Box ab, bevor er sie öffnete, und überreichte dem Erzengel die Perle.

Gabriel schmollte, als er die Perle kritisch zwischen seinen Fingern begutachtete. „Hmm, nur die Perle der Schutzengel. Ihre Macht ist nicht sehr groß, aber besser als gar keine", sagte er. Ein goldener Schimmer erschien um die Perle und sie verschwand aus der Hand des Erzengels. Ob sie in Eden wieder in das Samtkissen auf den Steinbüsten zurückgebracht werden würde, in die er die Perlen damals vorgefunden hatte? Aber das ging ihn nicht mehr an.

Timoteo stieß seinen Atem laut aus und ließ seine Schultern entspannt sinken. „Ich hoffe, der Herr kann uns weiterhin mit Weihwasser und Siegeln versorgen."

Er musterte Gabriel unsicher, als dieser ihn nur freundlich anlächelte.

„Oh, keine Sorge, nicht nur das. Als Dank werde ich dich in eine erfreuliche Angelegenheit einweihen!", sagte er und lachte heiter. Gabriel wandte sich von ihm ab und ging einige Schritte, Timoteo sah es als Zeichen ihm zu folgen. „Weißt du, ich habe mich mit deinem ehemaligen Schützling unterhalten und ihr die Wahrheit erzählt."

Timoteo blieb stehen und erstarrte, als Gabriel sich mit einem strahlenden Lächeln zu ihm wandte. *Was für eine Wahrheit?*

„Was hast du … ihr …?" Er konnte kaum ein ganzes Wort herausbringen, geschweige denn seine Frage ordentlich zu Ende bringen. Er hatte sich bestimmt nur verhört, oder Gabriel trieb Unfug mit ihm. Wieso sollte er Emilia irgendetwas erzählen?

„Jup, ich habe ihr erzählt, was damals geschehen ist", sagte er.

Timoteo zog die Augenbrauen zusammen, während das Blut ihm laut in den Ohren rauschte und das Herz wild in seiner Brust umher sprang. „Wieso?"

„Na ja, du hast nach all den Jahren keine Perle finden können und der Herr wird immer schwächer. Deswegen brauchen wir ihre Perle jetzt mehr denn je, und es wäre leichter, an sie zu gelangen, wenn sie die Wahrheit kennt", antwortete er mit einem Schulterzucken. Timoteos Magen verknotete sich und er wurde von einer plötzlichen Übelkeit übermannt, die ihn in die Knie zwang. Er presste eine Hand gegen seinen Mund und blickte angewidert zu dem Jungen, der nur seine Augenbrauen erhob und ihn unschuldig anlächelte. Gabriel hatte Emilia die Wahrheit erzählt, nur um leichter an ihre Perle gelangen zu können? Sein Blut kochte inzwischen und sein Blickfeld färbte sich rot. Die Finger über seinen Lippen ballten sich zu einer Faust und am liebsten würde er ihm dieses spöttische Lächeln aus dem Gesicht prügeln.

„Ihr habt doch jetzt eine Perle!", schrie er ihn zornig an.

„Der Herr hat ihr erlaubt, einen Nephilim mit dir zu zeugen, wenn sie ihre Perle nicht sofort aufgeben wollen würde. Damit würdest du über ihren Tod getröstet werden und sie könnte unbesorgt ihren Eltern Gesellschaft leisten. Damit wären doch alle Parteien zufrieden", erklärte Gabriel, und seine Augen leuchteten auf, als würde er über etwas Erfreuliches sprechen.

Timoteo drückte sich vom Wolkenbett auf, rannte auf ihn zu und holte mit seiner Faust aus. Doch ehe er ihn erreichen konnte, löste sich das Wolkenbett unter ihm auf und er schwebte für einen Augenblick in der Luft. Gabriels Blick verdunkelte sich für einen Moment, bevor er Timoteo erneut ein unschuldiges Lächeln schenkte.

„Der Herr duldet keine Gewalt. Aber da du ihm eine Perle gebracht hast, sieht er davon ab, dich zu bestrafen", hörte er den Erzengel noch sagen, bevor er durch den Fall aus seinem Sichtfeld verschwand. Seine Augen starrten auf die Wolkendecke, die sich in seinem freien Fall immer weiter über ihm erstreckte. Wie konnten sie seine Emilia einfach so vor die Wahl stellen und sie zu einer Entscheidung drängen? Sie dazu *zwingen*. Und noch dazu ein Nephilim … als *Trost* für ihn? Timoteo legte eine Hand über seine Augen und er lachte leise. Als könnte er jemals eine Kreatur lieben, die für ihren Tod verantwortlich sein würde.

Noch bevor er in den Boden seines Gartens krachen konnte, spannte er seine Schwingen auf und fing sich im Fall. Erst als er die Wiese wieder unter seinen Füßen spürte, verließ ihn die Kraft und er fiel auf die Knie.

„Versuche erst gar nicht, deinen Schützling zu verstecken. Sie hat meinen Segen und wenn sie nicht den Akt mit dir vollzieht, wird die Perle sich von selbst aus ihrem Herzen herausreißen", hörte er Gabriels bedrohliches Flüstern in seinem Ohr. „Du hast keine Wahl, mein lieber Sariel."

Seine Finger vergruben sich in die Erde und er biss sich hart auf die Unterlippe, bis ein metallischer Geschmack seine Zunge benetzte. Timoteo schlug gegen den Boden, immer und immer wieder, frustriert über seine Unfähigkeit. Er war ihr ehemaliger Schutzengel und konnte rein gar nichts für sie tun. Erst nahm das Schicksal sie ihm weg, jetzt würde Gott sie ihm erneut nehmen. Dabei konnte sie noch nicht einmal so leben, wie er es sich für sie gewünscht hatte. So wie *sie* sich das gewünscht hatte.

Wieso bin ich so schwach? Wieso bin ich so machtlos? Wieso …

„Teo?" Timoteo zuckte zusammen und blickte mit Schrecken zu ihr auf. Emilia stand vor ihm, ein schwarzes Buch in einer Hand und ein Federmäppchen in der anderen, und sah ihn verwundert an. Sie schreckte hoch und warf die Gegenstände in die Wiese, bevor sie sich zu ihm kniete und sein Gesicht in ihre Hände nahm. Ihr Daumen strich vorsichtig über seine Unterlippe.

„Du blutest ja! Was ist denn passiert?", fragte sie.

Ihr Blick war auf seine Lippen fixiert, die Sorge zeichnete sich auf ihrem Gesicht ab, während er nur stumm in ihre braunen Augen starrte und sich in ihnen widerspiegeln sah, ehe dieses Bild verschwamm. Ein Brennen zwang ihn dazu, seine Augen zuzukneifen, und er packte ihre Arme, um sie an sich zu drücken. Seine Hände wanderten über ihren Rücken, er vergrub sein Gesicht in ihre Halsbeuge und ihr süßliches Parfum kroch ihm dabei in die Nase. Emilia war das Wertvollste in seinem Leben, sie war alles für ihn und er könnte sich doch nicht einfach so wieder von ihr trennen. Timoteo stieß seinen zittrigen Atem aus und drückte sie enger an sich, als sie ihre Arme ebenfalls um ihn legte und sich an ihn schmiegte.

„Emilia."

„Hm?"

„Sag mir ... was du ... willst", fing er schließlich an. Er wollte es von ihr hören, sie selbst sollte ihm sagen, wie sie ihr Leben führen wollte. Emilia schob ihn vorsichtig von sich und sah ihn fragend an.

„Was meinst du?"

„Gabriel, er ... du weißt alles. Er hat es mir erzählt ... deshalb", sagte er weiter und hielt inne. Er führte seine Hände zu ihrem Gesicht, strich mit seinen Daumen über ihre Wangen und lehnte seine Stirn gegen ihre. „Sag mir, was *du* willst."

Sie seufzte leise und rieb ihre Nase leicht gegen seine. „Natürlich will ich nicht sterben, wer will das schon. Aber jetzt, in diesem Moment, würde ich gar nicht mehr leben, wenn's nicht wegen dieser Perle gewesen wäre, die du gestohlen hast."

Emilia strich über seine Brust bis zu seinem Nacken hoch, kämmte ihre Finger durch seine Haarsträhnen und massierte seinen Kopf leicht. Sie schloss ihre Augen und lächelte einfach.

„Ich bin jetzt hier nur wegen dir und deswegen bin ich dankbar. Aber wegen dieser Perle hab ich auch alle anderen in Gefahr gebracht, und ich will nicht wissen, was die Dämonen anrichten würden, wenn Gott von ihnen übermannt werden würde. Ich kann nicht so gierig und selbstsüchtig sein und an dieser Perle festhalten. Meinen Traum werde ich in der kurzen Zeit wohl nicht verwirklichen und ich will auch nicht von heute auf morgen von dir weg. Deswegen würde ich gerne … mit dir …" Ein Rotschleier legte sich über ihre Wangen. „Ich wünschte, ich hätte dich früher wieder getroffen, damit ich noch mehr Zeit mit dir hätte verbringen können", sagte sie und lachte schüchtern.

Sein Herz flatterte aufgeregt und die Nähe zu ihr glich einer wohlig warmen Decke, die er an kalten Wintertagen um sich legen würde. Ein sanftes Kribbeln machte sich in seinem Bauch bemerkbar und in diesem Moment würde er ihr auf der Stelle jenen Wunsch erfüllen, um den sie ihn die letzten beiden Male schon gebeten hatte.

„Jetzt macht dieses Gefühl der Verbundenheit zu dir auch Sinn."

„Willst du mich immer noch küssen?", fragte er dennoch. Emilia blickte direkt in seine Augen und nickte. Er konnte sich ein leises Lachen nicht verkneifen, sie hatte sich zu weit mehr mit ihm entschieden und er wollte sie mit Liebesbekundungen bis nach einer Verabredung warten lassen. Aber am allermeisten wollte er, dass sie sich sicher sein und nichts bereuen würde. Timoteo lehnte sich etwas zurück, strich ihre Wange entlang und stoppte an ihrem Kinn. Seine Augen waren auf ihre leicht geöffneten Lippen gerichtet und er beugte sich zu ihr. Emilias Hand wanderte zu seinem Nacken hinunter und zog ihn beinahe schon ungeduldig an sich, ehe ihre Lippen endlich aufeinandertrafen. Eine Gänsehaut breitete sich in dem Moment aus, als ihre weichen Lippen über seine strichen, und er kam nicht umhin, über ihre Ungeduld, in den Kuss hineinzulächeln.

Timoteo schloss seine Augen und ließ sich in diesem Moment fallen. Seine Hände strichen sanft ihren Rücken entlang, er schlang einen Arm um ihre Taille, während die andere hoch zu ihrem Hals wanderte, um ihre Haut spüren zu können. Er wollte sie nie mehr loslassen und wünschte sich, dass dieser Moment ewig andauern würde. Das Kribbeln in seinem Bauch wurde zu einem heftigen Prickeln und schwoll schließlich zu einem bunten Feuerwerk an, während ihre Lippen einander zart liebkosten. Emilia war die mutigere, als sie mit ihrer Zunge über seine Unterlippe strich. Doch auch wenn er ihr Einlass gewährte, ließ er sie nicht einfach so alles tun, was sie wollte. Obwohl er ihr bisher alle Entscheidungen überlassen hatte, hieß das nicht, dass er sich einfach so von ihr dominieren lassen würde, und drückte ihre neugierige Zunge mit seiner zurück. Er löste sich von ihr, um seine Lungen wieder mit Luft aufzufüllen. Ihre Köpfe ruhten aneinander und sie hauchte heiß gegen ihn, als hätte er ihr mit dem Kuss ebenso den Atem geraubt, wie sie ihm. Emilia drückte ihn wieder näher an sich, versuchte, den Abstand zwischen ihnen für einen weiteren Kuss zu schmälern, doch er lehnte sich zurück und erhielt prompt ein Schmollen von ihr. Ihr brummiger Ausdruck entlockte ihm ein Lächeln und er gab schnell nach, indem er ihren weichen Lippen ein flüchtiges Küsschen schenkte.

„Hat Gabriel dir eine Frist gegeben?", fragte er.

„Noch dreizehn Tage."

Er strich eine Haarsträhne hinter ihr Ohr und küsste ihre Stirn sanft. Seine Lippen schwebten für einen längeren Moment über ihre Haut, um diesen Moment der Nähe in all seinen Zügen auszukosten, ehe er ihren Kopf gegen seine Brust drückte und sein Gesicht in ihrem Haarschopf vergrub. Emilia war in seinen Armen und er fühlte sich nach all den Jahren der Trennung endlich wieder vollkommen. Sie war das letzte fehlende Teil in seinem unfertigen Puzzle.

„Dann lass uns alle Zeit auskosten, die wir noch haben."

Kapitel 17

Hand in Hand liefen sie wieder in das Anwesen zurück. Timoteo drückte ihre Hand leicht, irgendwie fürchtete er sich davor, dass sie von einem Moment auf den Nächsten durch seine Finger schlüpfen und vor seinen Augen verschwinden würde. Als wäre alles nur ein Traum, aus dem er jeden Moment aufwachen könnte.

Sie erwiderte den Druck auf seine Hand und sah zu ihm hoch. „Bist du sicher, dass du jetzt schon wieder arbeiten willst? Du siehst erschöpft aus."

Timoteo nahm einen tiefen Atemzug und stieß diesen laut wieder aus. Er zog sie näher zu sich und legte einen Arm um ihre Schulter, ehe er sie ohne ein weiteres Wort an sich drückte. Am liebsten würde er sie jede einzelne Sekunde bei sich haben wollen, damit er die ihnen noch verbliebene Zeit gänzlich ausnutzen könnte.

„Wie wär's, wenn ich ab heute Nacht bei dir schlafe?", fragte sie. Ihr warmer Atem strich über seinen Hals und er vergrub sein Gesicht in ihren Haarschopf

„Wenn du das möchtest, würde ich mich darüber freuen", sagte er und strich mit seiner Nase über ihre weichen Strähnen.

Emilia strich über seine Wange, reckte sich zu ihm hoch und flüsterte gegen seine Lippen. „Dann werde ich in deinem Bett auf dich warten."

Sie küsste ihn liebevoll, aber flüchtig, und als er bemerkte, dass sie sich ihm wieder entzog, legte er rasch einen Arm um ihren Rücken und drückte sie wieder an seinen Körper. *Noch nicht.* Er schloss den störenden Abstand und nahm sie in einem weiteren Kuss gefangen. Timoteo konnte nicht genug von dem süßen Geschmack ihrer Lippen bekommen, nicht genug von dem Gefühl, sie gegen sich zu spüren und in seinen Armen zu halten. Erst jetzt wurde ihm wieder bewusst, wie sehr er seinen ehemaligen Schützling liebte. Über den langjährigen Abstand zwischen ihnen hatte er seine Gefühle für sie niemals vergessen, und er wollte nie eine andere Person an seiner Seite haben. Denn niemand hätte je ihren Platz in seinem Herzen einnehmen können – er lebte nur für sie und auch nur ihretwegen. Solange Emilia in ihrem Leben glücklich war, war das alles, was für ihn zählte. Er wollte all seine Liebe für sie in diesen Kuss legen, ihr zeigen, dass sie die einzige Person für ihn in seinem Leben war und auch jemals sein würde.

Nur widerwillig schob er sie von sich, so musste er sich dennoch um das Problem mit den restlichen Perlen kümmern und seufzte leise. „Ich werde nicht allzu lange brauchen. Ich bin ziemlich müde von den Strapazen der letzten Tage", sagte er und strich ihre Haare über ihre Schulter zurück. Emilia zog ihn zu seinem Büro und verließ ihn mit einer innigen Umarmung. Er kam nicht umhin, ihr noch für einen längeren Moment nachzusehen, er konnte seine Augen einfach nicht von ihr abwenden. Die Besprechung mit den anderen Engeln musste er allerdings kurz halten, die Erschöpfung nagte mittlerweile schwer an ihm und ein stechender Schmerz strahlte durch seine Stirn. Timoteo massierte seine Schläfen leicht, in der Hoffnung, die Kopfschmerzen zumindest etwas zu lindern und betrat sein Büro. Alle Engel waren noch anwesend und hatten ihre Augen nun auf ihn gerichtet.

„Gott hat die Perle erhalten", sagte er und schwankte leicht zu seinem Schreibtisch, ehe er sich in den Sessel fallen ließ. Ein Hitzeschub plagte ihn und die Krawatte um seinen Hals fühlte sich plötzlich so viel enger an. Er hakte einen Finger in den Knoten und lockerte diesen etwas.

„Du siehst blass aus, ist alles in Ordnung?", fragte Mariella und beugte sich zu ihm. „Enzo, bring Wasser."

„Nicht nötig, es geht schon", sagte er und stoppte ihren Untergebenen, nachdem er inzwischen etwas mehr Luft bekam und die Hitze sich allmählich verflüchtigte. Mariella seufzte und lehnte sich gegen seinen Tisch.

„Belassen wir den Rest der Besprechung, wir haben lange Tage hinter uns. Ich müsste noch etwas unter vier Augen mit dir besprechen, Timoteo", gab Mariella zurück und blickte zu den beiden Cherubim.

Liyuan blickte seufzend zu Yijian, der ihr einen fragenden Blick zuwarf. „Da wir neben diesem Dämon noch ein weitaus größeres Problem haben, nämlich diesen unbekannten Seraph, macht es keinen Sinn für uns länger hierzubleiben. Ich würde daher vorschlagen, dass Yijian und ich zurückreisen und wir die Suche nach den Perlen von dort ausweiten. Wir sollten uns auf die Perlen fokussieren, danach können wir diesem Dämon immer noch den Garaus machen", erklärte sie. Timoteo ließ sich Liyuans Worte durch den Kopf gehen, aber sie hatte recht, und er nickte ihr schließlich zu. Die beiden Cherubim verabschiedeten sich damit und wurden von Enzo hinausbegleitet. Somit waren Mariella und Timoteo jetzt allein.

„Was wolltest du so dringend besprechen?"

Mariella beugte sich näher zu ihm und flüsterte ihre nächsten Worte. „Enzo hat mich informiert, dass Sophia in unserer Abwesenheit mit Seraphiel Kontakt aufgenommen hat."

Timoteo zog die Augenbrauen zusammen und erwiderte ihren unschlüssigen Blick mit einem fragenden. „Seraphiel? Was hat Sophia denn mit einem Erzengel zu bereden?"

„Enzo konnte nicht viel verstehen. Aber scheinbar ging es um Talron und dass er etwas vernichtet und gestohlen hatte. Ich gehe davon aus, dass damit die Perle gemeint war", erklärte sie und verschränkte ihre Arme vor der Brust. „Wenn ich ehrlich sein soll, habe ich seit einer Weile ein seltsames Gefühl. Das war auch ein Grund, warum ich Enzo hergeholt habe. Bei ihm weiß ich, dass ich ihm zu 100 Prozent vertrauen kann."

Timoteo lachte gehässig auf und schüttelte seinen Kopf. „Sophia hängt an dir, wie ein kleines Kind an seiner Mutter. Als würde sie jemals dein Vertrauen missbrauchen. Sie ist diejenige, die mich wegen deines Falls am meisten verachtet. Noch mehr als dieser Sho", sagte er und winkte ab. Mariella warf ihm einen ungläubigen Blick zu. „Und da wir dabei sind. Wieso hast du mir nie erzählt, dass du eine Kandidatin für den Posten eines Erzengels warst?"

Sie weitete ihre Augen, überrascht darüber, diese Frage von ihm zu hören und seufzte leise. Mariella drückte sich vom Schreibtisch weg und stellte sich an das Fenster hinter ihm. Schließlich entwich ihr ein verhaltenes Lachen. „Es stand nie zur Debatte. Außerdem hatte Ashael bessere Chancen als ich", sagte sie.

Sie wirkte ruhig, aber er glaubte nicht daran, dass sie es im Inneren auch tatsächlich war. Mariella wirkte immer ruhig und zeigte ihre Gedanken oder Gefühle nie offen auf ihrem Gesicht. Egal vor welchem Problem sie bisher gestanden hatten, im Gegensatz zu ihm war sie wie ein Fels in einer Brandung, der sich von den Gezeiten nie unterkriegen ließ. Eine Eigenschaft, die er immer an ihr geschätzt hatte.

„Meinetwegen bist du in Ungnade gefallen und hast deswegen die Chance, zu einem Erzengel aufzusteigen verloren. Ich weiß nicht, ob du deinen Hass mir gegenüber besser verstecken kannst als die anderen, oder …"

Er sprach nun die Dinge an, die ihn schon länger beschäftigten, aber für die er nie den Mut gehabt hatte, sie zu stellen. Mariella war ein mächtiger Engel und ohne sie wäre er heute nicht da, wo er nun stand. Gerade weil sie wie ein verschlossenes Buch war, hatte er sie auf Abstand gehalten und sich gar davor gefürchtet, ihr zu vertrauen. Doch ihre Taten der letzten Wochen hatten ihm die Augen geöffnet und gezeigt, dass sie kein Feind war.

„Ich hasse dich nicht", sagte sie und wandte sich ihm zu. Mariellas Blick war kühl wie eh und je und distanziert. Doch in diesem Moment war es das erste Mal, dass ihre Augen weich und warm wirkten, und das erste Mal, dass er sie aufrichtig lächeln sah. Timoteo hielt seinen Atem an.

„Um ehrlich zu sein, ist es eher das Gegenteil. Ich bewundere dich, weil du etwas getan hast, wofür ich einst zu feige war. Du hattest den Mut, das zu tun, was du für richtig hieltest, und deswegen wollte ich dir helfen."

Das Lächeln auf ihren tiefroten Lippen hatte etwas Trauriges an sich, als sie ihren Blick zu Boden wandte. Ihre langen Wimpern glitzerten im Sonnenlicht leicht und sie rieb sich mit einer Hand rasch über die Augen. „Irgendwie wollte ich meine eigenen Schuldgefühle damit erleichtern. Also ganz so selbstlos, wie du glaubst, bin ich nicht", sagte sie und lachte gequält.

Timoteo sah sie lange an und nickte stumm. Er würde sie tausend Dinge fragen wollen, vor allem, was sie genau meinte. Aber er hatte das Gefühl, dass es unangebracht wäre, in ihrer Vergangenheit zu bohren. Stattdessen erhob er sich von seinem Platz und umarmte sie einfach. Er wusste nicht, wie er ihr seinen Dank sonst zeigen könnte, und entschied sich für eine Geste der Menschen. Eine Umarmung hatte so viele Möglichkeiten Botschaften zu übermitteln – einen Gruß, einen Abschied, Zuneigung oder auch einfach nur seinen Dank. Timoteo wollte ihr zeigen, dass er sein Misstrauen ihr gegenüber abgelegt hatte und sie als Verbündete schätzte und ehrte.

„Danke", sagte er.

Mariella lachte leise und tätschelte seinen Rücken, wie eine Mutter es bei ihrem Kind täte. „Ruh dich aus. Morgen können wir über die nächsten Schritte reden."

Timoteo ließ von ihr ab und kratzte sich etwas verlegen an der Nase. „Ich habe Emilia den morgigen Tag versprochen. Vielleicht können wir die Besprechung in der Früh abhalten, damit ich später Zeit für sie habe?", fragte er und lächelte sie unsicher an. Mariella erhob ihre Augenbrauen für einen Moment und sah ihn an, als hätte er etwas Unaussprechliches gesagt. Doch im nächsten Augenblick lachte sie und schüttelte ihren Kopf.

„Ich werde Sho darüber in Kenntnis setzen."

Timoteo ließ sich erschöpft in sein Bett fallen und vergrub sein Gesicht in das weiche Kissen, ein wohliger Seufzer verließ seine Lippen, als er seine müden Augen schloss. Die langen Flugreisen zehrten sehr an seinen Kräften und er hatte daher die letzten Tage kaum und wenn überhaupt, nur sehr schlecht geschlafen. Und dann noch der Ausflug in den Himmel zuvor. Ein Klopfen riss ihn aus seiner Schläfrigkeit und er setzte sich auf, ehe er der Person seine Erlaubnis zurief. Die Tür öffnete sich einen Spaltbreit und für einen Moment trat niemand hinein. Timoteo wollte gerade aufstehen, als die Tür aufgedrückt wurde und

Emilia mit einem Tablett in den Händen ins Zimmer trat.

„Hey, Mariella hat mir gesagt, dass du dich schon hinlegen wolltest. Aber du hast nichts Ordentliches gegessen und ich habe dir etwas vom Abendessen mitgebracht", sagte sie und stellte das Silbertablett neben ihm auf das Bett ab. Vielleicht sollte er wirklich noch eine Kleinigkeit essen, bevor er sich schlafen legen würde.

„Danke", murmelte er mit einem Lächeln, lehnte sich gegen sein Kopfkissen und tätschelte die freie Stelle zu seiner Rechten. Emilia ging um das Bett herum und setzte sich neben ihn, zog das Essen näher und reichte ihm einen Teller.

Ein Stück frisch gebackener Gemüseauflauf lag darauf, garniert mit etwas Salat und klein gehackten Kräutern, sowie einer weißen, cremigen Soße. Der Duft des geschmolzenen Käses und der verschiedenen Gemüsestücke entlockte seinem Magen ein leises Knurren. Als er sich ein Stück genüsslich in den Mund schob, entdeckte er einen zweiten Teller auf dem Tablett, worauf ebenfalls etwas von dem Gemüseauflauf war, und lächelte, als Emilia diesen in die Hand nahm und mit ihm gemeinsam aß.

„Ich könnte das als Verabredung durchgehen lassen und du kannst mich fragen, was du willst", sagte er.

Emilia kicherte leise und schluckte ihren Bissen erst herunter, bevor sie ihm antwortete. „Verlässt man für ein Date nicht eigentlich das Haus? Und wo ist die romantische Atmosphäre?", gab sie lachend zurück.

Timoteo stimmte in ihr Lachen ein. „Auch noch Ansprüche stellen. Frechheit!"

Er legte den Teller auf dem Tablett ab und lief zu seiner Kommode. Aus der unteren Schublade holte er eine rote Stumpenkerze hervor und zündete sie mit einem Streichholz an, ehe er sie auf den Nachttisch neben dem Bett ablegte und Emilias Reaktion musterte. „Romantisch genug?"

Ihr erschrockener Blick wanderte von der Kerze zu ihm.

„Das war doch nur ein Scherz! Nimm nicht alles ernst, was ich sage", sagte sie jammernd, zog ihn auf das Bett und drückte ihm den Teller wieder in die Hand. „Iss, bevor es noch kalt wird."

Sie schmollte, als sie ein Stück des Auflaufs in ihren Mund stopfte und wich seinem Blick beschämt aus. Er lachte heiter und nahm ebenfalls ein weiteres Stück vom Essen. Ihre Schultern berührten sich und Timoteo führte seinen Blick zu ihr. Sie war auf die Speise in ihren Händen fixiert und aß, ohne ein Wort von sich zu geben. Trotzdem fühlte sich dieser Moment und diese Ruhe nicht unangenehm an, und die Erschöpfung und Müdigkeit, die ihn zuvor geplagt hatte, war plötzlich viel erträglicher. Einfach nur, weil sie gerade bei ihm war. Er strich eine ihrer seitlichen Strähnen hinter ihr Ohr, um einen besseren Blick auf ihr Gesicht zu haben und erhielt einen fragenden Blick von ihr.

Er hasste es, zugeben zu müssen, aber irgendwie konnte er dem Dämonenlord doch dankbar sein. Wenn er sie nicht auf der Abschlussparty ihrer Universität angegriffen hätte, dann würde sie jetzt nicht hier bei ihm sein. Auch wenn seine Informanten stets ein Auge auf ihren Zustand behielten, hatte er nie nach Details gefragt. Er traute sich nicht. nach mehr zu fragen, zu groß war die Sorge, schwach zu werden und ihre Nähe aufzusuchen. Daher wusste er nichts über ihr Leben, mit wem sie befreundet war, ob sie eine Beziehung hatte, oder was sie sonst noch tat. Erst beim Banküberfall hatte er sie nach all den Jahren wiedergesehen, nachdem seine Informanten ihn diesbezüglich unterrichtet hatten. Als sie auf der Feier auf ihn zugegangen war, hatte er sich darüber erschreckt, und auch wenn er über die Jahre ebenfalls von einem Kind zu einem Erwachsenen herangewachsen war, hatte er sich in dem Moment gefragt, ob sie ihn vielleicht auch wiedererkannt hatte.

Er legte seinen Teller auf das Tablett ab und beugte sich für einen flüchtigen Kuss zu ihr. „Ich werde mich dann mal umziehen und frisch machen", sagte er und schwang seine langen Beine aus dem Bett.

„Dann hole ich meine Sachen und mache mich auch fertig!"

Timoteo verschwand mit einem Lächeln in sein eigenes Badezimmer und zog endlich die Krawatte von sich, die sich allmählich wie ein Strick um seinen Hals anfühlte, ehe er sie achtlos in den Wäschekorb warf. Er beugte sich über das Waschbecken und begutachtete sein Spiegelbild. Dunkle Schatten zeichneten sich unter seinen Augen ab und er sah tatsächlich etwas blasser aus als sonst. Ein Blick auf seine Armbanduhr verriet, dass es erst acht Uhr war. Eine Uhrzeit, zu der er in seinem Büro normalerweise noch für Stunden in Büchern blätterte. Aber heute wollte er nur noch in sein Bett fallen und den mangelnden Schlaf der letzten Tage aufholen. Nachdem er sich frisch gemacht hatte, tauschte er Hemd und Hose für ein angenehmes Schlafgewand ein, bestehend aus einem grauen Shirt und schwarzen Stoffhosen. Emilia war schon weg, als er sein Schlafzimmer betrat und sich wieder in sein weiches Bett fallen ließ. Die Kerze war erloschen und auch das Tablett hatte sie wieder mitgenommen. Nur wenige Minuten später öffnete sich die Tür und seine Angebetete kehrte wieder zu ihm zurück. Emilia trug einen der Morgenmäntel, den sie allerdings auszog und über den Stuhl neben der Kommode legte. Darunter verbarg sich das kurze Schlafkleid, worin er sie zuvor schon gesehen hatte, und dennoch wurde ihm plötzlich so viel wärmer, dass sogar seine Wangen verräterisch glühten. Ihre Haare hatte sie zu einem lockeren Zopf geflochten und er hatte damit bessere Sicht auf ihren Hals und ihre Schultern. Er schluckte etwas, als sie sich nun auf das Bett setzte und sich zu ihm legte. Eine Nervosität brach wie eine große Welle über ihm herein, sein Herz pochte wild, als drohte es, aus seiner Brust zu springen, und er warf einen schüchternen Blick zu ihr. Emilia legte eine Hand unter ihren Kopf und lächelte ihn an. War nur er plötzlich so nervös? Sie sah so ruhig aus.

„Woran denkst du?", fragte sie.

Ihre Frage machte diese Nervosität noch schlimmer, und er versuchte es hinter einem Schmunzeln zu verbergen.

Es war so seltsam. Früher hatten sie beinahe jede Nacht in einem Bett geschlafen und miteinander gekuschelt, weil sie ohne ihn gar nicht mehr einschlafen wollte. Aber damals waren sie Kinder.

„Es ist so ungewohnt, dich wieder so nah bei mir zu haben. Als würde ich träumen", gestand er. Emilia rutschte näher zu ihm, führte einen Arm um seine Taille und schmiegte sich an ihn. Seine Muskeln entspannten sich unter ihren Berührungen, eine seltsame Ruhe legte sich über ihn und er lehnte seinen Kopf gegen ihren.

„Du hast noch Erinnerungen an damals?", fragte sie und klang irgendwie so traurig. Timoteo schlang einen Arm um ihren Rücken und drückte sie enger an sich, die Seide ihres Schlafkleides fühlte sich kühl unter seinen Fingern an.

„Die Ärzte haben gesagt, dass ich einige Erinnerungen wegen eines Traumas durch den Unfall verloren haben muss. Ich kann mich zwar immer noch nicht an die Zeit mit dir erinnern, aber jetzt weiß ich endlich, wer der Junge aus meinen Schulzeichnungen war." Ihre Worte entlockten ihm ein herzliches Lachen, er konnte sich noch sehr gut an ihre Zeichnungen von ihm erinnern.

„Als könnte ich diese Zeit jemals vergessen. Auch wenn es so lange her ist", sagte er und schmiegte sein Gesicht gegen ihren weichen Haarschopf, dabei sog er den frischen und blumigen Duft ihres Shampoos ein.

„Hast du in den Jahren nie eine Beziehung gehabt?"

„Wieso sollte ich welche gehabt haben?", fragte er zurück. Das war eine Sache, die er an den Menschen nie verstanden hatte. Liebten sie eine Person nie so sehr, dass sie niemand anderen mehr in ihr Herz lassen konnten?

Emilia rutschte zurück und stützte ihren Kopf auf, während sie ihn neugierig musterte. „Claudia hat mir von einem Gerücht über dich erzählt. Dass du ‚vom anderen Ufer' seist, weil du sämtliche Frauen abgelehnt hättest. Aber sonst hat auch nie jemand irgendeinen Partner an deiner Seite gesehen", erklärte sie.

Die di Calvaro Familie hatte durch Mariella und ihn großen Einfluss in der Gesellschaft und sie galten unter den Leuten als prominent – einige Familien von Geschäftspartnern hatten sogar versucht, ihre Töchter mit ihm zu verheiraten. In der Vergangenheit hatte er schon öfter von diesem Gerücht gehört und nie verstanden, wieso er überhaupt einen Partner an seiner Seite hätte haben sollen. Es ging ihm auch allmählich auf die Nerven, die Avancen von Frauen abzulehnen, daher hatte er dieses Gerücht sogar mit offenen Armen empfangen. Und auch wenn dadurch einige Männer ein romantisches Interesse an ihm gezeigt hatten, waren diese weitaus weniger aufdringlich, nachdem er ihnen eine Abfuhr erteilt hatte.

Timoteo nahm ihre Hand und küsste ihre Fingerknöchel. „Ich habe alle abgelehnt, weil niemand deinen Platz in meinem Herzen einnehmen kann", gestand er.

„Und hier bin ich und habe andere Männer vor dir geküsst", sagte sie leise und wandte ihren Blick von ihm ab. Er drückte seine Lippen aufeinander, doch er konnte sein Lachen nicht zurückhalten und nahm sie wieder in seine Arme.

„Hast du auch nicht, ich war der Erste."

Emilia riss ihren Kopf hoch und ihr erschrockener Blick half auch nicht dabei, sein Lachen zu beruhigen. „Du hast mir gesagt, dass du das bei deinen Eltern gesehen hast und es ein Zeichen sei, dass man sich lieb hätte. Also hast du mich dann auf den Mund geküsst", erklärte er und lachte weiter. Sie quietschte leise vor Scham und versteckte ihren Kopf zwischen seinen Armen.

„Bitte erzähl mir nicht so was Peinliches!"

Seine Finger strichen durch ihr Haar und er konnte nicht mehr aufhören zu lachen, sogar seine Wangen schmerzten bereits. Aber damals war es der glücklichste Tag in seinem Leben.

Die Sonne schien mit ihren warmen Strahlen direkt in ihr Gesicht, schon wieder hatte sie vergessen, die Vorhänge zuzuziehen. Emilia streckte sich leicht, doch irgendwie war sie in ihrer Bewegung eingeschränkt. Ein Arm lag über ihren Bauch und ein Lächeln huschte ihr direkt über die Lippen, als sie zu ihrer Linken blickte. Teo lag neben ihr und schlief noch in aller Seelenruhe. Seine Blässe von gestern war bereits verschwunden und es blieb nur noch ein dezenter Schatten unter seinen geschlossenen Augen. Das Gefühl von Glück strahlte durch ihr Herz, ihn so friedlich neben sich liegen zu sehen und sie konnte sich nicht zurückhalten, als sie ihm einen vorsichtigen Kuss auf die Lippen drückte. Auch als sie mit ihren Fingern durch seine dichten Haare strich, wachte er davon nicht auf. Nur seine tiefen Atemzüge waren neben dem Vogelgezwitscher zu hören.

Ein leises Klopfen riss sie aus dem friedlichen Moment und sie kletterte leise aus dem Bett. Emilia zog rasch den Morgenmantel an, bevor sie die Tür öffnete. Mit einigen Handtüchern in den Händen stand Diniel vor ihr und sah sie überrascht an. „Oh! Guten Morgen, Miss!"

Emilia führte einen Zeigefinger zu ihren Lippen und ließ sie in das Zimmer hinein.

„Teo schläft noch", flüsterte sie. Diniel versteckte ihre untere Gesichtshälfte hinter den Handtüchern und nickte. Sie brachte die Handtücher leise ins Badezimmer und blinzelte noch etwas verwundert zum Bett, als sie zurückkehrte.

„Sonst ist der Meister um diese Zeit wach." Emilia nahm ihre Hand und verließ das Zimmer, um ihn nicht weiter zu stören. Vielleicht war seine Erschöpfung wesentlich schwerwiegender, als sie glaubte, wenn er zu seiner üblichen Zeit nicht wach war und tatsächlich so tief schlief. Er sollte die Regeneration bekommen, die sein Körper brauchte – auch Engel waren nicht unbesiegbar.

„Hat der Meister die Miss endlich geheiratet?"

Emilia erstarrte und stoppte in ihrer Bewegung, als sie erschrocken zu dem Mädchen blickte. „Was … was sagst du denn da? Wieso sollte er mich geheiratet haben?", fragte sie aufgeregt und ging in die Knie. Ihr Gesicht fühlte sich warm an, sie glühte bestimmt wie eine Wärmelampe und auch ihr Herz tanzte wild in ihrer Brust umher.

„Diniel hat von Gregorio gehört, dass wenn zwei Personen sich sehr lieb haben, dass sie dann heiraten. Und die Miss hat bei dem Meister geschlafen, also hat der Meister die Miss endlich geheiratet?", erklärte sie und strahlte sie mit einem breiten Grinsen an. *Huch? Wieso kommen Diniels Worte mir so bekannt vor?* Als hätte sie diese, Wort für Wort schon einmal gehört.

„Miss?" Ihre Stimme zog sie aus ihren Gedanken heraus und Emilia blinzelte sie für einen Moment an. Ein leicht stechender Schmerz durchzuckte ihren Kopf und sie führte eine Hand dorthin. Zu ihrer Erleichterung war der Schmerz aber auch schnell wieder verflogen, wie er gekommen war.

„Also … nein, Teo hat mich nicht geheiratet. Es ist noch zu früh dafür und ich weiß auch gar nicht, ob er das überhaupt möchte", sagte sie schließlich. Eigentlich war es eine dumme Bemerkung, nach ihren Gesprächen von gestern. Teo ging so liebevoll mit ihr um, dass sie es sich tatsächlich vorstellen könnte, ihn zu heiraten. Aber sie standen noch am Anfang ihrer Beziehung und nach ihrem Tod würde er ein

Witwer sein. Auch wenn er ihr sagte, dass niemand ihren Platz in seinem Herzen einnehmen könnte, wollte sie ihm das nicht antun.

„Als Diniel den Meister gefragt hat, hat der Meister nie gesagt, dass er die Miss nicht heiraten will. Also wird der Meister die Miss heiraten!", sagte sie aufgeregt.

Emilia versteckte ihr Gesicht hinter ihren Händen. Dieser Engel machte sie fertig, aber sie war noch ein Kind, und Kinder redeten immer über solche Dinge, als wüssten sie nicht, wie schwerwiegend und ernst diese Themen waren. Eine Heirat war für sie ein riesengroßer Schritt. „Lass uns … lass uns Frühstück für Teo machen, okay?" Sie versuchte Diniel abzulenken, auch ihrem eigenen Herz zuliebe, sonst würde es noch explodieren oder durch ihre Brust schießen.

„Guten Morgen, Lorenzo", sagte Emilia, als sie die Küche betrat und zu der Küchentheke schlenderte.

Der Koch nickte ihr mit einer neutralen Miene zu. „Guten Morgen, Miss Emilia. Was kann ich für Sie tun?"

Sie blickte über die vielen Teller mit allerlei aufgeschnittenem Schinken und Käse. Auf dem Herd stand eine Pfanne, in der eine Eierspeise brutzelte. Das Wasser lief ihr bei dem köstlichen Duft im Mund zusammen und auch ihr Magen bejahte das mit einem Knurren.

„Bitte geben Sie mir zwei Portionen von der Eierspeise, ich werde im Bett frühstücken", erklärte sie und nahm drei Brötchen aus dem Korb. Lorenzo neigte seinen Kopf leicht und sie nahm das als Antwort auf ihre Bitte. Emilia machte einen Schritt nach hinten, um Teller aus den Küchenschränken zu holen, und stieß dabei gegen jemanden. Vor Schreck fuhr sie herum, um sich bei der Person zu entschuldigen, doch ein Arm schlängelte sich um ihren Rücken und zog sie näher heran.

„Wieso hast du mich nicht aufgeweckt?" Teo stand vor ihr und sah sie verschlafen an, seine tiefe Stimme war rauer als sonst. Er trug noch das Shirt und die Stoffhosen, und auch seine Haare standen wild in alle Richtungen ab. Sie versuchte, ein Grinsen zu unterdrücken, denn so gefiel er ihr fast besser als in den Anzügen, die er bisher immer getragen hatte. Auch wenn er in seinem Business-Look ebenfalls ein sehr attraktiver Mann war.

„Du hast so tief geschlafen, ich glaube, nicht einmal Lucio hätte dich aus dem Bett bekommen", erklärte sie und kicherte leise. Er seufzte nur schwer und raufte seine wilde Mähne.

„Guten Morgen, Meister Timoteo. Herr Valerio Vincente ist soeben eingetroffen." Gregorio stand am Eingang der Küche und verbeugte sich vor ihnen. Ein weiterer schwerer Seufzer verließ Teos Lippen.

„Bitte bringen Sie ihn in mein Büro, ich werde ihn gleich in Empfang nehmen", sagte er und strich über Emilias Rücken bis zu ihren Schultern hoch.

„Sehr wohl."

Teo lächelte und küsste sie zärtlich. „Ich werde mich kurz um Valerio kümmern, damit er über alles Bescheid weiß und dann gehört der restliche Tag uns."

Es war nicht einmal eine dreiviertel Stunde vergangen, als Diniel in Emilias Zimmer trat und ihr sagte, dass Teo im Salon auf sie warten würde. Emilia sah sich noch einmal von allen Seiten im Spiegel an. Sie entschied sich für eine weiße Bluse, einen knielangen beigefarbenen Rock mit einem einfachen Blumenmuster und braunen Pumps mit einem niedrigen Absatz. Ihr üblicher schlichter Look, auch wenn Liyuan das bei ihrer Ankunft bemängelt hatte, aber so war eben ihr Kleidungsstil und so fühlte sie sich am wohlsten. Heute würde sie endlich ein Date mit Teo haben. Sie war so nervös und voller Vorfreude, als wäre es ihre allererste Verabredung überhaupt.

Eilig lief sie die Treppen hinunter. Enzo und Lucio standen bereits im Eingangsbereich, Mariellas Untergebener würde sie wohl auch heute zum Schutz begleiten. Während dieser eher gelangweilt wirkte, sah Lucio sie streng an. Aber er musste sich jetzt daran gewöhnen, dass sie mit Teo zusammen war, ob es ihm nun passte oder nicht. Sie warf einen Blick in den Salon hinein, Teo erhob sich prompt aus dem Ledersessel und lief zu ihr. Seine Augen wanderten ihren Körper entlang und ein strahlendes Lächeln bahnte sich auf seinen Lippen an.

„Du siehst toll aus!", sagte er. Auch sie staunte nicht schlecht, ihn das erste Mal in einem etwas einfacheren Outfit zu sehen. Unter seinem Sakko trug er ein weißes Shirt, gepaart mit dunkelgrauen Jeans und weißen Sneakern.

„Du aber auch. Ich dachte schon, dass du nur Anzüge trägst."

„Gefallen dir die Anzüge etwa nicht?", fragte er fast schon schockiert. Emilia lachte auf und hakte sich unter seinem Arm ein, sie musterte ihn mit einem schelmischen Grinsen, konnte ihm die Unsicherheit aber förmlich ansehen. Um ihn nicht weiter zu quälen, stellte sie sich auf die Zehenspitzen und drückte ihm einen Kuss auf die Wange.

„Doch, doch. Aber es ist auch schön, dich mal in einem weniger seriösen Outfit zu sehen."

Teo sah sie erleichtert an, stimmte in ihr Lachen ein und führte sie aus dem Anwesen hinaus. Ein schwarzes Auto parkte vor dem Eingang und mit einer leichten Verbeugung öffnete er die Beifahrertür für sie. Sie würde von ihm höchstpersönlich zu ihrem Date kutschiert werden? Emilia kicherte leise, gab ihm einen Knicks, wie sie das immer bei Diniel gesehen hatte, und stieg mit einem Bein in das Auto.

„Onkel Timoteo!", rief jemand aufgeregt. Beide sahen verwundert in die Richtung, aus der die Stimme erklang. Ein kleiner Junge lief geradewegs auf sie zu, warf sich auf Teo und umklammerte sein Bein.

„Marco?", fragte er und blickte überrascht zu dem Jungen. Er hatte dunkelblonde, kurz geschnittene Haare und seine blauen Augen glitzerten vor Freude, als er zu ihnen aufsah.

„Marco, was habe ich dir gerade noch gesagt? Verzeihung Boss", schimpfte ein Mann erst und zog den Jungen mit einem strengen Ruck zu seiner Seite.

„Du weißt doch, dass das in Ordnung ist. Lass den Jungen ein Kind sein." Der Junge strahlte wieder und klammerte sich glücklich um sein Bein. Teo strich über seinen Kopf und blickte erneut zu dem Mann. „Was führt dich hierher?", fragte er nun.

„Ich soll für einen Auftrag für einige Tage nach Frankreich und ich weiß nicht, zu wem ich Marco bringen könnte", erklärte er und wandte seinen Blick beschämt ab. Er war also ein alleinerziehender Vater?

Emilia hockte sich zu dem Jungen und stellte sich leise vor. Erst blickte er auf ihre ausgestreckte Hand, dann zu ihr und dann zu Teo hoch, der ihm mit einem Lächeln zunickte.

„Ich heiße Marco Baresi", sagte er schüchtern und schüttelte ihre Hand, ehe er sich wieder hinter Teos Bein versteckte.

„Wie oft soll ich dir denn noch sagen, dass du ihn jederzeit hierher bringen kannst? Wir werden gut auf ihn aufpassen, also fahr unbesorgt nach Frankreich." Teo strich wieder über das dunkelblonde Haar des Jungen und erhielt ein freudestrahlendes Lächeln von ihm.

„Hab vielen Dank, Boss! Ich werde den Auftrag schnell erfüllen, damit ich früh zurückkehren kann!", sagte er und kniete sich zu seinem Kind. Er nahm ihn in seine Arme und drückte ihm einen Kuss auf den Kopf. „Und du bist in meiner Abwesenheit brav und tust das, was dein Onkel Timoteo dir sagt!" Marco nickte und drückte seinem Vater ein Küsschen auf die Wange.

Damit standen sie nun zu fünft vor dem Auto und Teo fuhr sich seufzend durch die Haare. „Ich gehe für einen Moment hinein und frage Mariella, ob sie sich heute mit ihm beschäftigen kann." Doch Teo konnte keinen Schritt machen, da sich Marco wieder um sein Bein klammerte, als würde sein Leben daran hängen. Es war irgendwie so süß, wie anhänglich der Junge war, und sie versteckte ein Schmunzeln hinter ihrer Hand.

„Ich will aber bei dir bleiben!", sagte er. Emilia hockte sich wieder vor dem Jungen hin und lächelte ihn an. Ihr kam eine Idee, mit der alle zufrieden sein würden.

„Was hältst du davon, wenn wir alle zusammen in den Zoo gehen?"

Sie erinnerte sich an den Tierpark, der etwas außerhalb von Palermo lag. Zuletzt war sie mit ihren Eltern dort gewesen. Nachdem ihre Tante sie bei sich aufgenommen hatte, zog sie zu ihr nach Messina, bis sie im letzten Schuljahr wieder an die Schule in Palermo gewechselt hatte, weil sie dort anschließend in die Universität wollte. Sie hatte oft überlegt, in diesen Zoo zu gehen, doch sie fand neben der Uni und der Arbeit nie die Zeit dazu. Marcos blaue Augen waren etwas heller als Teos, doch sie weiteten sich, strahlten und leuchteten wie Edelsteine – sie bildete sich sogar einen farbigen Schimmer, wie den von Perlmutt, ein –, als sie ihren Vorschlag machte. Er sah mit einem flehenden Blick zu ihrem ehemaligen Schutzengel auf.

„Ist das wirklich in Ordnung für dich?", fragte Teo.

„Klar! Ich war schon ewig nicht mehr in einem Zoo."

„Ich war auch schon lang nicht mehr im Zoo. Bitte, bitte!", flehte Marco weiter. Der Junge hatte den perfekten Welpenblick und ihre Wangen schmerzten vom ganzen Lachen. Für sie war es eigentlich egal, wohin sie heute gehen würden, solang sie den Tag mit Teo verbringen konnte, war ihr das genug.

Marco war für heute ihr Kommandant und verkündete laut, zu welchen Tieren sie als Nächstes gehen würden. Teo trug ihn sogar auf seinen Schultern, damit er bessere Sicht auf die Tiere hatte. Mit einer Hand hielt er Marcos Bein fest, die andere umschloss Emilias Hand und hielt sie immer nah an seiner Seite. Wenn sie es nicht besser wüsste, hatte sie das Gefühl, dass sie wie eine kleine Familie waren.

„Sieh mal Marco, das Äffchen dort ist wie du", sagte Teo und deutete zu einer Affenmutter, deren Junges sich an ihrem Rücken festklammerte. Marco plusterte seine Wangen auf und schmollte.

„Gar nicht wahr. Tante Emilia, sag du auch was!"

„Allerdings, Marco ist doch viel niedlicher als das kleine Äffchen dort", sagte sie nun in einem gespielt empörten Ton und grinste die beiden frech an. Einige Meter weiter erkannte sie ein kleines Café und langsam bekam sie vom ganzen Laufen auch etwas Hunger. „Ich finde, als Entschuldigung sollte Onkel Teo uns zum Essen einladen."

„Da hörst du's, Onkel!"

Teo verzog seine Lippen zu einer schmollenden Schnute und sein Ausdruck entlockte ihr ein lautes Lachen. Er hatte wohl nicht erwartet, dass sie sich mit Marco gegen ihn verschwören würde, und sie drückte seine Hand leicht.

„Ihr zwei", murmelte er leise und gab sich kampflos geschlagen, als sie sich auf direktem Wege zum Café aufmachten. Hinter dem Gebäude war ein kleiner Spielplatz, auf dem Marco sich austobte, während sie mit einem Kaffee und einer Süßspeise auf einer Bank saßen. Emilia lehnte sich gegen seine Schulter und schlüpfte mit ihren Füßen aus den Pumps, um diese etwas zu strecken. Auch wenn die Schuhe niedrige Absätze hatten, schmerzten ihre Füße doch etwas nach dem stundenlangen Gehen.

„Es tut mir leid, dass der Tag jetzt anders lief", sagte er und führte einen Arm um sie, seine Finger strichen dabei über ihren Unterarm.

„Ach was, ich habe meinen Spaß. Und wir sind doch trotzdem zusammen hier."

Teo legte seinen Kaffee und den Kuchen ab und kniete sich vor ihr hin. Sie schreckte hoch, als er einen Fuß in seine Hände nahm, das Söckchen auszog und plötzlich ihre Sohle massierte. Emilia versuchte, ihren Fuß zurückzuziehen, doch weder ließ er davon ab, noch konnte sie ihn wegdrücken. „Was … du musst doch nicht …"

Teo ignorierte sie lächelnd und massierte ihren Fuß weiter, bevor er den anderen in seine Hände nahm. Seine Finger kneteten ihre Sohlen mit einem angenehmen Druck und die Schmerzen darin waren so gut wie weg.

„Besser?"

„Ja … danke", murmelte sie leise. Ihr war auf einmal so viel wärmer und das dürfte nicht nur am heißen Kaffee gelegen haben. Auch war es viel zu früh, als dass die geringe Dosis Koffein ihren Puls erhöhen würde. Aus ihrer Handtasche holte sie eine Packung von Erfrischungstüchern, die sie wegen der Hitze im Sommer immer bei sich hatte und reichte ihm das Päckchen. Auch wenn sie dünne Söckchen trug, weil sie es hasste, in ihren Schuhen zu schwitzen und sich in der Früh geduscht hatte, wollte sie wenigstens, dass er seine Hände damit reinigte. Teo blickte zu dem Erfrischungstuch, und auch wenn er seinen Kopf schüttelte und lachte, nahm er es schließlich aus ihrer Hand.

„Was ist schon dabei. Aber wenn es dir damit besser geht."

Sie blickte nun zufrieden auf seine Hände und nickte.

„Onkel Timoteo, können wir noch einmal zu den Nilpferden gehen?", rief Marco und kehrte zu ihnen zurück.

„Na gut, dann gehen wir noch einmal zu den Nilpferden und machen uns dann auf den Weg nach Hause."

Die Sonne tauchte den Himmel über ihnen in eine Mischung aus Purpur und Rot und hüllte den Jungen in ein warmes Licht. Er strahlte und Emilia erkannte wieder diesen Schimmer in seinen glänzenden Augen, bevor Teo ihn auf seine Arme hob.

Auf dem Weg zum Ausgang machten sie wie versprochen noch

einen Zwischenstopp bei den Nilpferden, doch als sie die Tiere erreichten, war der Junge in Teos Armen bereits eingeschlafen. Und sie war noch verwundert darüber, dass er plötzlich so ruhig war.

Emilia blickte zu dem Kind und der Gedanke an seinen Vater, der niemanden hatte, der sich in seiner Abwesenheit um seinen Sohn kümmern konnte, kam ihr wieder in den Sinn. „Wann immer er sich gefreut hat, habe ich einen farbigen Schimmer in seinen Augen gesehen. Ist Marco vielleicht …?"

Teo drückte ihre Hand leicht und seufzte leise. „Marco ist ein Nephilim. Seine Mutter war ein Fürstenengel, die sehr eng mit Nicolas Familie und auch uns zusammengearbeitet hatte", antwortete er und sah weiterhin stur nach vorn. Sie konnte seinen Blick nicht wirklich deuten, er wirkte auf einmal so fern und sie führte ihre Hand um seinen Arm. „Niemand aus seiner Familie will einen Nephilim um sich haben und Nicola arbeitet so hart, deswegen habe ich ihm angeboten, auf Marco aufzupassen, wenn er jemanden braucht."

Sie sah zu dem Jungen, blickte in sein friedliches Gesicht. Er war doch so ein fröhliches Kind, wieso wollte sich sonst niemand um ihn kümmern? Wieso musste er die Abneigung der anderen über sich ergehen lassen, nur weil seine Eltern ein Engel und ein Mensch waren? In dem Moment fragte sie sich, ob Teo ihr Kind genauso lieben würde, wie Marcos Vater ihn liebte. Sie erinnerte sich an ihre kurze Interaktion und wie liebevoll sie miteinander umgingen, als wäre Marco eine lebende Erinnerung an dessen geliebte Frau. Ihre Augen wanderten zu Teo, er knabberte leicht an seiner Unterlippe, als würde er an etwas Unschönes denken. Irgendwie fürchtete sie sich davor, dass er ihr Kind ablehnen könnte. „Teo …"

„Lass uns nach Hause fahren, bevor es zu spät wird und du hast doch bestimmt auch schon Hunger", sagte er und zog leicht an ihrer Hand. Er trug ein Lächeln auf seinem Gesicht, doch es hatte rein gar nichts von der Wärme, die sie sonst immer an ihm sah. Als würde er sich dazu zwingen. Hoffentlich würde sie mit ihrem Gefühl falschliegen, sie wünschte es sich so sehr. Vor allem für das Kind, das dann wie Marco ohne seine Mutter aufwachsen müsste.

Kapitel 18

Von den dreizehn Tagen trennten sie nur mehr zwei von der Frist, die Gabriel ihr gesetzt hatte. Marcos Vater kehrte fünf Tage nach ihrem Zoobesuch nach Italien zurück und brachte den Jungen in sein Zuhause zurück, auch wenn er sich nur unter vielen Tränen von Teo verabschiedet hatte. Sogar von ihr.

Später hatte sie einige Male versucht, über ihre Zukunft mit einem Kind zu sprechen, aber Teo hatte ihre Versuche stets abgeblockt. Er schob die Angelegenheit weit von sich weg, ignorierte es. Allerdings rückte das Ultimatum immer näher und sie wollte zumindest die Sicherheit haben, dass er ihr zukünftiges Kind nicht hassen würde. Es würde am allerwenigsten etwas dafür können, dass sie gezwungen war ihre Perle aufzugeben und ihr gefiel es doch auch nicht, dass sie in diese Situation gedrängt wurde. Aber sie musste sich damit arrangieren, denn sie hatte auch nicht die Möglichkeit, sich gegen Gott aufzulehnen, weil sie diese Perle nicht aufgeben wollte. Sie wollte ihre Träume verwirklichen, bei Teo bleiben und vielleicht Kinder adoptieren, um eine Familie mit ihm haben zu können. Aber es würde nie in Erfüllung gehen und sie hatte sich schließlich damit abgefunden.

Sie wollte das Beste aus ihrer verbliebenen Zeit machen und glücklich sein, solange sie das konnte.

Es war spät nachts und sie lagen zusammen in Teos Bett. Mittlerweile befanden sich ihr Kleiderschrank und ihr Schminktisch in seinem Zimmer und war zu ihrem gemeinsamen Schlafzimmer geworden. Emilia lag in seinen Armen und badete in seiner Wärme, als sie ihr Gesicht gegen seine Brust schmiegte und seinen angenehmen Duft von Vanille und Honig einsog.

„Teo?"

Er antwortete mit einem fragenden ‚Hm' und strich mit seinen Fingern kreuz und quer über ihren Rücken. Sie klammerte sich schon fast an sein Shirt und haderte sehr mit ihrer Frage, weil sie seine Antwort darauf kannte. Aber sie war so verzweifelt, dass sie nicht mehr wusste, wie sie sonst mit ihm darüber reden könnte.

„Würde es dir leichter fallen, wenn ich übermorgen meine Perle einfach aufgeben würde?" Sein Körper zuckte zusammen, sie hörte seinen Atem stocken und er schob sie langsam von sich. Seine Augen waren vor Panik geweitet und seine Lippen geöffnet. Schließlich nahm er einen tiefen Atemzug.

„Auf gar keinen Fall! Wieso fragst du mich so etwas?", sagte er erschrocken.

„Weil du bisher jeden meiner Versuche über unsere Zukunft zu sprechen abgeblockt hast. Und in zwei Tagen läuft das Ultimatum aus!"

Teo legte eine Hand über sein Gesicht, seine Kiefermuskeln spannten sich an, als er seine Lippen zusammendrückte. „Ich wollte unsere gemeinsame Zeit in Ruhe genießen, ohne ständig an das Problem erinnert zu werden", erklärte er leise. Emilia schob seine Hand weg und drehte sein Gesicht zu ihr. Seine Augenwinkel glitzerten leicht in dem gedimmten Schein der Nachttischlampe und sie strich mit ihrem Daumen vorsichtig darüber und küsste ihn zärtlich. Als sie ihre Augen schloss, wandte er sich ihr näher zu, drückte sie mit seinem Körper in das Bett zurück. Dieser Kuss war anders als die zuvor, war so verzweifelt, als würde es ihr letzter sein. Seine Zunge drängte sich in ihren Mund und strich über ihre, während er ihre Taille berührte. Seine Finger bohrten sich leicht in ihre Seiten, als seine Küsse über ihr Kinn wanderten, bis er letzten Endes sein Gesicht in ihrer Halsbeuge vergrub. Sein schwerer Atem hauchte heiß gegen ihren Hals. Etwas Feuchtes perlte auf ihrer Haut ab, und als sein Körper über ihr zitterte, brach es ihr das Herz. Emilia schlang ihre Arme enger um ihn und strich mit ihren Fingern durch seine dunklen Strähnen, in der Hoffnung ihn etwas beruhigen zu können.

„Ich habe dich schon einmal verloren. Ich schaffe das kein zweites Mal." Seine Worte waren ein heißer Hauch gegen ihren Nacken und eine Gänsehaut durchfuhr sie dabei leicht, während er sich so verzweifelt an sie klammerte. Wie an einen letzten Anker, der ihn gerade noch in dieser Welt hielt.

„Ich liebe dich", flüsterte er gegen ihre Haut.

Emilia glaubte, ihr Herz wäre für einen Moment stehen geblieben, als sein Pochen mit dem nächsten Atemzug wie Donner in ihren Ohren dröhnte. Sie war sich sicher, dass er ihr heftiges Herzrasen auch spüren konnte, so eng umschlungen, wie sie gerade waren. Seine Art und seine Gesten, hatten ihr schon vorher gezeigt, dass er sie lieben musste. Es jetzt aber von ihm selbst zu hören, diese drei Worte gesagt zu bekommen, war etwas anderes. Etwas Besonderes.

Sie drückte einen Kuss auf seinen Kopf und umarmte ihn eng. Es fühlte sich richtig an, sie war bei ihm glücklich, und auch wenn sie ihren Traum eines Tages in der Galleria Nazionale d'Arte Moderna zu arbeiten, nie erfüllen würde können, war sie trotz allem nicht enttäuscht oder traurig. Sie durfte schon dreizehn Jahre länger leben, als sie hätte sollen – ohne ihn hätte sie Claudia auch niemals kennengelernt und sie hätte auch nie Kunst studieren können. Er hatte ihr so vieles ermöglicht, sodass sie auf ihr Leben mit einem zufriedenen Lächeln zurückblicken konnte und sich gar nicht mehr davor fürchtete, es aufgeben zu müssen.

„Schlaf mit mir."

Teo erstarrte in ihren Armen, seine Muskeln spannten sich zu einem Brett an, kaum dass sie diese Worte ausgesprochen hatte, und er hob seinen Kopf. Emilia strich über seine feuchten Augen und er sah sie so verwirrt an, als hätte er nicht verstanden, was sie soeben gesagt hatte.

„Aber wir haben doch noch zwei Tage", sagte er. Seine Stimme war zittrig und rau.

„Ich weiß. Aber wenn wir es bis zu den letzten Minuten hinauszögern, wird es umso schlimmer."

Behutsam zog sie sein Gesicht für einen zarten Kuss zu sich. Erst erwiderte er den Kuss nicht und blickte ihr verloren in die Augen, als würde er überlegen, ob er ihrer Bitte wirklich nachgehen sollte. Schließlich kniff er seine Augen zusammen, richtete sich über ihr auf und vertiefte den Kuss wie noch im Moment zuvor. Ihre Hände wanderten unter sein Shirt, etwas, an das sie sich zuvor nie getraut hatte. Auch wenn ihre

Küsse manchmal inniger, hitziger wurden und sie ihn mehr berühren wollte, so hielten sie sich bisher an die Grenzen ihrer Kleidung. Emilia wollte ihn nicht drängen und jetzt wusste sie, dass er ihre gemeinsame Zeit in die Länge ziehen wollte, so lang, wie es möglich war. Neugierig strich sie über seinen Bauch bis zu seiner Brust hoch, spürte die Hitze seiner Haut unter ihren Fingerspitzen und versuchte, die Fasern seiner Muskeln zu fühlen. Sie nutzte den Moment, Teos Oberteil abzustreifen, und musterte seinen Oberkörper. Der Schein der Nachttischlampe beleuchtete den Raum nur schwach, aber sie konnte mehr als genug sehen. Er war nicht besonders muskulös, aber seine Statur war trotz seiner Größe auch nicht zu dünn. Sie setzte sich auf und zog ihr Schlafkleid hoch. Emilia hatte ihren Blick auf sein Gesicht fixiert, seine glasigen Augen folgten der Kleidung, die sie über sich streifte, und sie kniete jetzt in nicht mehr als nur ihrem Slip vor ihm.

Die sommerliche Nachtluft aus dem geöffneten Fenster traf ihre aufgeheizte Haut mit einer unerwarteten Kühle und die Schamröte stieg ihr ins Gesicht, als sie seinem Blick schüchtern auswich. Eine Hand legte sich über ihre Wange und zog ihr Gesicht zurück. Teo presste seine Lippen zusammen, öffnete sie und schloss sie doch wieder. Stattdessen legte er seine Stirn gegen ihre und sah ihr tief in die Augen, als würde er darauf hoffen, nein, sie darum *bitten*, dass sie einen Rückzieher machen würde.

„Weißt du, was du von mir verlangst?"

Ja, sie verlangte von ihm, dass er mit dieser Nacht ihr Todesurteil unterschrieb, und sie hasste es, ihn dazu zwingen zu müssen. Doch sie hatten keine andere Möglichkeit.

„Ich habe mich entschieden."

Timoteo wachte auf, blinzelte müde und wandte den Blick zu seiner Seite. Die Strahlen der Morgenröte drangen schwach durch den schmalen Spalt der zugezogenen Vorhänge und er drehte sich seufzend auf den Rücken. Das, was Gabriel von ihnen verlangt hatte, war geschehen, und ein Schmerz strahlte durch seine Brust, durchbohrte sein Herz wie eine spitze Nadel, als er an die Nacht zurückdachte. Was ein intimer Moment zwischen zwei Liebenden hätte sein können, der einen glücklich und zufrieden stimmen sollte, hinterließ nur eine schmerzhaft klaffende Leere. Er wünschte sich, nichts sehnlicher als ein Mensch zu sein, dann hätten sie dieses Problem nicht. Aber wenn er ein Mensch gewesen wäre, dann wäre es ihm nicht möglich gewesen, die Perle zu stehlen und Emilia würde heute nicht neben ihm liegen. Mit einem weiteren Seufzen schaltete er die kleine Lampe an seiner Seite ein und nahm einen Schluck aus dem Wasserglas, um das bittere Gefühl in seinem Mund wegzuspülen.

Er hoffte darauf, dass Emilia diese Entscheidung nicht bereuen würde, und stellte das Kissen etwas auf, um sich gegen das Bett zu lehnen. Seine Augen wanderten zu ihr, folgten den leichten Kurven, die sich unter der Decke abzeichneten, und weiteten sich, als sie an ihrem nackten Rücken haften blieben. Helle Zahlen waren in ihre Haut eingebettet – ein Timer, dessen Ziffern ein negatives Vorzeichen hatten und rückwärts zählten. Wie bei einem Countdown.

Wieso kann ich ihre Lebenszeit wieder sehen? Timoteo erstarrte. Es musste wegen des Nephilim sein. Wuchs tatsächlich bereits ein Nephilim in ihr? Obwohl er gerade etwas getrunken hatte, fühlte sich seine Kehle staubtrocken an. Er starrte auf die Zahlen und zählte diese große Nummer in seinem Kopf zusammen. Nachdem er schon damals versucht hatte, ihre Lebenszeit auszurechnen, war er nach einiger Recherche auf eine Formel gestoßen. Wenn er die Anzahl der Monate mit 730 multiplizieren würde, dann könnte er auf einen ungefähren Wert kommen. Ihr Lebenszeit zeigte 6177 Stunden, 35 Minuten und 56 Sekunden und eine Schwangerschaft würde neun Monate dauern. Nein … wenn er den Wert mit neun multiplizierte, dann war er weit von diesen 6177 Stunden entfernt. Dieser Nephilim würde früher geboren werden!

Eine Übelkeit brach über ihn herein wie eine stürmische Welle, er sprang panisch aus dem Bett auf, zog hastig seine Kleidung an und stürmte auf den Balkon hinaus. Er brauchte dringend frische Luft. Verzweifelt schlug er hart gegen das dicke Steingeländer und vergrub seine Finger in seine Handfläche – dass sich dabei seine Fingernägel in die Haut drückten, ignorierte er. Aber er erinnerte sich … Emilia wurde ebenfalls früher geboren. Fast drei Wochen vor dem errechneten Termin war sie auf die Welt gekommen, denn er war bei all ihren Untersuchungen dabei gewesen, weil er sich so sehr auf sie gefreut hatte. Gleichzeitig mit ihr wurde auch er erschaffen, und obwohl er theoretisch ebenfalls ein Neugeborener war, hatte er den Körper eines etwa Sechs- bis Siebenjährigen, damit er über seinen Schützling wachen konnte. Jetzt hatte er nicht einmal mehr neun Monate mit ihr übrig.

„Teo?" Ihre Stimme ließ ihn hochschrecken und er blickte zurück. Sie stand in ihrem Morgenmantel an der Balkontür und rieb sich über die Augen.

„Wieso bist du wach? Ist alles in Ordnung?", fragte er. Besorgt lief er zu ihr und zog sie in seine Arme, hoffentlich würde sie sich jetzt nicht unwohl fühlen, so wie es bei ihrer Mutter war. Ihre Mutter war schwächlich und hatte sich so oft übergeben, dass er damals sogar Angst hatte, dass Emilia dadurch ihren Körper verlassen würde. Erst als er von einem der Ärzte gehört hatte, dass das normal sei, hatte sich seine Sorge gelegt.

„Mir geht's gut. Wieso stehst du hier draußen?", fragte sie und schmiegte sich an ihn. Seine Hände ruhten auf ihrem Rücken und er bohrte seine Finger leicht in den seidenen Stoff ihres Morgenmantels. Sollte er es ihr sagen? Was war, wenn er ihr damit Angst machen würde und ihren Zustand damit sogar verschlimmern? Nein, sie musste es wissen, gerade damit sie keine Angst bekäme. Die Ärzte würden wieder einen Termin errechnen und dann würde sie von dem Nephilim überrascht werden, weil es zu früh kommen würde. Er führte sie zum Bett und drückte sie dorthin, damit sie sitzen würde. Timoteo setzte sich neben sie und versuchte, sich passende Worte zurechtzulegen.

„Ich musste an die frische Luft, weil ich … etwas gesehen habe", fing er an und hielt ihre Hand, um sich Mut zu machen. Dennoch schaffte er es nicht, ihr ins Gesicht zu sehen, und er fixierte seinen Blick auf ihren Schoß, als er über seine Worte nachdachte. „Schutzengel können die Lebenszeit ihres Schützlings sehen. Es ist wie ein Countdown, der in Stunden, Minuten und Sekunden angegeben ist. Ich habe ihn damals bei dir gesehen, er ist auf deinem Rücken, und jetzt sehe ich ihn wieder."

Emilia drückte seine Hand und er nahm das als Zeichen, zu ihr aufzusehen. Sie strich dabei über seine Wange und blickte mit einem Lächeln in seine Augen.

„Wie lange ist es?"

„Grob gerechnet etwas mehr als acht Monate. Ich war mir nicht sicher, ob ich es dir sagen soll ... aber da ich davon ausgehe, dass es wegen des Nephilim ist und er früher auf die Welt kommen wird, wollte ich nicht, dass du dir deswegen Sorgen machst", sagte er. Ihre Augen weiteten sich und ihre Finger klammerten sich eng um seine, als sie ihren Blick senkte. Emilia führte eine Hand zu ihrem Bauch und ... sie lächelte? Sein Herz pochte ihm bis in den Hals hoch und sein Magen verknotete sich. Wie konnte sie lächeln, wenn sie doch wusste, dass dieses Wesen sie bald umbringen würde? Dabei hatte er gar nicht bemerkt, wie sie seine Hand über ihren Bauch gelegt hatte, und es kostete ihn alles an Überwindung, sie nicht auf der Stelle wieder wegzuziehen.

„Wir werden eine Familie sein."

Nein, werden wir nicht, weil du fehlen wirst.

Lucio hatte ihn niedergeschlagen, nachdem dieser bemerkt hatte, dass neben der Perle noch eine andere Engelsenergie von Emilia ausging, und Mariella war die Einzige, die ihn in seiner Rage zurückhalten konnte. Aber er hatte es verdient, da er nichts anderes tun konnte, als sich von Gott erpressen zu lassen.

Nach einigen Monaten hatten sie einander geheiratet, da er sich an sie binden wollte. Zumindest an jenem Tag, konnte er einen Teil dieser Leere mit Glück füllen, als Emilia in ihrem weißen Brautkleid in den Garten kam. Sie hatten einen Standesbeamten ins Anwesen eingeladen und hielten die Hochzeit in einem kleinen Rahmen. Und obwohl, sie ihm zuvor gesagt hatte, dass sie den Kontakt zu ihrer Freundin Claudia abbrechen wollte, um sie nicht wieder in Gefahr zu bringen, brachte sie es nicht übers Herz, ohne sie zu heiraten. Es war der schönste Moment in seinem Leben, als sie einander das Ja-Wort gaben und er endlich für alle Ewigkeit an sie gebunden sein würde. Doch dieses Glück war nicht groß genug, um das klaffende Loch in seinem Herzen zu füllen, und er musste der Realität schneller wieder ins Auge blicken, als ihm lieb war.

Emilia zuliebe, begleitete er sie zu den Untersuchungen, weil es ihr so wichtig war, und er zwang sich dazu, obwohl er in diesen Momenten am liebsten weit weg sein wollte. Im Gegensatz zu damals, als er aufgeregt vor den Geräten auf und ab gehüpft war und mit leuchtenden Augen auf den Ultraschallmonitor geblickt hatte, weil er seinen Schützling endlich wieder sehen konnte, fühlte er jetzt nur eine Abneigung gegen dieses Wesen dort. Er wollte nichts davon wissen. Die Worte der Ärztin waren wie ein weit entferntes Echo, das er auszublenden versuchte, doch er bekam hier und da einige Fetzen des Gesprächs mit. Emilia war heute besonders aufgeregt, denn sie würde endlich wissen, was es werden würde.

„Es wird ein Junge."

Sie drückte seine Hand und lächelte ihn strahlend an. Sein Lächeln musste er erzwingen, denn in seinem Inneren konnte er ihre Freude nicht teilen. Er hatte es versucht, immer und immer wieder, weil sie trotz allem so glücklich deswegen war, und das war doch immer die Hauptsache für ihn. Timoteo dachte oft an Nicola und Marco, wie sehr der Mann den Jungen trotz allem liebte, und dieser Nephilim war ein Teil von Emilia, der genauso von ihm geliebt werden sollte. Aber je schwächer sie wurde, desto größer wurde sein Hass gegen diese Kreatur in ihr, weil sie ihn jeden Tag daran erinnerte, dass Emilia schon bald nicht mehr in seinem Leben sein würde.

Und schließlich kam dieser Tag.

Emilia entschied sich dazu, diese Kreatur im Anwesen zu gebären – gerade weil sie dabei sterben würde und ihre letzten Momente in einem vertrauten Umfeld haben wollte. Tag für Tag fühlte er sich immer leerer, nun saß er an ihrem Bett und hielt ihre Hand, während sie vor Schmerzen stöhnte und schrie. Sie war schweißgebadet und ihre Kraft schwand immer mehr. Immerhin konnte er ihren Rücken nicht sehen, sonst würde er seinen Verstand verlieren, wenn er die letzten Minuten und Sekunden ihres Lebens herabzählen sehen würde. So wie damals bei dem Autounfall. Und anstatt ihre letzten verbliebenen Momente in Ruhe zu durchleben, musste sie diese in Schmerzen über sich ergehen lassen. Wenn er dieses Monster nicht schon vorher verabscheut hatte, dann hätte er das spätestens jetzt getan.

Timoteo lehnte seine Stirn gegen ihre Hand, die seine so fest drückte, als versuchte sie damit, sich noch an diese Welt festzuklammern. Im nächsten Atemzug fiel Emilia kraftlos ins Bett zurück und der Schrei eines Neugeborenen schallte durch den Raum, doch es drang nicht bis zu ihm durch. Einige Hebammen waren zur Hilfe und Versorgung hier und brachten das Monster zu ihnen.

Emilia lächelte. Schon wieder.

„Teo ... sieh mal. Er sieht ... aus ... wie du", murmelte sie schwach. Er weigerte sich, auch nur einen Blick auf diese Kreatur zu werfen, die ihr sämtliche Lebensenergie geraubt hatte. Seine Augen waren auf ihr kreidebleiches Gesicht fixiert und sie griff nach seiner Hand. Emilia führte diese zu der Kreatur, doch bevor er diese berühren konnte, löste sich ihr schwacher Griff und ihr Arm fiel leblos zu ihrer Seite. Timoteo starrte auf ihr Gesicht, starrte auf die Augenlider, die sich über ihre haselnussbraunen Augen niederlegten, und sie hatte dabei noch immer ein Lächeln auf dem Gesicht. *Wieso?* Er hatte noch nicht einmal mitbekommen, wie die Hebammen die Kreatur weggebracht hatten. Aber es war besser so, sonst hätte er diesem Monster bestimmt etwas angetan. Diese Leere in ihm wurde nun von einer gleißenden Wut geflutet, als wäre ein Damm gebrochen. Er würde es am Leben lassen, gerade weil es ein Teil seiner großen Liebe war. Dieses Monster sollte mit dem Wissen leben, sie auf dem Gewissen zu haben. Emilia war jetzt fort, weit weg von ihm. Nur wegen dieses Nephilim. Nur wegen Gott.

„Emilia?" Ihr Name war nicht mal ein Hauchen, das seine Lippen verließ. „Ich liebe dich. Hörst du mich? Und ich werde dich für alle Ewigkeit lieben!", flehte er und nahm ihre leblose Hand in seine zitternde. Er konnte ihre Wärme noch spüren, als er diese gegen seine Wange drückte, also konnte sie nicht tot sein. Wahrscheinlich war sie so erschöpft, dass sie auf der Stelle einschlief, und sie würde bestimmt bald wieder aufwachen.

Ein sanftes Leuchten über ihrer Brust zog seine Aufmerksamkeit auf sich. Eine rote Perle trat aus ihrer Haut hervor – die Stelle, an der sich ihr Herz befand. Nein. Nein. *Nein!* Bevor die Perle von ihr rollen konnte, packte er sie und legte sie wieder über ihre Brust, so wie er das damals getan hatte. Es musste doch wieder funktionieren! Oder brauchte er vielleicht eine neue Perle? Aber wo könnte er so schnell wieder eine herbekommen? Er hätte die Perle von Mariellas Untergebenen nicht zu Gott bringen dürfen. Vielleicht könnte er dem Dämonenlord einen Tausch gegen diese Perle vorschlagen? Oder er würde sie sich mit Gewalt holen, sollte er sich weigern.

„Lass sie gehen." Lucios Stimme drang an sein Ohr, und als sich eine Hand auf seine Schulter legte, wallte die Flut tief in seinem Inneren auf und ließ das Blut in seinen Adern hochkochen. Die Welle von Wut brach aus ihm heraus und er fuhr herum, die Rückseite seiner Hand traf Lucio direkt im Gesicht.

„Ich werde sie wieder ins Leben holen und wenn es das Letzte ist, was ich tue!", schrie er.

Lucio torkelte etwas zurück und sah erschrocken zu ihm, doch Mariella zog diesen hinter sich und streckte ihre Hand nach Timoteo aus. „Warum gibst du mir nicht die Perle und wir überlegen dann gemeinsam, wie es weitergehen soll? Wir werden bestimmt eine Lösung finden, okay?"

Timoteo starrte auf die rote Perle in seiner Hand – es war die Perle der Seraphim, die mächtigste der neun. Nein, diesmal durfte er die Perle nicht weggeben. Timoteo setzte einige Schritte zurück, stürmte zur Balkontür und riss sie auf. Mit einem Satz sprang er auf das Geländer, seine pechschwarzen Schwingen spannten sich auf und er stieß sich mit einem kräftigen Flügelschlag in die Höhe. Orientierungslos flog er durch die Luft, versuchte seine wirren Gedanken zu ordnen – vielleicht könnte Talron ihm helfen, wenn er ebenfalls mit Informanten arbeitete, dann wüsste er bestimmt etwas. Wo könnte er diesen Teufel nur finden? Der Himmel verdunkelte sich mit einem tiefen Donnergrollen, es waren zu Beginn nur vereinzelte Tropfen, die von einem Moment zum nächsten in einen starken Schauer übergingen. Der kalte Regen prasselte beinahe schon schmerzhaft in sein Gesicht und raubte ihm die Sicht. Dabei unterschätzte er die Höhe eines stämmigen Astes und blieb im Flug daran hängen. Er verlor das Gleichgewicht und schlug hart gegen den Boden auf. Sogar der Himmel stellte sich gerade gegen ihn.

„Ich hätte nicht gedacht, dass du mich wegen etwas anderem als der Perle suchen würdest." Timoteo biss sich auf die Lippen, als er diese rotzfreche Stimme wiedererkannte und sah zu dem Dämon auf, nachdem sich dieser zu ihm gehockt hatte. Talron grinste von oben herab, seine spitzen Fangzähne blitzten dabei auf. Dass der Regen ihn ebenfalls von Kopf bis Fuß durchnässte, schien ihn nicht zu stören.

„Du schreist mir deine Gedanken geradezu entgegen. Was liegt dir also auf der Seele?" Timoteo zog seine Augenbrauen zusammen und musterte den Dämon fragend. *Seit wann kann er Gedanken lesen?*

„Seitdem ich eins mit diesem Schätzchen bin, wenn auch nicht mit unendlicher Reichweite", sagte er und tippte mit seinem Finger gegen die goldene Perle auf seiner Stirn.

„Wie kann ich einen Menschen wiederbeleben?"

Talron strich sich die nassen Strähnen aus dem Gesicht und stellte sich wieder auf die Beine. „Deinen Menschen kannst du nicht mehr wiederbeleben. Warum kommst du also nicht auf meine Seite und wir mischen die Party da oben so richtig auf ... als Rache?", sagte er und hielt ihm eine Hand entgegen. Seine Antwort war wie ein Schlag ins Gesicht, es musste doch irgendwie möglich sein, seine Emilia wieder zurückzuholen.

„Timoteo, tu es nicht!" Er warf einen Blick über seine Schulter, Mariella und Enzo standen in sicherer Entfernung zu ihm. Waren sie ihm gefolgt? Mit großer Mühe richtete er sich wieder auf, sein ganzer Körper schmerzte durch den Sturz, fühlte sich so schwer und kraftlos an. „Emilia hätte bestimmt nicht gewollt, dass du euren Sohn einfach allein zurücklässt. Er braucht dich."

„HALT DEN MUND!" Er konnte es nicht mehr hören. Dieses Monster war nicht sein Sohn und auch nicht Emilias, es hatte sie umgebracht, weil Gott es ihnen aufgezwungen hatte. Mariella sollte ihm nicht sagen, was Emilia gewollt oder nicht gewollt hätte. Sie wollte so vieles in ihrem Leben erreichen, träumte immer davon, eine berühmte Künstlerin zu werden. Gott hatte sie einfach aus seinem Leben gerissen, aus *ihrem* Leben gerissen ... bevor Timoteo irgendetwas für sie hatte tun können, bevor sie ihre Träume in die Realität umsetzen konnte. *Schon wieder.* Er öffnete seine Hand und starrte auf die Perle, sie hatte ein ebenmäßiges dunkles Rot ohne jegliche Makel. Wie hätte Emilia diese Farbe wohl genannt? Sie wusste immer genau, welches Pigment diese haben mussten.

„Lass uns deinen Menschen rächen", flüsterte Talron.

Seine Finger bewegten sich wie von Geisterhand, als er seinen Mund öffnete und die Perle auf seine Zunge legte. Wenn sie nicht mehr leben konnte, welchen Sinn hatte sein Leben denn noch? Dann könnte er wenigstens versuchen, die Schuldigen in seine Finger zu bekommen und alles dran setzen, sie seinen Schmerz spüren zu lassen. Versuchen, den Wahnsinn des Schicksals zu stoppen, damit kein weiterer Schutzengel mehr mit dem Wissen über die Lebenszeit ihres Schützlings gequält werden würde.

„Nein! Bitte tu es nicht!" Mariellas verzweifelte Rufe klangen wie ein weit entferntes dumpfes Gurgeln, als wäre er unter Wasser. Er schloss seine Augen und ließ die Perle in seinen Hals hinabgleiten, wie ein Medikament, in der Hoffnung, es könnte sein gebrochenes Herz heilen und den Schmerz lindern. Kaum hatte er die Perle hinuntergeschluckt, klopfte sein Herz hart gegen seine Rippen und ein unerträgliches Stechen durchbohrte seine Brust wie tausend tiefe Nadelstiche. Timoteo krümmte sich vor Schmerzen und bohrte seine Finger so tief in seine Brust hinein, dass er am liebsten sein Herz herausgerissen hätte, wenn er könnte. Nur um von diesen Qualen befreit zu werden. Sein Inneres heizte sich auf, als würde er in einem Meer von Flammen stehen und schwarze Punkte tanzten vor seinem Sichtfeld. Diese Schmerzen waren so viel intensiver als jene der Flammen des Verrats, die seine schneeweißen Flügel damals zu den pechschwarzen von heute verkohlt hatten. Er glaubte, er würde jeden Moment das Bewusstsein verlieren. Oder gar sterben.

„Woah. Was für 'ne Macht." Talrons Worte drangen kaum zu ihm durch, wurden beinahe durch das laute Rauschen in seinem Ohr überlagert. Würde er jetzt tatsächlich hier sterben? Dann würde er wenigstens wieder bei Emilia sein, auch wenn er sie nicht mehr rächen könnte. Timoteo spürte Arme um seinen Körper, und wie er von einer anderen, einer wohligen Wärme umhüllt wurde, als würde Emilia ihn gerade umarmen, so wie sie das immer tat. Seine Augen brannten und seine dunkle Sicht verschwamm, als er an ihre liebevollen Berührungen zurückdachte. Er würde ihre Wärme nie mehr wieder spüren können.

„EMILIA!"

Alles, was er die letzten Monate in sich hineingefressen und angestaut hatte, schrie er aus sich hinaus. Er hatte all sein Glück und seine Freude erzwungen, weil er Emilias verbliebene Zeit nicht mit seinem Frust zerstören wollte. All den Schmerz, seine Enttäuschung, seine Wut über diese Ungerechtigkeit, seine Reue, seine Trauer und seine Angst, dass er nicht genug für sie getan hatte, hinuntergeschluckt. Seine Finger bohrten sich tief in die Erde, er klammerte sich verzweifelt daran, in der Hoffnung, dass sie ihm sagen könnte, dass alles nur ein böser Albtraum war und er jeden Moment aufwachen würde.

Plötzlich waren sämtliche Schmerzen weg, verebbten wie die Druckwellen nach einer Explosion. Timoteo atmete schwer, jeder tiefe Atemzug brannte dabei in seiner Lunge, als würde er pures Feuer einatmen und er blickte verwundert auf seine Hände. Tränen vermischten sich mit dem Schweiß und den Erdresten auf seiner Haut, ehe er mit seinem Ärmel über seine Augen rieb und wieder auf seine verdreckten Hände starrte. Irgendetwas floss durch seine Adern, eine unbekannte Energie pulsierte wie Elektrizität durch seinen ganzen Körper. Seine Finger wanderten zu seiner Stirn, tasteten dort herum, verwundert, ob die Perle sich wie bei Talron ebenfalls dort zeigte. Doch er fühlte dort nichts. Kam diese Energie denn nicht von der Perle?

„Timoteo." Er blickte zu Mariella, sie war kreidebleich und sah ihn besorgt an, als er sich torkelnd auf die Beine zwang. Seine Augen wanderten seinen Körper entlang, er fühlte sich auch so viel leichter als noch einen Moment zuvor. „Was ist mit Diniel und den anderen im Anwesen. Sie brauchen dich doch!"

Timoteo ignorierte sie. Was für einen Sinn hätte sein Dasein dort denn, ohne seine Emilia? Als könnte er seinen Alltag wieder aufnehmen, weiterhin Perlen für Gott suchen und so tun, als ob nie etwas gewesen wäre. Nein. Er würde Gabriel in Stücke reißen und Gott eigenhändig vernichten. Sie gingen mit dem Leben anderer um, als wäre es ein Spiel für sie. Allein, dass sie Schutzengel so quälten, als sei es das Normalste der Welt zu wissen, in welchen Moment ihr Schützling sterben würde, und gezwungen waren tatenlos dabei zuzusehen, weil sie von einer unerklärlichen Macht zurückgehalten wurden. Er stapfte einige Schritte zurück und stellte sich vor Talron. Timoteo führte seine Hand zu jener des Teufels und blickte in seine glühend roten Augen, die sich durch sein Grinsen leicht verengten.

Er hatte sich entschieden und er würde sich gegen seinen Schöpfer stellen. Seine Hölle war erst der Anfang.

Timoteo packte Talrons Hand, während dieser ihm wie eine schelmische Grinsekatze ins Gesicht lächelte.

„Gute Wahl", sagte er, seine roten Augen glühten dabei erneut wie Kohlen auf, die man in einem Feuer geschürt hatte, um es wieder zu entfachen.

Sein Blick flitzte über Talrons Schulter, als sich eine weitere Präsenz dahinter bemerkbar machte. Ein Engel in einer langen grünen Robe und einer Trompete in seiner Hand schwebte mit seinen schneeweißen Schwingen auf die Erde hinab. *Erzengel Gabriel.* Seine Augen fixierten sich auf ihn, verengten sich in Abscheu und dennoch schenkte Gabriel ihm ein strahlendes Lächeln, wie der ach so gütige und barmherzige Engel er doch war.

„Was soll das werden, Sariel?", fragte Gabriel, ein spöttischer Ton tauchte seine Worte in Hohn. „Wieso hast du dem Herrn die Perle nicht überbracht? So wie es abgemacht war?"

Nein, so wie ihr das erzwingen und erpressen wolltet. Timoteo stieß den Dämon grob zur Seite und schritt langsam auf den Engel zu. Jener Engel, welcher der wahre Dämon unter den hier Anwesenden war, weil kein gütiger Engel jemanden so unter Druck setzen würde. Timoteo wusste nicht, welche Macht – wenn überhaupt – er von dieser Engelsperle erhalten hatte, denn er war kein Dämon, sondern nur ein gefallener Engel. Aber er konnte nicht tatenlos hier herumstehen, wenn Gabriel vor ihm erschien und ihn derart verspottete, nachdem er ihm die Liebe seines Lebens genommen hatte. Seine langen Schritte beschleunigten sich zu einem Sprint und er holte zum Angriff aus. Ob Macht oder nicht, er musste ihn hier und jetzt auf der Stelle vernichten, sonst würde er diesen Schmerz nicht länger aushalten und unter dieser ganzen Last endgültig begraben werden. Timoteo ballte seine Finger, presste diese fest in seine Handfläche hinein und zielte auf Gabriels Gesicht, doch bevor sein Hieb ihn erreichte, stoppte er in seiner Bewegung, als wäre die Zeit angehalten worden. Seine Glieder waren erstarrt, und er konnte nicht eine Faser seiner Muskeln rühren.

„Kniet alle nieder!", befahl jemand harsch und sein Körper wurde zu Boden gerissen, als hätte sich die Erdanziehungskraft von einem Moment auf den nächsten um ein Vielfaches verändert. Timoteo fiel auf die Knie und sein Kopf wurde von einer unbekannten Macht hinuntergedrückt. Er kannte dieses Gefühl, es war das Gleiche, wie bei dem Seraph damals, der sich ihm nach Emilias Unfall gezeigt hatte. Mit aller Kraft versuchte er seinen Kopf anzuheben und schließlich erkannte er neben Gabriel eine weitere Person – barfuß, mit goldenen Fesseln um seine Knöchel. Er hatte die mächtigste Engelsperle in sich und trotzdem konnte er weiterhin von der Macht eines Seraphs überwältigt werden, als wäre er ein Nichts.

„Woah, was ist das denn? Lasst mich doch wenigstens 'nen Blick auf die Person werfen, die so 'ne Macht hat", moserte Talron in seinem nervigen Sing-Sang Ton. „Schließ dich mir an, wir können zusammen Großes erreichen!"

„Halt den Mund", gab der Seraph abfällig zurück.

„War auch nur 'n Scherz!"

Die Engel vor Timoteo setzten unerwartet einige Schritte nach hinten, als sich ein Arm um seinen Torso schlang und ihn vom Boden wegzog – es war der Dämonenlord, der mit ihm in die Lüfte emporstieg. Wie gelang es Talron, sich unter der Macht eines Seraphs zu bewegen? Er konnte gerade so die Muskeln in seinem Nacken dazu bringen, den Kopf wenigstens für einige Zentimeter anzuheben. Timoteos Finger zuckten und er sah erschrocken auf, nachdem er wohl die Reichweite dieser Macht verlassen hatte. Gabriel spannte seine großen Schwingen weit auf, um den Seraph rasch dahinter zu verstecken. *Wieso versteckt sich so ein mächtiger Seraph hinter Gabriel? Haben sie solche Angst vor Talron?* Seine Augen starrten zornig auf Gabriels kleiner werdender Figur, starrten auf seine strahlend weißen Flügel, an denen die Regentropfen wie bei einem wasserabweisenden Stoff abperlten. Hinter diesen blendenden Schwingen blitzte ein dunkler Haarschopf hervor, eine Hand des Seraphs packte Gabriels Flügel und zog ihn wie einen schützenden Vorhang vor sich. Da sah er es. Ein rosafarbenes Licht blitzte auf dessen Handrücken auf, die Farbe der Perle, die er höchstpersönlich zuvor zu Gabriel gebracht hatte. Die Perle trat durch die blasse Haut des Seraphs, wie jene auf Talrons Stirn. Hatte Gabriel Gott die Perle etwa gar nicht erst gegeben? Wieso hatte dieser Seraph eine Perle absorbiert?

„Lass mich sofort los!", schrie er Talron an und versuchte, sich aus seinem stählernen Griff zu befreien. Er musste unbedingt zurück und den Erzengel zur Rede stellen, doch je mehr er sich in seinen Armen wand, desto tiefer vergruben sich die spitzen Fingernägel des Dämons in seinen Bauch.

Gabriel traf Timoteos Blick. Auf seinem jung gebliebenen Gesicht bildete sich ein Lächeln, das ihm das Blut in den Adern gefrieren ließ und er hielt seinen Atem an. Es war kein Lächeln, das ein gütiger und barmherziger Erzengel, der Gottes Nachrichten zu den Menschen brachte, normalerweise auf den Lippen tragen würde – es war das Lächeln eines berechnenden Geschäftsmannes, das er schon öfter auf den Gesichtern seiner potenziellen Partner bemerkt hatte. Ein Lächeln, das sämtliche Alarmglocken in ihm auslöste und ihm sagte, dass diese Leute nichts Gutes im Schilde führten und er unter keinen Umständen mit ihnen verkehren, geschweige denn Geschäfte abschließen sollte. Ein eiskalter Schauder jagte ihm über den Rücken, ihm stellten sich sämtliche Nackenhaare auf, als er in ein Dämonenportal eintauchte und Gabriels unheimliche Miene hinter einer Wand von blutroter Energie verschwand.

„Du spürst ihre Mordgelüste erst jetzt? Gabriel ist nicht der, für den du ihn hältst. Jetzt zeigt er endlich sein wahres Gesicht, wahrscheinlich weil Gott nicht mehr existiert. Und du nennst mich 'nen Teufel."

Mein Schutzengel ist ein Mafia-Boss?! Band 1 – Ende

Nachwort

Falls ihr in das Nachwort vor Lesebeginn hineinguckt – vielen Dank, dass ihr meinen Debütroman erworben habt, und ich wünsche euch ganz viel Spaß in der Welt der Engel!

Wenn ihr die Geschichte schon fertig gelesen habt: Vielen herzlichen Dank! Ich hoffe euch hat die Geschichte gefallen und ihr seid daran interessiert, wie es in Band 2 weitergehen würde (es ist als Trilogie geplant und auch schon in Arbeit).

Ich möchte mich hier noch bei meinen Freunden und meiner Familie bedanken, die mich in allem unterstützt und mir mit dem Brainstorming geholfen haben – oder auch mein Geschimpfe ertragen, wenn mal was nicht geklappt hat.

Vor allem möchte ich mich bei Alexandra bedanken. Du hast den Charakteren mit deinen tollen Vorschlägen noch mehr Leben eingehaucht. Vielen Dank, dass du mir damit geholfen hast!

Wenn ihr etwas über meine Geschichte sagen wollt, würde ich mich freuen, wenn ihr darüber schreiben könnt. Ihr könnt mich natürlich auch in den sozialen Medien kontaktieren – ich freue mich über jede Art von Feedback!

Instagram: valetta.artwork

Twitter: valetta_artwork